공중의 복화술

공중의 복화술

김혜순 포에틱스

공중의 복화술—문학은 어디서 시작할까?

초판 1쇄 2026년 2월 5일
초판 2쇄 2026년 3월 4일

지은이 김혜순
펴낸이 이광호
주간 이근혜
편집 이근혜 최은지
펴낸곳 ㈜문학과지성사
등록번호 제1993-000098호
주소 04034 서울 마포구 잔다리로7길 18(서교동 377-20)
전화 02)338-7224
팩스 02)323-4180(편집) / 02)338-7221(영업)
대표메일 moonji@moonji.com
저작권 문의 copyright@moonji.com
홈페이지 www.moonji.com

ⓒ김혜순, 2026. Printed in Seoul, Korea

ISBN 978-89-320-4468-2 03810

공중의 복화술

문학은
어디서 시작할까?

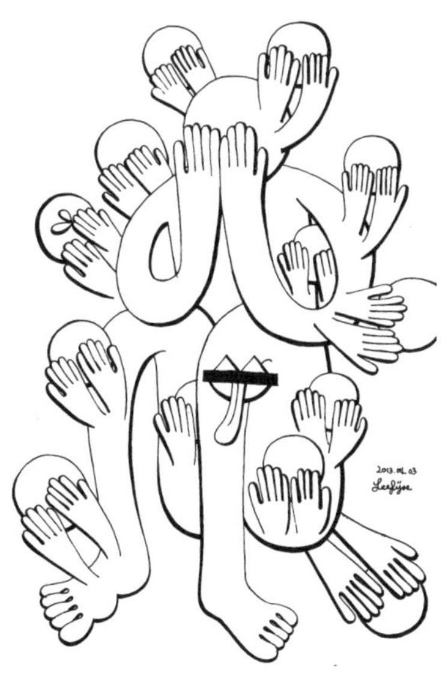

문학과지성사

김혜순 포에틱스

이 글들은 『악스트Axt』의 '인트로' 연재로부터 시작되었다. 나는 이 글들을 쓰기 시작하면서 '문학의 시작점' '문학의 탄생지' 말하자면, '문학은 어디서 시작할까'를 화두로 삼아 연재를 해나가야겠다고 마음먹었다. 이 글들이 문학적 글쓰기를 처음 시작하는 분들이 읽으면 좋겠다고 막연히 생각했다. 긴 목록을 작성하고, 하나하나 써나가리라 마음먹었다. 내가 학교 수업에서 목격한, 글을 시작하고 싶으나 '영감이 떠오르지 않아요'라고 말하던 학생들에게, 누구나 글을 쓸 수 있으며 누구나 자신 안에 싱싱한 새로움이 가득 차 있다는 것을 말해주고 싶었다. 문학의 새로움이란 곧 글 쓰는 자신이라는 말을. 인간 각자가 경험하고, 품고 있는 감정과 생각, 그 모든 것이 신선한 것이라고 말해주고 싶었다. 영감이니 재현이니 그런 단어를 떠올리는 것은 자신의 생각과 감각하기를 어떤 고정관념에 함몰시켜두었기 때문이라고 말해주고 싶었다.

이 글들의 연재는 뉴 노멀이라고 회자되던 바이러스 점령 시기를 거쳤다. 엄마가 가신 다음 검은 입구처럼 내 앞에 큰 구멍이 문을 열고 있던 시기를 거쳤다.

그러나 나는 그 목록의 항목들을 다 글로 작성하지 못했다. 건강이 무너졌고, 그리고 연재를 2년 하고 나니 더 이상 시간에 쫓겨서 글을 쓰고 싶지 않아졌다. 여기에 실린 글들은 『악스트Axt』에 연재한 글, 같은 시기 다른 장소에 발표한 글들을 모은 것이다. 연재할 때 언제나 나에게서 원고를 가장 우아한 방법으로 받아내던 편집자 백다흠 님과 책을 만들기 전후로 나에게 가장 아름답게 용기를 준 이근혜 주간님과 알뜰히 교정봐준 최은지 님께 감사를 드린다.

(이 글을 연재하는 중에 위트 앤 시니컬 서점의 유희경이 나에게 시에 대한 선언 형식의 글을 한 페이지 내로 쓰라고 하였다. 그 선언을 서문을 대신하여 여기 적어둔다.)

문어는 두 종류로 나뉜다. 시를 읽는 문어와 시를 읽지 않는 문어. 시를 읽는 문어는 시를 읽지 않는 문어보다 감각기관의 숫자

가 더 많다는 가설이 횡행한다. 그런데 문자로 써진 것만 시라고 주장하는 일부 문어들이 있다. 시 아닌 것에서 시를 발견하는 문어가 됩시다.

여성주의자로 태어나는 사람은 없다. 그러나 어느 순간 스스로 자신을 여성주의자로 잉태하는 순간이 온다. 살아가는 동안 여성주의는 점점 더 자란다. 우리나라에선 2016년 이후에 여성주의자로 자신을 다시 잉태한 사람이 많다. 스스로 자신을 잉태해보는 것, 새로운 모성의 발견이 아닐까.

민족과 국가, 종교에서 권력을 제거하면 남는 게 있을까. 너와 나 사이에서도 물론. 그래서 시인에게는 아직 모국이 없다. 모국어도 없다.

시인들이여, 이 장르와 이 매체를 버리자. 이 장르와 이 매체를 탈출하자. 허우적거리자.

시는 존재의 기록이기도 하지만 부재의 기록이기도 하다. 우리가 부재했던 시간의 기록, 우리가 죽었던 시간의 기록.

리얼리즘을 주장하는 사람들의 주장대로 그들이 쓴 시들은 리얼한 걸까? 그들은 모더니스트보다 솔직한 걸까? 그들은 덜 먹고 덜 쌀까? 스스로 리얼리스트라고 주장하는 사람들의 글에 거짓말이 더 많이 보태진 건 아닐까? 수기를 쓰는 게 낫지 않을까? 왜 리얼리즘 시는 서사로만 쓰일까? 모더니즘, 리얼리즘 이렇게 두 개로 나누는 것이 이 시대에도 가능할까? 시인들 중 누가 이런 나누기에 관심 있을까? 용감한 무식자들이여, 현대시 좀 읽어라.

모더니즘에도 순교가 필요하다. 이상李箱을 봐라.

시는 이렇게 살다가 이렇게 죽게 되는 걸 거절할 때 다가온다. 거절, 거절, 거절하기.

시는 은유가 아니다. 시는 언어로 하는 일종의 수행(닦을 수修가 아니라 짐승 수獸, 갈 행行)이다. 여자들의 시를 보라.

시는 이 사회 문화가 만든 망상에 대항한다. 그중에 대표적인 망상이 모성이다. 누가 나보고 모성 좀 가지라 하면 잡아먹고 싶다.

시는 어떤 작은 비밀이지만 혁명이다. 내 상처와 흉터가 하는 일종의 혁명이다. 혁명은 흰색이 아니고, 더러워진 흰색이다. 자, 더러워집시다. 더러운 흰 깃발을 들고 나갑시다.

사건에 정치 사회 경제가 개입하면 그 사건의 사실과 진실은 절대로 알기 어렵다. 사건에 문학이 개입하면 개개인의 사건이 드러난다. 이 나라 이 세상 모든 사건의 사실과 진실은 도대체 어디 있는가? 이 도둑놈들아.

장르에도 기득권이란 게 있다. 소설을 쓰면서 허구라고 주장하는 것, 시를 쓰면서 뭘 암시한다고 주장하는 것이 대표적이다. 이 두 가지를 버리면 해방이다.

2026년 1월
김혜순

차례

공중의 복화술

오래전 고양이가 된 여자 얘기를 읽은 적이 있다. 그 내용을 옮겨 적어두었다. 여자는 할머니가 돌아가시자 배가 아팠다. 고양이 울음소리를 내고, 고양이 행동(방바닥을 찢고, 땅파기)을 했다. 병원에 입원해서도 발가벗고 침대 아래 들어가 고양이 울음소리를 내고 사람을 할퀴었다. 손톱을 깊이 잘라서 피를 내기도 하고, 엄마에게 함께 죽자고도 했다. 의사소통이 불가능했다. 치료가 계속되어 여자와의 대화가 가능해졌을 때, 여자는 말했다. 고양이 울음소리가 들리면 할머니가 나타난다고. 집에 고양이가 있었는데 할머니가 귀여워했다고. 그러나 식구들이 구박해서 그 고양이는 사라졌다고 했다. 하지만 식구들은 고양이가 집에 있었던 적이 없었다고 했다. 다만 할머니가 쥐를 쫓으려고 고양이 울음소리를 낸 적은 있었던 것 같다고 했다. 나중에 다시 여자에게 고양이에 대한 기분을 묻자 여자는 고양이는 기분 나쁜 동물이라고 했다. 여자는 지능이 매우 낮았다. 여자는 감각적 경험의 세계와 상상적 경험의 세계를 구분하지 않았다. 여자는 두 경험이 서로 섞이는 것을 그대로 두었고, 상상적 경험의 세계를 실재로 인식했다. 그 상상이 곧장 신체화해 나타났다. 결국 여자는 고양이 복화술을 몸으로 시행하게 되었다. 고양이(할머니)가 몸에 들어오면, 혹은 할머니가 고양이를 부르듯 자신을 부른다고 상상하면 최면 상태에서처럼 고양이로 살았다. 이것을 다시 읽었을 때, 글을 쓸 때도 마찬가지 아닌가 생각했다. 내가 시를 쓰는 순간, 지능은 낮아지고, 정신은 미약해지고, 몸은 여자짐승으로 트랜스하는 게 아닌가 생각했다. 이런 일이 작품의 화자에게 반영되는 게 아닌가 생각했다.

바이러스로 갇힌 채, 문화자연에 둘러싸여 온갖 매체에 노출되어 살다 보니, 위로 좀 그만 받고 싶은데, 나를 위로해주겠다고, 공감 좀 해달라고 매체들이 달려든다. 고백서들이, 자기계발서들이, 요리사들이, 가수들이, 영화인들이, 심지어 개그맨들이 달려든다. 그러면 나는 정말 놀람을 넘어 겁이 난다. 또 반대로 네 문학이 누구를 위로하느냐고 나에게 물어보면 더 겁이 난다. 그래서 급기야 누가 위로라는 단어만 발설해도 숨고 싶어진다. 아무래도 나는 글을 써서 누구를 위로해본 적이 없는 것 같다. 심지어 나는 문학은 위로받고 싶은 독자의 그 욕구마저 배반해버리는 것이 아니겠는가 하고 생각한다. 문학은 위로가 개입할 수 없는 지대를 가로지름으로써 위로라는 그 불가능한 것을 증발시켜버리는 것이 아닐까. 기하학적 위로, 유전학적 위로가 존재하지 않듯이 말이다. 문학작품은 사건의 대칭적 자리에서 잔상, 혹은 장면의 내부를 구축한다. 문학작품의 내부에는 복화술사가 산다. 복화술은 속임수다. 작가는 우선 스스로를 속인다. 작가는 작품 속 화자가 자신과 다르다는 걸 알고 있다. 작품의 화자는 우선 작품이라는 실재의 대칭 세계를 가로질러가는 존재니까. 그렇기에 문학은 거짓말이다. 소설은 현실이라고 지정된 것에 대한 거짓말이고, 시는 언어라고 지정된 것에 대한 거짓말이다. 이 거짓말의 나선을 타고 문학의 복화술이 움직여 가는 거다. 그러니 이 거짓말의 끝에 위로가 있을 리가 없다. 실패와 불행과 자기 지우기가 있을 뿐이다. 거짓말 뒤에 글쓴이의 파리한 병든 얼굴이 숨어 있을 뿐이다. 글쓴이의 얼굴이라는 그 가면, 그 가면 뒤의 얼굴, 자신의 뒤통수를 돌아보려는 지난한 뒤돌아보기, 거짓말을 가리기 위한 기교와 수사와 패러디가 있을 뿐이다. 문학은 거룩하지 않다. 실패다. 패배다. 언어로 그린 그림도 아니다. 언어로

그린 비참도 아니다. 단지, 절망이 기교를 낳은 것이다.[1] 절
망이 복화술을 창안해낸 것이다.[2] 작가와 독자 그 사이, 피차
위로가 있을 리가 없다. 거울 밖의 이상과 거울 속의 이상처
럼 팽팽한 대칭 세계가 있을 뿐이다. 둘의 줄넘기가 있을 뿐
이다. 거울 밖의 이상이 거울 속의 이상의 목소리를 낸다. 복
화술이다. 그런데 이상하다. 거울 속의 이상이 더 생생하다.

남자 작가가 여자의 목소리로 발화할 때 성공한 예는 드
물다. 쿳시(『철의 시대』)의 소설에서 여성화자의 감각적, 경
험적 디테일이 여성적이라고 할 수 있을까, 쿳시가 우리의
존재 기반을 부수고 흔들기 위해 창안한 목소리가 여자이면
좋았기 때문이 아닐까, 후회와 반성의 불가능을 말하기엔 여
자 목소리가 좋았을까 생각해본 적이 있다. 어쨌든 이 복화
술이 성공하지 못하면, 여자의 목소리가 남자 작가의 식민지
가 되는 경우가 대부분이다. 편리하게도 남자 작가들은 자
신의 복중腹中에 식민지를 장착해두고 있는가 보다. 편하게
자궁을 장착했다가 브래지어처럼 쓰윽 벗어놓기. 그들은 이
별, 슬픔, 민족, 국가, 상실, 불만, 위기, 가책이 닥쳐오면 여
자로서의 복화술을 감행한다. 자신에게 조금 남아 있는 에로

1   이상, 『시와 소설』(1936) 발간에 부쳐.
2   "복화술이란 결국 언어의 저장창고의 경영일 것이다." 이상, 「황獚의 기記」.

스를 실행하기 위해. 부끄러운 욕망을 발설하기 위해. 버리고 떠난 권력을 원망하기 위해. 자연스러운 욕망을 가리지 않기 위해, 혹은 온정과 자책을 실현하기 위해 자신 안의 식민지인 여자가 필요했을 거다. 남성 젠더로는 도저히 그것을 발설할 수가 없었을 거다. 이럴 때 문학은 식민지 시대 이별 노래 가사와 다를 바가 없게 된다. 사라진 여자가 자신의 복심腹心에 살아서 자기를 위로해주길 바라는 거다. 자신의 이별을 대신 애도해주길 바라는 거다. 기교와 수사와 위장의 형식도 없이 젠더 은유를 실행하기만 하면, 여자는 나타난다. 복화술이 끝나면 그 여자는 다시 삭제된다. 이럴 때 누가 인형인가. 복화하는 남자인가, 복심에 숨은 여자인가. 혹은 둘 다인가. 혹은 그들 밖에서 침묵하는 진짜 여자인가.

산다는 것은 경험을 연속하는 것이다. 생명체인 나는 나를 둘러싼 것들과 상호작용한다. 나에게는 자연세계와 연결된 짐승으로의 몸이 있고, 이와 연결된 상상하는 몸이 있다. 상상적 경험이 지각 경험을 가만두지 않는다. 변용이 시작된다. 나는 시간이란 상상적 경험으로의 이행이라고 생각한다. 시간이 나의 경험에 개입하면 감각 경험은 환원될 수 없는 모습으로 창발한다. 나는 이것을 쓴다. 내가 글을 쓰면서 회상을 시도하면, 이 둘의 연속성은 더 질겨진다. 결합력은 더

세진다. 이 때문에 세계와 나는 오히려 시공을 넘어선 하나의 전체 안에 있게 되고, 서로의 작용 안에 있게 된다. 나의 상상적 경험이 신체화되면서 나의 몸이 자연과 단절 없이 생성의 장에 있게 된다. 이것을 구성하는 것이 글쓰기다. 이상의 문장처럼 이 두 경험의 복화술, "언어 저장창고의 경영"이 글쓰기다.

내가 설거지하는 창밖으로 새 두 마리가 날아갔다. 새들은 인간처럼 목이 굵었다. 앞에 나는 새는 잘 보이고, 옆에 나는 새는 잘 안 보였지만 같은 종의 새였다. 새가 가까이 날아오자 나는 그 새의 얼굴을 보게 되었다. 인면조였다. 나는 그 꿈을 꾸고 나서 우리 아빠가 돌아가실 것을 알았다. 왠지 그런 생각이 들었다. 그러나 그 옆의 새가 우리 엄마라고는 생각을 못했다. 나중에 엄마가 돌아가시고 나서 알게 되었지만. 왜 두 마리인지 스스로에게 묻지 않은 것이 화가 났다. 아빠가 돌아가시고 나는 『날개 환상통』(문학과지성사, 2019)이라는 시집을 쓰게 되었다. 끝없이 새를 불러내었다. 나는 새의 언어를 번역하는 번역자가 되고 싶었다. 내가 가본 적 없는 곳으로 날아가는 새의 언어. 제주도에 가서 4·3 평화기념관에 갔다가, 4·3을 형상화한 작품들이 걸린 갤러리도 갔다가, 어느 저녁에는 4·3을 경험한 할머니 한 분과 얘기도

하게 되었다. 할머니의 말을 녹음했지만 알아듣지 못해 카페에 가서 종업원에게 제주도 말을 통역해달라고 했다. 다 죽임에 관한 이야기였다. 각종 죽임. 그날 다시 꿈속에서 나무에 목이 리본처럼 매달린 새들을 보았다. 살았는지 죽었는지 모를 새들의 깃털들이 한 방향으로 바람에 휘날렸다. 전부다 할 말이 있는 것 같았다. 자꾸만 새 꿈을 꾸었다. 나는 내가 계속 쓰지 않으면 공중에서 떨어져 죽게 되는 새를 생각했다. 저 공중의 복화술을 생각했다. 우리 생명체들과 사물들의 입술로 복화하는 죽임당한 이들을 생각했다. 하늘의 숨이 내 숨으로 들어와 목소리를 낸다. 나는 공중에 뜬 새의 발자국이 꾹꾹 찍히는 종이를 생각한다. 내 목에 묶은 망자의 편지를 생각한다.

학대받고 죽은 아이를 다룬 TV 프로그램을 보고 울적해하다 새타니를 생각한다. "죽은 아이의 혼이 무당에게 실린 것을 '태주' 또는 '명도'라고 한다. 북한에서는 '새타니'라고 부른다. 새타니는 태자귀의 일종으로 어머니로부터 버림을 받고 굶어 죽어서 생성된 아기 귀신을 말한다. 새타니는 순우리말로 '새를 받은 이' 또는 '새를 탄 이'로 풀이된다."[3]

<hr>

3   〈새타니〉, 문화원형 디지털콘텐츠(문화원형백과 한국설화 인물유형, 한국콘텐츠진흥원), 2005[네이버 지식백과].

새타니는 아기 목소리로 공수하기도 하지만, 새 지저귀는 소리로 공수하기도 한다. 새소리 공수는 아무도 알아듣지 못한다. 어느 때는 새타니의 혀끝에서 소리가 나지 않고, 뜰 앞의 꽃에게서 새소리가 난다. 시냇물에서 새소리가 난다. 부채에서 새소리가 난다. 마을에서 도둑을 잡을 땐 새타니를 부른다. 새타니는 새처럼 날아서 과거의 시간으로 돌아가 그때의 광경을 다 내려다볼 수 있으니까. 그러나저러나 새타니에겐 통역이 필요하다. 새가 된 죽은 아이의 영혼은 평소엔 산에서 아래를 굽어보며 살지만, 울음소리 같은 연주로 불러내면 지저귀는 복화술을 하러, 과거와 미래를 알고 싶은 사람에게 무언가를 말해주려 다가온다. 어느 땐 아무도 통역할 수 없는 불구의 난해한 말을 하러 오기도 한다. 런던 올림픽이 있었을 때, 사우스뱅크에 전 세계 각 나라에서 한 명씩의 시인이 왔다. 2백여 명의 시인들이 시를 낭독했다. 영어는 스크린에 있고, 각 나라 시인들은 모두 제 나라 말로 각자의 시를 읽었다. 사우스뱅크의 여러 홀에서 읽는 데도 며칠이 걸렸다. 그중에 아프리카 에리트레아에서 온 시인이 있었다. 그 시인은 단지 혀끝으로 새소리를 내었다. 통역도 스크린도 필요 없었다. 나는 그때 시라는 제도에 대해 생각했다. 그리고 새타니 시인의 목소리를 깊게 흡입했다.

　　　　　　　복화술

가족의 죽음은 우선 육체적인 분리다. 내 주변의 모든 것이 부재를 증언하고 있다. 부재를 환기하고 있다. 내 집은 부재를 파는 앤티크 상점이 되었다. 하지만 공중의 새는 언젠가 돌아온다. 발이 두 개 달린 것이 날아서 온다. 상상적인 것과 실재적인 것 사이, 언어와 실재 사이, 그 어긋남의 영역에 집을 짓기 위해 부리에 '사이'의 정수精髓를 물고 돌아온다. 내가 마주한 새는 이 둘 사이를 메꾸기 위한 상상적 봉합의 존재가 아니다, 환상이 아니다. 이 새는 그 사이를 주체화한 기제다. 사이, 새는 내가 죽은 이를 다시 낳게 하는, 과정 중인 주체다. 애도의 고통은 아이를 탄생하게 하는 고통과 닮아 있다. 그만큼 아프다. 엄마는 아이를 낳고, 아이는 엄마를 낳는다. 나는 새를 통해 있음과 없음, 현존과 부재가 섞인 시간을 낳으려 한다. 나의 애도가 끝나지 않는다. 애도는 늘 상 실패한다. 나는 새에 '관하여' 쓰지 않고, '새하는' 사람이고자 했다. 내가 입을 열면 새 머리가 입술 밖으로 내다본다. 나는 반인반조다. 주체이면서 대상이다. 하지만 내가 한 줄을 다 쓰기도 전에 죽은 새가 하늘에서 떨어지는 나날.

문학의 복화술은 흉내 내기가 아니라 맞물려 서로를 잉태하기이다. 복중의 내적 독백으로 짐승하기이다. 내적 독백으로 상상적 경험의 극점에 이르기이다. 상상하기에 이은 신체화하기이다. 이 신체화하기는 무당의 신병처럼 질병을 불러온다. 불행의 극점에서, 몸에 사는 새를 느낀 것처럼 무서운 질병이 온다. 그렇지만 시인은 이 질병 없이는, 이 고통 없이는 무한에 맞서 홀로 설 수 없다. 이 질병이, 이 이상異常이 분신술의 시작이다. 자신의 몸을 짐승에게 내준 인간으로서의 탈주다. 그러나 역설적이게도 이 이상異狀은 밖으로의 시선을 거두어, 내부로 끝없이 침잠한 결과로 생겨난다. 내부로 끝없이 여행해가면 거기, 비인칭의 주체가 있다. 내 망아忘我의 망아亡兒인 나의 엄마가 삶과 죽음의 경계도 없는 그곳에 있다. 그곳을 방문한 나는 장애이고, 질병이고, 기형이다. 그렇지만 나는 그곳에서 내부에의 침잠과 투시의 극점에서 건져낸 한 마리 짐승. 새가 하늘로 솟구쳐 오르게 해야 한다. 나를 이룬 재료의 폐허. 거기에서, 바닥의 바닥에서, 타자되기의 극점에서, 심신미약의 자리에서 새 울음소리를 내는 목소리를 끌어올려야 한다. 이 목소리는 타자다. 육안으로 볼 수는 없었지만 몸으로 만났던 이다. 내 몸 전체로 만났던 이다. 나의 맞은편 거울 속에 살던 이다. 공수가 시작되듯 그 인물이 말하게 하려면 내 리듬이 필요하다. 내 호흡이 필요하다. 쓰는 이인 나는 이때 타자를 모시는 텅 빈 가마[車]가 된다. 익명이 된다. 다시 말하지만 이것은 흉내 내기가 아니다. 그 극점의 영혼을 본래 있던 곳, 본래적으로 존재하던 곳, 내

 복화술

몸 전체에게로 보내려는 나의 몸짓이다. 리듬의 신명과 춤의 도약이 도와준다. 팔다리 대신 날개가 돋은 것처럼. 스스로의 존재에 반항하는 것처럼. 심해에서 올라온 것처럼 깃대들이 천천히 혹은 빨리 흔들리고, 징소리 요란한 중에 새가 날아오른다. 새타니가 새소리로 복화술을 시작하듯, 내부로의 감금의 절정에서 새가 날아오른다. 다시 새타니의 공수가 터지듯 존재자와 타자가 쌍둥이처럼 복중에서 끌어안는다. 그렇지만 이제 날아갈 시간이 도래한다. 드론처럼 높이 날아올라서 마을에 도둑이 출몰한 곳을 지적해주러 나갈 시간이 다가온다. 위트와 아이러니, 패러독스가 난무한다. 하나의 단어를 발음하는데 두 개의 목소리가 겹쳐져 들린다. 자가 증식이 시작된다.

목소리

Tongueless Mother Tongue

내가 출판사에 다니기 시작했을 때는 우리나라가 유신 독재 정권이 말기 증상을 보이고 있을 때였다. 그때는 인쇄하고 배포할 모든 신문과 단행본과 잡지에 대한 국가적 검열이 있었다. 그때의 책은 활판인쇄로 만들어졌었는데, 그 글자 한 자 한 자는 식자공과 문선공들이 다 따로 집자한 것이고, 편집부의 내가 교정을 본 것이었다. 그렇게 초교, 재교, 삼교, 오케이교까지 교정을 본 책을 가제본해서 시청에 가지고 가면 군인들이 군복을 입고 마치 출판사 사무실에서처럼 모여 앉아 시인, 소설가, 저자 들의 원고를 검열했다. 그들은 출판할 수 없는 글자들이나 페이지 위에 검은 콜타르를 칠해서 돌려주었다. 그들은 활자는 한 자도 가지지 않았지만, 붉은 사인펜과 검은 콜타르 지우개는 보유한 출판사 위의 출판사, 인쇄소 위의 인쇄소였다. 글자가 지워지는 이유는 알 수 없었다. 우리나라에서 금지곡이 되었던 노래들처럼 그 이유는 검열하는 자들만 아는 것이었고, 글자를 지우는 그들의 핑계는 그 당시 우리나라에서 생산되던 책의 문장들보다 더 많이, 날마다 다양하게 생산되었다. 이를테면 건전하지 못하다든지, 군인을 희화화했다든지, 자유라는 단어를 썼다든지, 이 저자와 역자는 안 된다든지, 이 인용은 쓸 수 없다든지, 미풍양속을 헤친다든지, 이적 행위라든지, 저자가 밤에 잠을 자지 않고 쓴 글이라서 안 된다든지, 아이들에게 나쁜 영향을 줄 거라든지, 밥맛이 없게 한다든지, 실패자의 타령이라든지, 등장인물이 싫다든지 하는 것 등등은 평범한 것에 속했다. 나는 검열이 끝난 책을 찾아서 돌아올 때는 울지 않았지만 저자를 찾아가 저자의 책이 콜타르칠이 된 저간의 사정을 얘기할 때는 울었다. 생애 마지막 저작을 출간하려던 경제학자 R을 찾아갔을 땐 죽음의 병상 머리맡에서 저자의 죽음에 앞서 책의 죽음을 선언해야 했다. 그는 그 책의 출간을 보고 죽기를 바란다고, 부인이 대신 말해주었다. 병상의 경제학자는 말없이 울기만 했다. 그의 길쭉하고 주름진 안경 속에서 눈물이 귀 뒤쪽으로 흘러내렸다. 편집자로서의 이런 경험은 나의 시 쓰기를 위축시키고, 내 시의 글자 수를 줄이며, 내 시의 리듬을 강퍅하게 만들었고, 목소리의 변조를 실

 목소리

행하고 내 시를 위악적으로 만들었다. 시에서 나는 나의 직접적인 경험을 죽였다. 말을 빼앗기는 경험은 내 죽음에 앞서 혀가 먼저 죽는 경험이었다. 혀에서부터 온몸으로 죽음이 퍼지는 경험이었다. 말하는 순간 죽임을 당하겠지만, 그들은 말을 하지 못하게 해서도 죽였다.

나는 극장에서의 공연에 맞춰 출간하려는 희곡집 담당일 때도 있었는데 그 희곡은 제목부터 내용 전체가 그들이 칠한 콜타르 덩어리가 되었다. 왜냐하면 제목이 「개뿔」이었는데, '개는 뿔이 없잖아?' 하던 젊은 군인의 목소리가 지금도 생생하게 들리는 것 같다. 결국 작가의 이름과 출판사 이름만 덩그러니 남고 책의 내용은 모두 지워진 채, 숯덩이처럼 까매졌다. 나는 그 숯덩이 같은 책을 두 손에 받쳐 들고 작가의 사무실로 찾아갔다. 작가는 그때 대중운동을 하는 사무실(크리스챤아카데미)에서 일하고 있었는데 직원 몇 명이 사회주의국가 건설을 위해 비밀 서클을 만들었다는 죄목으로 투옥된 때라 경황이 없었다. 작가에게 원고가 사라진 숯덩이를 안겨주었지만 그는 담담했다. 그렇지만 작가의 얼굴과 몸은 칼날처럼 벼려진 것 같았다. 작가 주위로 푸른 기운이 매섭게 서렸다. 이 시대와 이 나라를 저 사람은 저 칼날 같은 얼굴과 눈빛과 몸피로 지나가는구나 하고 나는 생각했다. 작가는 책을 못 내었으니 공연이라도 보러 오라고 했다. 희곡의 대사가 다 잘려 나갔는데 공연을 보러 오라니, 어떻게 공연을 한다는 말인가, 지하 비밀 공연인가? 나는 의아하게 생각했지만, 그는 시청 부근의 연극 공연 극장인 세실 극장으로 오라고 했다. 작가는 내 자리를 극장의 맨 앞줄 중앙 오른쪽에 마련하고 기다리고 있었다. 나는 공연을 관람했다. 그러나 그 연극엔 목소리가 없었다. 대사는 지워졌다. 배우들의 동작만이 있었을 뿐, 그 동작은 팬터마임과 달리 아무것도 형상화하거나 과장하지 않았다. 다만 어떤 배우도 소리를 내지 않은 것뿐이었다. 어떤 배우는 긴 시간 무대 위에 서 있었고, 어떤 배우는 짧은 시간 무대 위에 서 있었다. 관객 누구도 그들이 그 무대 위에 서서 그들이 몇 달 동안 외웠던 대사를 어떻게 속으로 말하고 있는지 알지 못했다. 공연엔 몇 번의 구음이 무서운 비명처럼 쏟아졌다. 그 구음은 경찰서에서 심문받을 때 옆방에서 느닷없이 터져 나오는 소리 같기도 했다. 그리고 연이어 입안에서 웅얼거리는 비명을 씹어 삼키는 소리가 있었다. 배우들은 입을 벌리지 않았지만, 그 대사를 외웠던 시간이 신음이 되어 참지 못하고 폭발했다. 배우들에게 '몸짓만 하세요!'라는 연출가의 지도가 있었겠지만 배우들이 그동안 외웠던 대사를 참지 못하고 내지르는 폭발의 순간들이 있었다. 들을 수 없는 사람의 외마디 외

 목소리

침처럼 터져 나오는 폭발음들이 있었다. 살아 있는 목소리를 훼손당한 목소리유령이 내지르는 소리 같았다. 죽였는데도 죽지 않고, 언어 세계의 문밖에서 목소리를 달라고 외치는 인간의 목소리, 언어를 빼앗김으로써 겪게 되는 이런 경험은 죽은 혀를 거쳐 죽음이 몸과 뒤섞이는 경험이었다. 배우들의 외마디 외침은 도살장에 도착한 어떤 다른 생물종의 목소리 같기도 했다. 이럴 때 침묵은 소리의 반대가 아니라 소리의 뒷면, 소리를 뒤집은, 억압에 짓눌린 모습이었다. 물론 경찰 감시하의 공연이니 배우는 대사를 발설하는 대신 몸속으로 삼키고 또 삼켰다. 그들은 마치 태어나고 싶은데, 열리지 않는 자궁 문 앞에 웅크린 태아처럼 몸 밖의 엄마를 부르며 태중에서 문을 두드리고 있는 것 같았다. 그리고 이 언어 없는 언어를 가로지르는 한 목소리가 시종일관 나에게 들렸는데, 그것은 마치 모국어라는 것, 이 나라라는 것 자체를 애도하는 울음소리였다. 시청의 검열실에 앉은 자들의 평계들을 애도함과 동시에 그들에게 언어를 빼앗긴 작가의 언어마저 애도하는 목소리. 희곡집의 교정을 본 나는 두 시간 내리 울면서, 입속으로는 내가 교정을 본 대사를 웅얼거리면서 공연을 보았다. 아무 내용도 모르면서 관객들이 울었다. 작가는 조명실에서 공연을 보았고, 울고 있는 나를 내려다보았다. 얼마 후 그는 나와 가족이 되었다. 그 며칠 후 정보부장이 총을

쏴 대통령을 죽이는 사건이 일어나 대사 없는 연극 공연마저 금지되고 말았다.[1]

시인은 자신의 유령(죽음)으로 쓴다. 시인은 자신의 존재를 자신이 존재하지 않는 부재의 무한에 투사해놓고 쓴다. 이때 투사된 존재는 타자로서의 나, (시각적) 목소리만으로서의 나이다. 시의 유령은 작품이 시작될 때 작품을 이끌고 가는, 언어 이전의 목소리 안에 이미 숨어 있었다. 시의 유령은 우리가 이 모국어의 억압에 벙어리가 되기 전의 목소리 안에 이미 있었다. 사라지고, 버려지고, 다치고, 죽어서 유랑하는 다른 유령(관객)들을 부르는 목소리. 아무것도 없어서 누구든 환대를 시작할 수 있는 목소리, 나 아닌 나를 부르는 목소리. 너 아닌 너를 부르는 목소리. 이 목소리는 언어 이전인 것. 언어학의 대상이 아닌 것. 심지어 소통과는 관계없는 것이다. 그 주파수가 너무 높아 오히려 들을 수 없는 것이다. 시인은 이 유령의 목소리로 언어의 세계를 헤엄쳐 나아간다. 들을 수 없는 사람이 나뭇잎 흔들리는 소리를 상상하는 것처

1   이 에피소드들은 나의 결혼 이야기이다. 이 글 뒷부분에 언급되는 개인적인 사건들, 따귀 사건이나 연극 대본 검열 사건에서의 나와 내 가족의 경험들은 알려진 것처럼, 광주항쟁 이후가 아니라 광주항쟁 이전, 박정희가 죽기 전, 긴급조치 9호 치하, 비상계엄이 선포되기 전의 이야기임을 밝혀둔다.

　　　　　　　　목소리

럼 이 유령의 목소리로 언어 뒷면의 세계를 구축한다. 시인에게 자신을 부재하게 함으로써 생성된 유령이 없다면, 그 작품엔 영혼도 없다. 외설적으로 보일지도 모르겠지만 작품 속에 살아 있는 자신의 시체 없이는 살아 있는 시인의 목소리도 없다. 반대로 자신을 유령으로 만드는 그 목소리 없이는 작품도 없다. 시를 쓰는 자신의 목소리의 유령의 생성, 그것이 시다. 이 유령은 시인과 독자 사이에서 다시 출현한다. 작품을 읽는다는 건 이 목소리의 유령을 흡입하는 거다. 독자는 독서의 시간, 스스로의 목소리를 잃는다. 마치 독자는 어떤 '들림be possessed' 상태에 있게 된다. (한국어 '들림'은 듣다hearing, 들리다lifting, 들르다stop by의 동음이의어다.) 목소리의 윤리는 유령의 발화 속에 있지 않고, 이 들림 상태 안에 있다. 들림의 번역에 있다. 역사의 잉여로서 언어 속에 겨우 숨어 있는 유령에게는 언어를 몸에 묶지 않고도 외치는, 침묵, 한숨, 비명, 기침, 딸꾹질 소리, 신음 소리 같은 목소리가 숨어 있다. 역사 쓰기에서 압살된 유령, 역사의 공백에서 우글거리는 유령, 여자들의 말속에 숨은 유령. 시인은 유령을 채굴한다. 죽었으나 살아 있는 것. 생기, 그 자체이지만 소음이라서 우리가 일상에서는 듣지 못하는 것. 언어들 속에는 있는 듯 없는 것. 그러나 시로 구축하면 그 구축된 것 중앙에 텅 비어 있는 것. 시의 리듬을 통해 이 유령이 이행한

다. 이 유령이 시인의 콧속을 투명한 쥐처럼 통과해 밖으로
나와 독자의 콧속에서 나온 투명한 쥐와 만난다. 번식한다.
사무치게 한다. 이럴 때 시인은 현실과 일상을 기록하는 척
한다. 삶을 수집해서 늘어놓는 척한다. 하지만 시인은 유령
의 목소리로 그것이 언어가 되어 나오는 발화 상태를 짓뭉개
고 있는 거다. 그래서 시도 일종의 허구다. 이것은 지어낸 얘
기를 쓴 것이 시라는 뜻이 아니라 시인과 독자 사이에 생겨
난 장소가 일종의 허구라는 거다. 그 허구의 장소는 작품 속
에서 시인이 그려낸 장소가 아니다. 그곳은 작품 밖의 장소
로서 유령의 목소리가 독자와 만나는 다른 장소다. 그 장소
를 허구의 거처라고 부를 수도 있겠다는 말이다. 그곳에 글
자의 한계를 벗어난 시의 유령이 산다. 이 유령이 시의 바깥
에서 독자에게 실재처럼 기능한다. 이 시의 바깥에서 유령의
목소리가 닿으면 독자에겐 세계지도와는 다른 지도가 생겨
난다. 이 장소에서 글자에 생기가 돌고, 이 글자에서 들려오
는 목소리는 그 누구의 것도 아닌 시라는 유령의 목소리다.
리듬에 실린 언어다.

시를 쓰다가 산문을 쓰면, 시로 돌아오기가 쉽지 않다.
왜냐하면 시의 필드에서는 시인과 대상과의 관계가 일대일
이 아니라 다대다이기 때문에, 자신이 사용하는 언어를 당연

 목소리

하게 여기는 일대일 세상으로 갔다가 돌아오려면 한꺼번에 이륙하는 여러 척의 우주선이 필요하기 때문이다. 시는 동일한 자아가 한 가지 정서와 논리를 가지고 진행하는 산문과 다르기 때문이다. 시는 어쩌면 글쓰기를 거부하는 장르인지도 모른다. 글쓰기에서 쫓겨난, 사람의 시간에서 쫓겨난 자가 쓰는 것. 그 거부된 자의 쓰기가 시이기 때문이다. 소설이 픽션만이 아니듯, 시는 암시만이 아니다. 시는 평론가와 숨바꼭질하는 장르가 아니다. 시는 목소리다. 아직 언어화되어본 적 없는 것, 언어화할 수 없는 것을 보이고, 들리게 하는 목소리다. 이 목소리 속에서 의미는 증발하고 없다. 목소리는 언어를 습득하지 못한 사람처럼 개념이 형성되기 이전이다. 이 시가 도대체 무슨 의미인 거야? 네 이데올로기가 뭐야? 네 정체성이 뭐야? 하는 독자를 더욱 교란하려고 시는 써진다. 시에서는 시 언어가 그 사물의 속성을 지칭하지 않는다. 사물은 한 언어로 말해질 수 없기 때문이다. 사물도 메아리로 말하고, 시인도 메아리로 말한다. 두 메아리가 만나 섞여든 목소리가 시의 언어다. 사물이 이식되어 확장된 몸으로서의 시인의 몸. 그러나 시는 한 인간의 인지능력으로 사물 하나를 다 헤아릴 수가 없다고 생각한다. 사물 하나에 귀를 기울여보라. 그 사물은 다성악처럼 여러 층위의 목소리를 낸다. 그래서 시는 일종의 무언의 대화이고, 다수가 웅얼거리고, 중얼거리고, 요동하는 일종의 소음이다. 이럴 때 시인은 분열적이고, 비합리적이고, 정동으로밖에는 그 '목소리'를 견디어낼 수 없다. 나는 그 중에서도 여러 번 내쫓김과 죽임의 세계를 거쳐 온 여성시는 자율적인 주체가 아닌 물질이며 신체인, 다양한 기관들의 응집체, 자신의 몸처럼 여러 기관들을 주렁주렁 매단 결집체, 그 기관의 유령들이 모두 중얼거리는 목소리라고 생각해왔다. 이런 시를 읽는 독자는 자신의 자아의 장소에서 나아가 그 의미의 공백 속으로 들어가게 된다. 구멍 뚫린 문장 속으로 들어가게 된다. 피아노를 치면서 웅얼거리는 글렌 굴드의 중얼거림 같은 그 말의 공백 속으로 말이다. 사물도 삶도 시적 이미지가 되는 순간 원본의 이본異本이 되는 것처럼. 매일 매 순간 이 이본들의 목소리가 들려온다. 그것을 가리키는 언어도 언어이면서 언어 안팎의 균열된 목소리가 된다. 부재로 탱탱한 중심을 때리는 북채가 된다.

우리나라에서 시 낭독이 끝나면 제일 많이 듣는 질문이 '너는 왜 시를 쓰나?'라는 질문과 '이 시가 다 무슨 의미냐?' 하는 질문이다. 우리나라 사람들은 시를 들은 답답함을 직접적으로 드러낸다. 그들은 은연중에 고등학교 수업에서처럼 시를 분해한 다음, 다시 의미를 추출해내려고 한다. 하지만

 목소리

외국에서 시를 낭독한 다음 꼭 듣는 질문이 있다. '너의 시에
선 왜 초현실주의가 보이는가', 이 질문에 이어서 자신의 한
국문학에 대한 지식을 뽐내고 싶은 사람은 구체적으로 '너희
나라는 일본과 중국보다 초현실주의를 늦게 받아들였다고
알고 있는데, 너는 누구의 영향으로 초현실주의의 시를 쓰고
있느냐?' 하는 질문이다. 이런 질문을 받을 때마다 나는 생각
한다. 어찌하여 저 사람들은 낯선 것만 보면 초현실주의라 하
는가. 미술엔 설치도 있고, 미디어 사용도 있고, 다양한 표현
매체와 방법론이 다 동원되어 있어도 그것을 모두 초현실주
의라 하지 않는데, 시에 대해서는 왜 자신을 척도로 삼아 이
해가 불가능하기만 하면 모두 다 초현실주의라 하는가. 왜 표
현 매체와 방법론이, 아니면 시가 발화되는 영토가 상이하다
고 말해주지 않는가. 100년 전에 생겨난 그 'sur'[2]가 왜 아직
도 신맛을 내고 있다는 말인가. 나에게는 시를 보는 눈을 키
워주고, 시를 가르쳐준 선생도 없고, 선배도 없고, 영향을 준
시인도 없었는데 내 앞에 초현실주의가 있었다고 외국 사람
들이 나에게 가르쳐준다니 말이 되는가 하고 나는 생각한다.
그리고 이어서 저들이 일상적 언술로 읽기 편하게 쓴 것이 아
니기만 하면, 낯설어 보이기만 하면 '초현실'이라는 용어를

---

2   프랑스어 'sur'는 '시큼한'의 뜻을 가지고 있다.

붙이고, 우쭐해하는 건 아닐까 하고 의심한다. 요시카와 나기가 쓴 책『경성의 다다, 동경의 다다』를 읽다가 1924년에 고한용이 경성(당시의 서울)에 도착하는 일본 다다이스트 쓰지 준을 환영하기 위해, '다다이즘'이라고 쓴 깃발을 들고 서울역에 서 있었다는 대목에서, 나는 백 년 전의 어느 날 경성역을 떠올리면서 매우 크게 웃은 적이 있다. 거기 환영, 환송 인파 중 다다이즘이 무엇인지 이해한 사람이 있었을까. 나도 누군가 나에게 영향을 준 초현실주의자 외국인이 있다면 초현실주의라고 쓴 깃발을 들고 인천국제공항에 나가 서 있으련만. 나는 그 질문에 이렇게 대답한다. 어떤 문학도 삶 자체는 아니라고. 문학은 본래적으로 섬뜩하고, 시디신 시詩고, 초현실적이라고. 그리고 우리나라엔 초현실주의라는 이름이 존재하지 않았을 뿐 초현실주의가 이미 있었다고. 그것은 신선소설, 유선사遊仙詞 등등의 이름으로 이미 씌어져 있었다고. 다만 너희들이 그런 흐름에 그런 이름을 지었던 것뿐이라고. 그래서 나의 시는 여기 지금, 이 문학판에 내 시의 장소를 둘 수 없으니 어떤 인칭도 어떤 시간 영역도 사라진 나만의 장소를 구축하고, 거기서 유령의 목소리를 내는 것이라고 대답한다. 그리고 허난설헌의 시를 예로 든다.

남편을 잃은 여자로 천년을 살다가

　　　　　목소리

하늘 물가의 사람과 좋은 인연을 맺었다

공중에서 들려오는 밤의 음악 소리는 지붕 끝에 매달린 달을 울린다

북쪽의 궁에 살던 여신이 발 앞에 내려온다[3]

허난설헌의 『유선사』 87편은 '이미' 초현실의 목소리다. 일종의 자기최면이다. 여기는 '아니'라는 거다. 여기를 미리 애도한다는 거다. 남편이 버젓이 살아 있는 여자가 남편을 잃었다는 거다. 16세기의 어두운 골방에 앉아, 시를 쓸 때는 머리에 화관을 쓰고, 책상에 향합을 열어놓았다는 시인. 나도 머리에 화관을 쓰고 향을 피우고 시를 써볼까. 현실에서는 시를 발표하고, 자신의 시가 기거할 영토가 없으므로 저 공중과 현실의 중간 지대에 자신을 보내놓은 27세에 죽은 여자시인의 모습. 시인은 현실에서는 가부장제의 볼모이고, 아들딸을 모두 잃은 참척의 볼모이지만 시의 세계에서는 외로운 신선으로서 자유를 구가하고자 했다. 그 중간 지대에 목소리를 살게 하고자 했다. 허난설헌은 자신에게 세 가지 한이 있다고 기록했다. '이 나라에 태어난 것, 여자로 태어난 것, 결혼한 것.' 21세기에 사는 나의 세 가지 한과 이렇게 같

3   허난설헌, 「유선사 37」.

을 수가 있다니. 슬픔과 고독과 내쳐짐과 학대를 한꺼번에 경험하는 16세기의 여자가 하루도 빠짐없이 자신의 방에서 비상한다. 그리고 이 땅이 아닌 달의 세계로 간다. 현실에서는 기거할 장소를 찾을 수 없으니, 저곳에 새 장소를 설치한다. '이 나라, 여자, 아내'가 '아님'의 장소를 온몸으로 횡단해 간다. 가면서 이미 죽은 자신의 몸에 유령의 목소리들을 가득 채운다. 타인과 공유할 수 없는 시체로서의 웅얼거리는 목소리들을. 우리는 이 목소리들을 눈으로 듣는다. 몸으로 듣는다. 이 목소리는 부권적 영토를 차지한 자들에 대한 거부의 목소리다. 규범의 목소리에 대한 강렬한 저항의 목소리다. 27세가 되어서는 아무 병도 없던 사람이 목욕한 다음, 옷을 갈아입고, '금년은 3×9 수에 해당하는 해다. 오늘은 연꽃이 서리를 맞아서 붉은색으로 변했다' 하고는 눈을 감았다. 그러고는 다시 일어나지 않았다. 자신이 쓴 글을 다 불태우라는 유언을 남겼다. 시댁 사람들이 방 안에 가득 찬 시들을 모두 태웠지만 동생인 허균에게 건너간 작품은 남아, 중국에서 출간되었다. 몇 년 후, 우리나라의 진보 학자이며 소설가였던 박지원은 허난설헌 시에 대한 중국인의 칭찬에 대해 '일반적으로 규중 여인이 시를 읊는 것은 본래 아름다운 일이 아니다'라고 했다고 전해지고, 또 다른 진보 학자 홍대용은 '비록 이 부인의 시는 경지가 높지만 그의 덕행은 그의 시보다 멀리 뒤떨어진다' 했다고 전해진다. 16세기에 자유를 구가하던 멋진 남성 문필가들이었지만 여자가 조금의 자유를 갖기만 해도 죽이려고 달려들었다. 쩝쩝. 여자의 광기나 증후는 새로운 목소리의 나타남을 가능하게 하는 어떤 '다른' 상태일지도 모른다. 이 미친 듯 현실을 벗어난 목소리가 몸을 입으면 16세기 여자시인의 초현실이 된다. 허난설헌은 한자로 시를 썼다. 어쩌면 그녀에게 여자들이 쓰는, 여자에게 쓰라고 역설적으로 강요된 모국어(한글)는 그녀를 억압하고, 도덕 원칙을 강요하는, 견고한 체계였을 수도 있다. 모국과 모국어의 규범이라는 초자아에 대해서 그녀가 내미는 그 여자와 동성同性인 그 여자의 달나라. 그리고 그곳에서의 향유, 초자아와 전투를 벌이는 이 목소리의 발견이 허난설헌의 시다. 그 목소리는 여기 이 사람이 자신이 '아니라고', 이렇게 사는 것이 맞지 않다고, 이곳은 진짜 세상이 아니라고 그렇게 비명을 지른다.

나의 나라에 사는 모든 사람들이 부조리의 늪에 빠진 것 같은 나날들이 있었다. 슬픔의 성에서 곡하는 사람들이 쏟아져 나와 바람처럼 거리를 휩쓸던 울음의 나날이 있었다. 매일 흐린 날만 계속되는 나날이 있었다. 꿈속의 나마저도 검열의 불빛 아래 놓여지던 나날이 있었다. 나는 출판사의 보잘것없는 무색무취무명의 말단 편집사원이었다. 나는 누가 뺨을 갈기고 가도 아무도 알아채지 못하는. 왜 날마다 날씨가 흐린 것 같을까 이불 속에서 울먹거리는. 누구도 모르게 쓴 시들을 문예지에 투고한 편집사원이었다. 그 시절 한 형사는 나를 경찰서로 부른 다음 나의 출판사가 출간한 책의 번역자의 주소를 대라고 내 뺨을 일곱 대 때렸다. 그가 나에게 쌍욕을 퍼부을 수 있도록, 허벅지를 볼펜으로 찌르도록 누가 자격을 준 건가? 나는 내가 뺨을 맞던 방을 핀셋으로 집어 올렸다. 내가 검열받을 책을 들고 가던 방처럼 환한 그의 사무실. 내가 뺨을 맞아도 그 방의 누구도 관심이 없던 방. 모두 깜깜하게 불 끄고 숨죽였는데 그 방만 환하게 자주 나에게 떠올라오는 방. 그 방에서 머리가 벗어지고, 흰 남방을 입은 큰 몸집의 남자가 두툼한 손으로 머리가 긴 나의 뺨을 갈겼다. 뒤로 물러나면 손을 뻗어 블라우스를 움켜잡고 당겨서 또 갈겼다. 그는 나의 '몰라요'에 대해 '이게 까불어? 이게 까불어?' 그리고 그 쌍욕들을 외쳤다. 나는 성냥갑보다 작은 그 사무실 상자에서 핀셋으로 자꾸만 나를 집어 올렸다. 그다음 나를 삼켰다. 그러나 그것을 삼킨 내 목구멍에서 계속 웅얼거리는 목소리가 새어 나왔다. 그다음 날부터 며칠 나는 출판사를 결근하면서 들릴 듯 말 듯한 목소리로 뺨 한 대에 시 한 편씩. 시 일곱 편을 썼다. 그 시들은 나의 시

　　　　목소리

집 『어느 별의 지옥』(청하, 1988; 문학동네, 1997; 문학과지성사, 2017)에 실려 있다. 무서워서 몇 년이 지난 다음 시집에 실었다. 한 편은 전부 욕설로 되어 있어 시집에 넣지 않았다. 그 형사는 내가 다니는 출판사 담당이었는지 그 후에도 자주 나타났다. 영업부장과 농담도 하고, 이야기도 하고. 나는 그가 나타나면 화장실에 가서 오래 머물렀다. 이야기의 사람은 이야기의 나라에 있다. 사람의 나라에서 이야기를 끄집어내면 그 줄이 너무 길어 내 몸을 다 감고도 너무 많이 남게 된다. 고백이 끝이 없는 고백을 자꾸만 불러오게 된다. 나는 붉은 줄을 몸에 칭칭 감은 나를 핀셋으로 끄집어낸 다음 그 남자와 내가 든 상자를 닫아서 밟아버렸다. 그래서 내가 출판사에 다닌 시절 얘기를 짓밟아버렸다. 유령의 목소리만 남기고서.

시를 가로지르는 목소리는 우리의 세계, 우리가 현실이라 믿고 있고, 현존한다고 착각하고 있는 이곳이 그림자의 세계라고 말하기 위해, 이곳의 균열에 거주하기 위해 다가온다. 시의 목소리는 이곳 바깥에 무슨 다른 장소가 있다고 말하는 게 아니라 이곳에 균열을 내면 부재의 세계가 보인다고, 우리에게는 '사이'라는 또 다른 세계가 있다고, 우리의 사이에는 벌어짐 그 자체가 현존하고 있다고, 그러니 이

현실 이미지들을 해체해 봐야 한다고, 비명을 지르며 다가온다. 그와 마찬가지로 시의 목소리는 각 단어마다에도 큰 공백이 있다고 알려준다. 그 공백 안은 코러스처럼 시끄럽다. 이 코러스의 웅성거림, 진동에는 물론 분명한 내용이 있지 않다. 그래서 시의 목소리에는 주인이 없다. 나는 주인 없고, 내용 없는 이 없음으로 없음을 향해 시를 써나간다. 시의 목소리는 언어의 한 부분이 아니다. 몸의 한 부분도 아니다. 이 목소리에는 이름이 없다. 변증법적이지 않다. 목소리는 말해진 것이 아니라 들리는 것이다. 듣지 않으면 들리지 않는 것이다. 그저 울림이다. 비트다. 리듬 그 자체다. 시의 목소리는 줄거리가 아니다. 어떤 에피소드에 살을 입힌 것이 아니다. 안착할 장소도 없이 음악 속에, 심정 속에, 정동 속에, 변두리에 파편으로 살다가 불쑥 소리를 얻은 것. 그것이 드러나는 그 모습은 어떤 이미지, 어떤 에피소드라기보다는 인간의 언어를 몸에 두르지 않은 하나의 목소리일 뿐이다. 죽임을 당한 혀가 잃어버린 것들을 향해 가는 길목에, 혹은 혀가 추방되어 쫓겨나는 그 가장자리에서 어떤 목소리가 들린다. 시인은 이 목소리를 들을 때만 시인이다. 쓰는 사람과 듣는 사람 사이에서 단어의 공백들을 들을 때만 시인이다. 우리나라 사람들이 시인인 나에게 가장 많이 하는 질문, '왜 시를 쓰냐고, 이게 다 무슨 뜻이냐고' 질문을 받으면 여기서는 도

 목소리

저히 살 수 없어서, 여기서 죽지 않고서는 도저히 쓸 수 없어서, 유령이 된 내 목소리가 자꾸만 생성되는 유령을 구축한 것이라고 대답한다. 시는 죽음이라고, 죽음의 목소리는 여럿[複數]이라고, 그러다가 외국에서 너는 왜 초현실주의냐라는 질문을 받으면 제발 나를 초현실주의자라고만은 부르지 말아달라고 대답한다. 그렇게 이름 붙이면 우리나라의 어느 시대의, 어느 성별의 시 대부분을 초현실이라고 불러야 한다고 나는 대답한다. 그리고 내 시라는 유령의 집은 목소리만 사는, 텅 빈 집이라고 대답한다. 그 구멍 같은 집에서 나의 시는 '시하고' 있다고. 나는 시로서 '당신하고' 있다고. 그 텅 빈 장소를 낙랑공주처럼 큰 북채로 때리고 있다고, 임금인 아버지를 폐위시키는 위반의 타자로서 여성적 향유를 제공하려 하고 있다고 대답한다. 내 목소리로 공기가 진동하고 울림이 퍼져나간다고, 바람이 운다고 대답한다. 여성시인으로서의 내 목소리의 이행은 이런 모국어의 공백들 안에서 이루어지고, 내 여성적이고 시적인 욕망은 이렇게 모국어의 공백들 속에서 이행할 때, 비로소 내 한 편의 시가 펼쳐진다고 대답한다.

슬픔의 형국에서

슬픔을 냉동실에 넣는다. 얼린다. 내색하지 않는다. 다
만 간직한다. 차라리 나를 괴롭혀. 그 대신 이 냉장고는 모른
척해줘. 사랑하지 않는 사람에게 내 슬픔을 말할 수는 없어.
그렇다고 사랑하는 사람에게 말할 수도 없어. 슬픔은 말로
할 수 없는 것. 다음 사항에 동그라미를 치시오. 어디가 제일
아픕니까? 아픔이 몸을 옮겨 다닙니까? 인연의 매듭을 풀고,
위로를 받으라니. 슬픔은 승화하는 것이라니. 당신들. 위대
해. 위대해. 위대한 사람의 말엔 슬픔이 없어. 슬픔의 종류를
선택하라니. 크기를 정하라니. 너나 잘해봐. 나는 또 하나의
슬픔을 냉동실에 넣는다. 나의 냉장고. 순간의 정지. 정지.
정지. 정지로 만든 얼음덩어리들. 시간 속에서 내가 목격한
것. 목격에 이은 기억 환기. 환기에 이은 슬픔. 이제 슬픔은

파도치지 않아. 이제 몸의 구멍을 다 막아. 이 응어리가. 표출되지 않은 슬픔이 밖으로 영영 나가지 못하게, 이 얼음덩어리들 때문에 점점 커지는 냉장고. 빙산만큼 커진 냉장고. 상담자 F가 말한다. 냉동실에 넣은 사람을 이제부터 대패로 깎기 시작합니다. 머리부터 깎아내시렵니까? 내가 빙산 꼭대기에 올라탄다.

학생이 찾아와 묻는다. 선생님, 선생님 나이가 되면 아프지 않고, 슬프지 않게 되나요? 내가 대답한다. 다른 사람은 모르지만 나는 아닌 것 같아. 슬픔이 더 커지고, 아픔도 더 잦아지고, 더 지독해져. 그러자 학생이 다시 묻는다. 그럼 왜 살아야 돼요? 내가 대답한다. 왜? 슬픔과 아픔 때문에 살지. 슬픔 속에 나만의 무엇, 슬픔만의 자유가 있을지도. 고통스럽지만, 슬픔과 아픔이 친구지. 슬픔과 아픔마저 없으면 몸이 너무 고독하지. 임신과 출산을 반복하면서 매일매일 젖을 빼앗기는 암소처럼, 시간에 다 빼앗기는 거지, 나를. 착유기에 유방을 댄 암소와 다를 바가 없어, 우린 슬픔과 아픔에 유방을 들이대고 시간에 맞춰 이렇게 서 있는 거야. 학생은 화가 난다. 그런 게 어딨어요? 왜? 왜? 왜? 죽을 때까지 왜? 왜? 왜? 하면서 살아야 돼요? 그럼 나이가 들면 뭐가 좋아요? 글쎄 관계에 대해 예민해지지 않는 거, 그건 좋은

 슬픔

건 아니네. 나는 면담에 실패한다. 늘 학생들과의 면담을 하고 나면 실패! 한다. 독자가 나에게 말한다. 나이 든 여자가 슬퍼하는 건 추하고 한심해. 그러니 슬픔은 내색하지 마. 또 그 사람이 나에게 말한다. 나이 든 여자가 누군가를 잃었다고 슬퍼하는 거, 더 추해. 내가 그에게 묻는다. 당신에겐 모든 판단의 기준에 왜 '나이와 성별'이 있어요? 부디 나이와 성별을 구별해서 적용하지 않아보길 바래요. 슬픔에도 자격이 있어요? 슬퍼하는 게 추한 게 아니라 나이 든 여자를 추하다고 생각하니까 그런 질문하는 거 아니에요? 할머니들에게 눈물 금지 법안을 선포하세요. 그는 무척 화가 난다. 소리 지른다. 거리에서 간혹 우리나라 아저씨들이 왜 느닷없이 횡포를 부리는지 알아요? 제대로 슬퍼할 줄 몰라서 그래요. 나는 독자와의 대화에도 실패! 한다. 슬픔은 자신이 부재와 연결되어 있음을 느끼는 것. 그 연결의 확인. 누군가가 존재해야 나도 존재한다고 느끼는 것. 누군가가 부재하면 나도 부재하는 것. 슬퍼하는 데도 자격증이 있는 줄 몰랐다. 조건이 달릴 줄은 몰랐다. 나는 더 슬퍼진다. 슬퍼하는 저 암소에겐 무슨 자격증이 있겠나. 자격이 없으니 잡아먹겠지. 이제 착유도 할 수 없는 암소는 잡아먹어야겠지. 늙은 암소가 슬퍼하면 추하지. 상실은 생명 가진 것 모두가 경험하는 것인데, 피조물은 다 끝을 아는데 식물에겐 어떻게 슬픔의 자격증을 줄까. 창밖의 식물들이 저렇게 슬퍼하고 있는데.

한 여자가 19세에 20세의 남편과 결혼했다. 남편은 6·25에 나가서 24세에 전사했다. 하지만 여자는 남편을 1950년부터 기다렸다. 그 여자는 남편이 복무하던 연대의 이름, 전투 위치, 어느 것 하나 잊은 것이 없었다. 딸아이가 자라서 노인이 될 때까지, 여자는 전사 통지서 외엔 받은 것이 없었다. 여자의 늙은 얼굴 속에는 언제나 20대의 신부 같은 모습이 어려 있었다. 여자에겐 그때 품었던 그 새파란 마음을 지워줄 동반자가 없었기 때문이었는가 보다. 이제 많이 늙은 여자에게 연락이 왔다. 남편의 시신을 찾았다고 했다. 여자는 남편이 죽은 안강면 소재의 가파른 산을 올라갔다. 군인들이 여자에게 땅속에서 나온 남편의 이름이 적힌 삼각자를 보여주었다. 그리고 반쯤 깨어진 머릿골의 파편을 흰 종이에 싸서 보여주었다. 여자가 그 유골을 덥석 붙잡고 격렬하게 울기 시작했다. 그리고 그 젊은 남편이 자신에게 정말 잘해주었다고 비로소 과거형으로 말했다. 생전 보이지 않던 남편이 어젯밤 꿈에 보였다고도 말했다. 여자는 몸속에 다져둔 슬픔을 끝장내듯이 소리쳐 울고 또 울었다. 비로소 애도가 시작된 듯했다. 남북의 얼마나 많은 사람들에게 저렇게 아찔한 슬픔이 숨어 있을까 하고 나는 생각했다.

 슬픔

24세의 남편은 저 가냘프고 어린 아내와 핏덩이 아기를 두고 어떻게 죽었을까. 발굴단이 또 다른 유해를 발굴했다. 인민군의 유해였다. 그는 닳고 닳아서 끝이 뭉툭해진 숟가락을 가슴에 품고 엎드려서 죽어 있었다. 군인들은 그를 북한군과 중국군의 묘역에 안장했다. 남쪽의 군대는 미국제 군화를 신고 미국제 탄환을 두르고 죽어 있었고, 북쪽의 군대는 소련제 군화를 신고 소련제 탄환을 두른 채 죽어 있었다. 그들의 몸엔 각각 반대편 나라의 탄환이 박혀 있었다. 혹시 몸만 우리 것이고 무기도 옷도 신발도 심지어는 증오도 생각도 그들의 것이 아니었나 모르겠다. 혹은 죽음과 슬픔만 우리 것이 아니었나 모르겠다. 한 어린 병사의 주머니에서는 다음과 같은 메모가 있었다. '어머니, 상추쌈이 먹고 싶어요. 집 앞 우물에서 시원한 냉수를 몇 사발 벌컥벌컥 들이켜고 싶어요.' 그리고 '어머니 저들이 또 코앞에 왔어요. 어머니 또 쓸게요. 안녕, 어머니, 안녕.' 뒤라스는 「젊은 비행사의 죽음」에서 젊은 영국군 병사의 묘지 앞에서 글쓰기의 출발에 대해 명상하며 운다.

남편의 조각난 유해를 끌어안고 울던 할머니가 고개를 들자 얼굴 속에 깃들었던 새파란 젊음이 순식간에 지워져 있다. 한순간에 말이다. 나는 오래전 만들어진 다큐멘터리 필름을 보며 운다. 젊은 병사의 편지 속에는 격렬한 슬픔의 진

원지, 글쓰기의 진원지가 있구나. 이 슬픔으로부터 글쓰기는
시작하는구나.

　창밖의 저 나무는 슬프다. 슬픔에 잠긴 나무들의 행진.
저 나무들 위의 새는 슬프다. 나무 아래 사슴은 슬프다. 사슴
아래 풀은 슬프다. 피조물은 슬프다. 흙의 고독을 알기에 슬
프다. 물의 눈물을 알기에 슬프다. 공기의 한숨을 알기에 슬
프다. 불의 얕은 숨을 알기에 슬프다. 슬픔 때문에 죽을 것을
알기에 슬프다. 피조물은 너무 슬퍼서 말이 없다. 한 송이 꽃
은 스스로 이름 지을 수 없어서 슬프다. 누군가 이름을 함부
로 붙여줘서 슬프다. 마치 날짜로 붙인 전쟁의 이름처럼. 사
건의 이름처럼. 6·25는 슬프다. 5·18은 슬프다. 4·16은 슬
프다. 저 꽃 바깥에서 꽃에게 붙여진 이름은 슬프다. 그래서
장미는 슬프다. 저 기린 바깥에서 기린에게 붙여진 기린이
란 이름은 슬프다. 그래서 기린은 슬프다. 나는 내 이름이 슬
프다. 나라는 몸뚱어리는 내 이름이 아니어서 슬프다. 명명
받은 것은 슬프다. 온 세상 생물들이 죽어가고 있음을 느끼
고 있으니, 죽음을 알고 있으니 슬프다. 그들이 이 세상이란
곳에 느닷없이 창문으로 들어온 새처럼 갇혀 있으니 슬프다.
온 세상을 가득 채운 슬픈 가면들. 내 슬픔이 그들의 슬픔을
듣는다. 내 목의 동맥보다 가까이에서 울리는 슬픔. 우리 바

깥에 우리가 모르는 우리의 희생자들이 묻혀 있다. 암에 걸린 돼지들이 줄줄이 도살장으로 끌려간다. 우리에게 먹히려고, 죽는 것들이 있다. 그리하여 내 슬픔은 일평생 내가 먹은 생물에게서 온다.

나는 잠에서 깰 때마다 한 장의 백지가 된 기분이다. 바닥에 찰싹 붙어서 2차원 내부에 있는 나. 나는 오늘은 일어나지 말아야지 생각한다. 그러다 보면 한 장의 평면이 된 나를 일으키기 위해 한 마리의 새가 등장한다. 그 새가 내 이불의 꼭지, 2차원의 한 지점을 물고 힘껏 날아오른다. 그렇게 날아오르는 새 때문에 나는 다시 3차원 세상에 일어나 앉아 있게 된다. 연이어 내 방이 일어나게 된다. 내 집이 일어나게 된다. 내 하늘이 일어나게 된다. 그리고 날마다 그 새의 안간힘을 생각한다. 내 이가 부드득 갈린다. 그렇게 악착같이 물고 있어야만 납작함으로 돌아가지 않는 나의 나날. 매 순간 이를 꽉 물지 않도록 해요, 치과의사가 나에게 말한다. 그러나 나는 그 새로 말미암아 이렇게 앉아 있다. 그 새의 집착, 힘. 그 새의 부리를 타고 흘러내리는 핏물이 내 이마에 한 방울 떨어진다. 피부라는 겉감을 댄 날아가는 슬픔 한 명. 나는 끔찍한 것을 보았다. 그것은 내가 이해할 수 없는 것이었다. 나는 시방 미치지 않으려고 슬프다. 새가 내 이불깃을 놓으면 나는 다시 2차원으로 고꾸라진다. 끔찍함으로 고꾸라진다. 나의 평면. 나의 시집, 이것을 슬픔이라고 할 수 있는가. 명명하면 이미 슬픔이 아니다. 아무것도 아니다. 그렇지만 이 슬픔은 나의 실존 범주다. 방주다. 이것이 없다면 나는 다시 한 장의 평면이다. 이 슬픔을 어딘가로 나르듯 날고 있는 저 새. 두 개의 발이 달린 슬픔, 새. 저 새가 시인을 대신해 허공에 고정한 이불깃을 물고 있다. 슬픔을 잡아당기고 있다. 슬픔을 옮겨놓고 있다. 이 세상 안으로.

삼각형의 선분 1 : 죽지 않았어.
삼각형의 선분 2 : 찾아다닌다. 길을 가다가 한 사람의 어깨를 가만히 잡는다. 내가 찾는 이다. 여자가 돌아본다. 앗, 잘못 보았다. 내가 모르는 사람이다.
삼각형의 선분 3 : 죽었어. 죽었어. 죽었어.

내 가슴은 두 개의 삼각형 모양.

영원히 돌아가며 소리 내는 트라이앵글.
나의 부정.
나의 분노.
나의 슬픔.

 슬픔

나는 이 삼각형 산을 오르내린다. 산책한다. 삼화음을 듣는다. 가사가 아닌 조성으로 만든 슬픈 음악을 듣는다.

내 가슴은 두 개의 삼각형 모양.
나는 죽음의 환유와 은유, 인유를 오르내린다. 말과 음악 사이 불협화음을 듣는다. 슬픔의 삼각 파도타기.
슬픔의 신체화.
영원히 벗어날 수 없는 트라이앵글.

여자는 크다. 너무 커서 육안으로는 보이지 않는 여자다. 도시라는 안감을 댄 치마를 입은 여자. 내가 보지 않으려 해서 더 커진 여자. 작고 늙은 여자인데, 언제 이렇게 커져버렸나. 그 여자가 시선 닿는 데마다 있다. 나무들이 그 여자 속에 있다. 빌딩들이 그 여자 속에 있다. 자동차들이 그 여자 속에 있다. 기둥들이 줄지어 그 여자 속에 있다. 그들이 온갖 종류의 슬픔 속에 있다. 그 여자가 걸어가고 있다. 슬픔을 너무 깊이 간직한 나머지 스스로의 슬픔을 보지 못하는 여자. 기상 전선처럼 그 여자의 도시로 몰려오는 그 여자의 치맛자락. 이 도시가 일생 동안 한 번도 해보지 못한 방식으로 울고 있다. 눈물을 삼키면서. 부들부들 떨면서. 그 여자는 왜 밖을 헤매 다닐까? 걸어서 자신을 소진시키려고? 세상에서 자신을 추출해버리려고? 그 여자가 이런 데 있을 리가 없는데, 나의 우울은 좁고, 나의 슬픔은 크다. 그 여자가 이런 데 앉아서 쉴 리가 없는데, 나는 길을 걷다가 그 여자를 본다. 그 여자는 크다. 사라져서 크다. 그 여자는 깊은 슬픔에 빠진 한 마리 짐승처럼. 이 도시라는 안감을 댄 코트를 걸친 한 마리 암소처럼. 무한이라는 안감을 댄 코트를 입은 여자처럼. 여기에, 지금에 포획된 불쌍한, 나 대신 슬퍼하는 짐승처럼. 그 여자가 나의 얼굴을 어루만진다. 누군가를 찾는 것처럼. 나의 코와 눈과 귀를 어루만진다. 내 몸속의 섬세한 것들이 모두 일어난다. 슬픔은 관계라는데, 슬픔은 너와 나 사이에 있다는데. 상대가 없었으면 슬픔도 없다는데. 그래, 그래, 그래, 그 여자는 아직 있다. 온전한 존재의 모습을 한 슬픔이 나를 잠식한다. 억수 같은 슬픔이 나를 때린다. 그래, 그래, 그래. 슬픔이 퍼지는 웃음. 저마다 다른 슬픔의 온도를 가진 음악이 몸에서부터 올라온다. 바람의 슬픔. 구름의 슬픔. 밤의 슬픔. 밤과 낮 사이의 슬픔. 슬픔의 화학적 부산물. 악취가 진동하고, 하수구가 넘친다. 위가 쓰리고, 두통이 발작한다. 이 세상만큼 큰 어마어마한 슬픔이 나를 잠식한다. 내가 바라보는 세상이 모두 그 여자다. 그 여자의 이름은 슬픔. 이 세상이라는 슬픔. 나의 바깥이라는 슬픔. 신이 품은 슬픔의

　　슬픔

메아리. 나는 이 슬픔이라는 여자를 지키는 파수꾼.

　슬픔의 스펙트럼.

　너덜너덜한, 쓰라린, 서글픈, 쓸쓸한, 불행을 느끼는, 저리, 안타까운, 이렇게도 저렇게도 안 되는, 돌아오지 않는, 미치지 않으려는, 그래서 슬픈, 설운(김수영은 자신의 시 모두를 통틀어 '설움'이란 형용사를 155번 썼다), 비참한, 저주받은, 눈물 나는, 허무한, 흐느끼는, 참담한, 후회하는, 상처받은, 공허한, 탄식하는, 구슬픈, 주체할 수 없는, 씁쓸한, 후회의, 연민의, 비애의, 애석의, 비탄의, 공허의, 침울의, 눈물의, 우울의, 회한의, 침통의, 비탄의, 哀而不悲, 哀而不傷, 樂而不淫.

　형용사들로 만든 커튼을 치고 그 안에서 흐린 형체를 껴안는다. 무게도 없고 부피도 없는 바랜 형상을 껴안는다. (내 시집에서 모든 형용사를 '슬픈'으로 바꿔서 읽어주세요.) 종당에는 모든 형용사가 '슬픈'에 다다른다, 그리고 지속한다, 슬픔을.

　백석은 높아서 슬픈 시인. 외로워서 높은 시인. 쓸쓸해서 커다란 시인. 매일매일 슬픈. 우리나라가 다 슬픈. 먹는 것도 슬프고, 걷는 것도 슬프고. 명사도 슬프고, 형용사도 슬프. 그는 국가를 잃은 사람들의 슬픔을 쓰는 텍스트 그 자체. 식민지의 감각. 그의 슬픔은 불쌍한 조선 사람들과 자신의 감수성 그 자체. 시의 단어마다 들어찬 몸이 저린 슬픔. 나는 그의 사진을 들여다본다. 슬픔을 봉인한 듯한 "육미탕"[1]처럼 까만 눈동자. 한쪽으로 치솟은 헤어스타일. 식민지에 잠긴 우리나라를 "내 손자의 손자와 손자와 나와 할아버지와 할아버지의 할아버지의 할아버지"[2]의 먼 조상과 후손에까지 이어지는 거룩한 아득한 세계를 슬퍼한 사람. 우리나라에 사는 생물 모두를 슬퍼한 사람. 심지어 노루와 꼴뚜기, 거미 새끼까지 그 가랑가랑한 눈빛을 슬퍼한 사람. 동물과 사물의 고유성을 한없이 넓고, 높고, 한없이 큰 슬픔 안에 둔 사람. 그 안에서 촘촘하고 치밀한, 슬픔만큼 커다란 그의 눈동자. 나는 그의 "가난하고 높고 외롭고 쓸쓸한" 슬픔에서, "밝고 그윽하고 깊고 무거운 마음"을 이끌어내는 말들을 좋아한다. 그렇게 크게 제 목숨을 부풀게 한 것 같은 소중한 입맛을 좋아한다.(이 단락의 모든 형용사를 '슬픈'으로 바꿔서 읽어주세요.)

1   백석, 「탕약」(『시와 소설』 1938년 3월).
2   백석, 「목구」(『문장』 1940년 2월).

                    슬픔

나는 애도의 실패를 향해 나아가겠다. 나는 애도하지 않
겠다. 애도는 사라짐을 목표로 한다. 너의 영원한 잠적. 나
는 단절에 실패하겠다. 나는 나의 슬픔인 그 여자를 보존하
겠다. 나는 스스로 포르말린 용액이 되겠다. 나는 슬픔의 형
국이 되겠다. 나는 슬픔의 감방이 되겠다. 그렇지만 나는 왜
이 닫힌 문 앞에 있는가. 나는 왜 매일 문 앞에 늦게 도착하
는가. 허둥지둥 다가가면 이미 문은 닫혀지고 나만 있는가.
이렇게 하면 좋았을 텐데. 이렇게 하지 않았으면 좋았을 텐
데. 나는 왜 두 가지 말밖에 하지 못하나. 나는 왜 죽음을 받
아들이나. 닫힌 문을 받아들이나. 나는 받아들이지 않아야
했다. 지금이라도 늦지 않았다. 죽음은 없다. 나는 상실하지
않았다. 나는 왜 텅 빈 세계를 관조하나. 텅 빈 곳을 향해 눈
길을 드나. 어떤 목적도 마련하지 않았으면서 왜 여자를 불
러내나. 나는 왜 슬픔의 작업에 미쳐 있나. 슬픔은 보이는
(내가 남에게 보인다고 믿는) 이 세계의 나와 보이지 않는 여
자 사이에 있나. 아니면 슬픔은 보이지 않는 세계를 갈구하
는 마음의 상태인가. 미치지 않으려고 슬픈가. 슬퍼서 미치
지 않은 건가. 슬픔은 침잠이다. 슬픔은 길 잃음이다. 그렇지
만 여자는 너무 크다. 서글퍼서 너무 크다. 내가 자기보다 먼
저 죽을까 그렇게 벌벌 떨더니 이제, 여자의 치맛자락은 이
도시를 덮을 정도로 크다. 그 안타까운 빛의 치맛자락 아래

서 나무가 슬프다. 풀이 슬프다. 강아지가 슬프다. 나무의 시신, 꽃의 시신, 강아지의 시신. 미래의 시신들로 가득 찬 세상. 우리가 이들에 대해 말할 수 있는가. 저들의 유한성에 대해, 슬픔에 대해, 말할 자격이 있는가. 피조물은 각자 고유해서 이렇게 다 슬프다. 위로는 소용없다. 위로는 위로하는 사람의 알리바이다. 나는 이 슬픔 속에 있겠다. 저 핸드백처럼 있겠다. 내가 호스피스에 있는 여자에게 파리에서 사다준 핸드백처럼. 여자가 손에서 놓지 않고, 늘 안고 있던. 환자복 위에 걸치고 있던 핸드백처럼. 매일매일 내가 자리를 비우고 나면 그 안에 넣어둔 돈이 사라지던 핸드백처럼. 여자는 그 핸드백을 들고 택시를 타러 가야겠다고 했는데. 여자는 없고 그 핸드백은 여전히 있다.

슬픔은 분노를 거쳐 억울과 우울을 거쳐서 왔다. 아무 의미도 없는 이 슬픔이 와야 용서할 수 있다고 했는데. 죽음을 만들어낸 그자를 용서할 수 있다고 했는데. 냉동고의 얼음이 강물처럼 녹아서 집 안을 다 적실 때까지. 나의 뇌가 액체가 될 때까지 기다려야 한다고 했는데.

침 묵

상실의 환유

높은 창에서 햇살이 들어오는 작은 방. 엄마가 방문을
연다. 미취학 아동인 내가 숨이 막혀 쓰러진다. 엄마라는 단
어가 내 조그만 사전에서 사라졌기 때문에. 찾을 수 없었기
때문에. 발음할 수 없었기 때문에. 나는 말문인 숨이 막혔다.
무대에서 노래문이 막힌 가수처럼. 나는 그 단어를 발음하기
위해, 온몸을 응축했다가 크게 펴본다. 하지만 나는 쓰러진
다. 나는 사실 엄마가 사무쳤었다. 자면서 울었다. 나에겐 그
리운 사람이 있었다. 나는 그리움에 화상을 입었다. 애가 타
서 열꽃이 피었다. 엄마가 동생들을 계속 낳자 나는 외할머
니 집에 맡겨졌다. 외할머니와 외할아버지 사이에 눕혀졌다.
그 두 사람이 너무 싫어서 죽을 것 같았다. 그들이 먼저 잠들
면 커다란 짐승 사이에 누워 있는 기분이 들었다. 매일 잠자

지 않겠다고 마음먹었다. 그러다가 몇 달 후 엄마가 왔다. 엄마를 보았다. 그리고 그 순간 나는 엄마라는 단어가 내 목구멍 속 깊이 숨어버렸다는 것을 알았다. 나는 기절해버렸다. 외할머니와 엄마는 자주 나에게 말했다. 너는 앙큼한 아이다. 엄마 보고 싶단 내색 한번 않더니 엄마가 오자 기절해버렸다. 그렇지만 나는 엄마라는 단어가 목구멍 속에서 나오지 않더란 얘기는 하지 않았다. 지하 깊숙이 억류된 그 단어를 끌어올릴 수 없었다고 말하지 않았다. 숨이 막힐 정도로 그 단어를 발음하고 싶었지만 불가능했단 말은 하지 않았다. 인터뷰어들이 나에게 묻는다. 언제 시를 처음 느꼈나요? 나는 대답했다. 햇살이 높은 창에서 들어오는 작은 방. 그 방에서 앓고 있을 때라고 대답한다. 그렇지만 이어지는 경험 내용은 말하지 않는다.

나는 좀더 자라서 엄마 집에 온다. 그리고 속으로는 엄마를 재네들 엄마라고 맘속으로 부른다. 나는 엄마가 나의 계모라는 것을 증거하기 위한 단서 수집에 나선다. 나는 학교에서 아무하고도 말하지 않는다. 대답하겠다고 손을 들지 않는다. 나는 수업 시간에 선생님이 질문하는 모든 문제에 대한 정답을 알고 있지만 침묵한다. 난 얼어붙어서 절대로 쏟아지지 않을 물 한 양동이처럼 앉아 있다. 고요한 수면. 선

 침묵

생님은 나를 바보 물로 안다. 아이들도 나를 바보 물로 안다. 말을 상실하면 인권을 상실한다. 학교에서 나에게 인권이란 건 없다. 나는 노숙자이거나 쓰레기, 투명인간이다. 국가를 상실하면 그다음 인권이 상실되듯이, 말이 상실되자 나의 존엄이 사라진다. 나는 내 안에서만 존엄하다. 내 안에서만 출렁거린다. 나의 통지표에 담임은 이렇게 적는다. 심술이 많고, 고집이 세다. 그러나 시험은 그럭저럭 본다. 나는 4년 만에 한 번 도래하는 2월 29일처럼 명랑한 숫자들 사이에 아직 도래하지 않은 아이처럼 혼자 앉아 있다. 이렇게 혼자 있는 것이 좋다. 나를 둘러싼 하얀 침묵이 좋다. 이 침묵은 무겁지 않다. 깃털처럼 가볍다. 엄마가 나에게 설거지를 시키고, 방안에서 동생들과 디저트를 먹으며 깔깔거릴 때 나는 생각한다. 저 여자는 내 엄마가 아니다. 쟤네들 엄마다. 나는 입양된 아이다. 내 엄마라면 그렇게 오랜 시간, 나를 외할머니와 외할버지 사이에 눕혀놓았을 리가 없다. 다시 나는 전학을 간다. 나는 그 전학 간 학교에서 외할머니의 고장에서 쓰던 사투리를 버리고 표준말로 유창하게 말한다. 집에 와서도 유창한 표준말을 쓴다. 그 말을 들은 엄마와 외할머니가 내 머리를 빗기며 말한다. 너는 앙큼한 아이다. 하루 만에 사투리를 없앴다. 내가 대학생이 되었을 때 엄마가 근무하는 초등학교 1학년 시험지를 채점해드린 적이 있는데, 그때 한 아이가 모든 시험지에 자그맣게 '다 안다'라고 써놓고 한 문제도 답을 적지 않았다. 대답은 하지 않았지만 나처럼 정답을 다 아는 아이. 내 엄마가 내 엄마가 아니라는 것을 아는 아이.

나는 나중에 이런 증세들이 선택적 함묵증이라는 것이고, 어떤 종류의 치료를 요한다는 것을 알게 되었다. 하지만 이미 나는 그것을 벗어나 있었다. 나는 내 침묵이 화해를 거절하는 것, 나에게 처해진 상황을 거절하는 것, 상담을 거절하는 것이었다는 것을 알게 되었다. 어린 나는 거절했다. 에우리디케는 자신을 찾아오는 밝은 대낮의 언어를 원하지 않았을지도 모른다. 그래서 오르페우스를 뒤돌아보도록 그의 이름을 단 한 번 불렀는지도 모른다. 아이는 이 세상 모든 것을, 거절, 거절, 거절. 그 아이는 거절을 택했다. 아이의 존재 안에 억류되어 있는 에우리디케는 어둠 속에서만 노래했다. 아이는 침묵으로 세상과 불화하기를 택했다. 자신의 이름에 응답하는 능력을 스스로 상실했고, 스스로 대답하는 능력을 지웠다. 그리고 엄마 없는 세상과 불화했다. 침묵은 언어 상황이다. 알아듣고도 대답하지 않는, 언어의 의미를 거절하는 상황. 그 언어와 그 언어의 의미와 상황과 화해하지 않으려는 소음과의 대치. 그렇다면 그 하얀 침묵이 아이의 것이었을까. 아니면 엄마와 아이의 것이었을까. 어린 나는 아마

　　　침묵

도 그 소음이 엄마의 것이라고 생각했던 것 같다. 내가 침묵하는 것이 아니라 나의 가짜 엄마가 아닌 진짜 엄마가 침묵하는 것이라고 생각했던 것 같다. 나는 이 엄마, 이 침묵하는 엄마가 나의 대타자라는 것을 지각하고 있었던 것 같다. 나는 이 대타자가 내 언어를 가능하게 하는 조건임을 인지하고 있었다. 나의 사라진 목소리는 사실 내가 좌지우지할 수 없는 진짜 엄마의 목소리였다. 그리하여 나는 침묵만은 거절하지 않았다. 침묵으로 만든 틈과 공백만은 거절하지 않았다. 왜냐하면 그 침묵이 영영 돌아오지 않는 진짜 엄마를 목 놓아 부르는 목소리의 발현이라는 것을 알기에.

그리움이 최대치에 이르면 언어는 결핍된다. 아니면 내 스스로가 나에게서 언어를 박탈한다. 입안에서 혀가 사라진다. 내가 부르고 싶은 것과 그전에 내가 부르고 껴안았던 것 사이에 커다란 블랙홀이 생긴다, 혀가 사라진 입이 남는다. 그 대신 '높은 창에서 햇살이 들어오는 방'이 엄마를 대신한다. 나는 그 창을 향해 입을 다문다. 그다음엔 그 방의 미닫이문을 향해 입을 다문다. 대문을 열고 나가 그 대문 손잡이를 향해 입을 다문다. 엄마는 창문, 창문은 햇살, 햇살은 손잡이, 손잡이는 발자국, 발자국은 대문. 내 그리움은 끝없이 유예된다. 내 그리움이 끝없이 다음 대상으로 옮겨간다. 지구를 한 바퀴 돈다. 나는 그것들을 바라보지만 엄마는 결핍되어 있다. 이 결핍으로 세상 만물이 내 부름을 받지만 이들은 엄마의 대체물이 아니다. 내 내부에서는 계속 대체물이 출몰하지만. 외부는 한없이 고요하다. 아무도 내 이름을 부르지 않기 때문이다. 이렇게 생각하는 것은 내가 내 이름을 부르는 단 한 사람만을 원하기 때문이다. 그래서 나조차 나를 어떻게 불러야 하는지 모른다. 그래서 나는 개구리였다가, 토끼였다가 이불이었다가, 불타는 장작이었다가, 뜨거운 가마솥이었다가, 외할머니의 밀주 항아리였다가 나에 대한 나의 이름 지음은 한없이 연기된다. 하지만 이 만물은 혀가 없는 내 구멍으로 쏠려 들어온다. 마치 나날의 시간이 꿈속으로 몰려 들어가듯 그렇게 들어온다. 그리고 꿈은 나를 포획한다.

결국 나는 환유가 일어나는 언어의 노선이 통과하는 터널, 구멍에 불과하게 된다. 이 구멍으로 리듬이 드나들고, 온갖 감응이 드나든다. 이 구멍, 내 안의 언어는 끝없이 미끄러진다. 나의 언어는 학교에서 배우는 국가어와 멀리 떨어져 있다. 뒤늦게 보니 내가 대학에 들어가서 처음 읽은 시들이 다 아버지들의 시였다. 아버지들의 정서. 아버지들이 자신을 위무하느라 만든 인접성을 놓친 글들. 자신의 유사성만을 늘어놓는 은유의 글쓰기. 그들은 에우리디케를 구해주러 갔었다고 야단이었다. 그렇지만 뒤를 돌아보고 여자를 놓쳤지라고 떠들어댔다. 자신의 위무에 빠진 말들. 후회마저 위무인 글쓰기. 나는 그들을 따라 하는 것이 내 글인 줄 알았다. 그것으로 내 결핍을 쓰려고 했다. 썼다. 그리고 시간이 지남에 따라 점점 의심을 품었다. 구멍을 파느라 옮겨놓은 흙이 산처럼 쌓였다. 전기가 누전되어 집을 홀랑 태워버리듯, 그렇게 다시 내 어제의 시집(지옥)들을 홀랑 태워버리는 누전의 언어를 꿈꿨다. 침묵을 안고 말하는 언어를 꿈꿨다.

나의 목소리와 엄마의 목소리는 우리 둘을 묶어주는 어떤 물질성이다. 나는 눈을 감고 엄마의 목소리를 듣는다. 우리는 서로 목소리를 섞는다. 몸이 떨린다. 엄마가 돌아가시고 나의 환공포증이 더 심해졌다. 나는 일사분란한 구멍들을 못 견딘다. 성냥들이, 이쑤시개들이, 면봉들이 일사분란하게 들어 있는 통을 열지 못한다. 깨가 심하게 뿌려진 요리를 거절한다. 그런 것 앞에서는 눈을 감는다. 누군가 상처에 뿌려진 깨라고 했을 때 그 사람의 목을 조르고 싶었다. 차에 실려가는 파이프들, 건물 외벽을 둘러싼 질서 정연한 장식 구멍들. 여기서 더 나아가 일사불란하게 행진하는 군인들. 도열한 사람들의 머리를 위에서 조감한 사진들. 거기서 더 나아가 이제 나는 책을 읽지 못한다. 책을 펼치면 맨 먼저 ㅇ의 구멍들이 나를 바라보고 있다. 그 조그만 공백들이 나를 바라보고 있다. 조금 있다가 ㅎ들. 그다음 ㅁ들, ㅂ들, ㅍ들. 하는 수 없이 영어로 된 책을 본다. 그러자 여기에도 o가 있다. 그다음, a, b, d, p, q 차례로 못 견디겠다. Q도 R도 못 견딘다. 나는 이 문자들을 까맣게 칠한 다음 책을 본다. 그렇지만 구멍 문자들이 너무 많다. 책이 까매진다. 나는 까맣게 칠해진 글자들로 가득한 시집들을 내다버린다. 엄마가 가신 다음 다시 선택적 함묵증이 도래한다.

'엄마'에서 자음 ㅇㅁㅁ을 지우고 모음 ㅓ, ㅏ만 남긴다.
ㅓㅏ, ㅓㅏ, ㅓㅏ, ㅓㅏ, ㅓㅏ, ㅓㅏ, ㅓㅏ, ㅓㅏ, ㅓㅏ, ㅓㅏ, ㅓㅏ,

내가 지운 그 자음이 나를 찾아서, 혹은 찾지 않아서 찾은 것은 지운 것이니까 찾지 않음만 못하고, 찾지 않음은 지운 것을 인정하는 것이므로 찾음만 못하니, 지운 자음이 나를 다독거리고 나를 안아주고 나를 데려가고 나에게 말을 걸 때까지 나는 지운다. ㅇㅁㅁ, ㅇㅁㅁ, ㅇㅁㅁ, ㅇㅁㅁ, 어디서 엄마가 우는 소리. 내가 이 세상 떠날 때 나를 데려가려고 ㅇㅁㅁ, ㅇㅁㅁ, ㅇㅁㅁ 우는 소리. 내 진짜 엄마가 우는 소리.

나는 네 공감이 싫다. 나는 거절한다, 너의 공감을. 너는

 침묵

내가 처한 상황을 이해하고 파악하고 있다고 한다. 네 공감은 나를 너를 향한 지향으로 만든다. 나는 네 공동체의 감각을 거절한다. 나는 네가 감각을 나눠주는 것도 싫다. 나는 너의 분배를 거절하겠다. 갖지 않겠다. 보이지 않던 것을 보여주고, 들리지 않던 것을 들려준다면서 너는 결국, 종당에는 나를 제외할 테니까. 나는 네가 하겠다는 치료를 거절하겠다. 나는 네가 주겠다는 건강을 갖지 않겠다. 다시 말하지만 나는 네가 공감해주는 것을 원치 않는다. 나는 나만의 이 탐닉을 나눠주고 싶지 않다. 나는 내 목구멍 속의 침묵을 나눠주고 싶지 않다. 네가 병이라고 하는 이것을 부둥켜안고 있겠다. 나는 계속 아프겠다. 나는 나 스스로 박탈한 언어, 너와의 침묵을 지속하겠다. 내 침묵에서 파생한 이 균열의 이 감각마저 가져가겠다면 할 수 없다. 침묵 때문에 내 모습이 너에게 더 잘 보인다면 할 수 없다. 그렇다고 나는 너와의 화해를 선택하진 않겠다. 나는 너의 감성이 싫다. 면면히 이어져온 이 언어에 묻은 정서가 싫다. 그 정서를 듬뿍 담은 네 언어가 싫다. 너는 언제나 화해하자면서 나를 가져갔으니까. 너는 조화롭게 지내자면서 나를 배제했으니까. 나를 전락시켰으니까. 추체험해버렸으니까. 나는 너에게 인정받고 싶지 않다. 나는 너에게 내 언어를 주지 않겠다. 나는 네 언어를 갖지 않겠다. 그리하여 나는 말하지 않음으로 말하겠다. 그러니 너도 나에게 말하지 마라. 나에게 감각을 나눠주겠다, 안 주겠다 하지 마라. 제발 '나를 위해서'라고 하지 마라. 그건 공동체를 부리러 온 너의 말이다. 자기동일성으로 자기동일성을 재생산하는 자여. 나에게 내 목소리를 찾으라는 충고도 하지 마라. 나는 너에게 말하기 싫다, 아아, 나의 언어 공동체님이여. 나는 네 질문을 원치 않는다. 네 공감을 원치 않는다. 나는 너에게 감정전염될까 봐 무섭다. 감정합일될까 봐 죽고 싶다. 질문은 내가 한다. 다시 한번 말하지만 나는 네 언어를 원치 않는다. 너의 내 이름 지음을 원치 않는다. 네 혀와 구강으로 만든 이름의 발음을 원치 않는다. 너는 공감이라는 단어로 나를 가져다가 오히려 네 건강을 유지하려 하는구나. 나는 네 건강이 싫다. 네가 늘 계속하고 있다는 치료와 위로는 더더욱 싫다. 네가 발견했다는 그 동정이 싫다. 나는 너와 나누기 싫다. 나는 네가 나눠주는 것이 싫다. 나는 네가 나눠주는 하늘이 싫다. 바다가 싫다. 나는 구멍의 침묵 속으로 내려가 내 바다로 가라앉겠다. 더 깊이. 이 세상아. 이 가차 없는 세상아. 말하지 않음으로 말하기를 실행한다는 것. 혀가 사라진 다음 그 구멍으로 내는 목소리, 얼룩과 피. 발설하지 않으려고 외치는 외마디. 구멍으로 말하기. 왜냐하면 자기의식이란 허위니까. 그들의 것이니까. 그런 건 없으니까. 혼자 숲으로 들어가던 떠돌이 짐승 한 마리 문득 뒤돌아본다.

    침묵

불안

불안의 것

불안

불안은 미래다. 나는 알고 있다. 불안이 나의 지금, 나의 몸에 뿌리를 내리고 있지만 이건 사실 아무것도 아니라는 것. 투명한 뿌리라서 보이지도 않는다는 것. 그럼에도 나에게 이 비정형의 미래가 와서 나의 신체화 증상을 만든다는 것. 심지어 이 때문에 내가 몸으로부터 쫓기게 된다는 것. 나는 생각한다. 나는 나의 미래가 두려운가. 아니면 미래를 알 수 없다는 그 사실이 두려운가. 나는 도대체 무엇을 알 수 없다고 하는가. 나는 사실 다 알고 있지 않은가. 태어나면 죽는다는 사실을 아는 것처럼. 나는 나에게 미래가 없어서 불안한 게 아니라 미래가 있어서 불안하다. 그러나 미래는 간단치 않고, 불안은 감출 수 없다. 오래전 나는 꿈속에서 내 얼굴에 글씨를 쓰는 사람의 기척을 느꼈다. 꿈에서 깨어 얼른 거울을 보면 내 얼굴에 세필로 쓴 글씨가 가득했다. 꿈 바깥의 나는 거울 속의 내 얼굴이 낯설다. 내 얼굴 속에서 누군가 뛰쳐나올 것 같다. 내 얼굴은 누군가의, '부재자의 인질'인 것만 같다. 나는 지금 내 바깥의 타자의 응시가 두려운 것인가. 나 스스로의 응시가 두려운 것인가. 아니면 내 얼굴에 사는 이가 나를 두려워하는 것인가. 나는 그 부재자가 그리워서 두려운 게 아니라 그 부재자가 나타날까 봐 두렵다. 그 숨은 얼굴이 나에게 원하는 것은 무엇일까. 그 얼굴은 상상이 아니다. 내가 눈을 치뜨고 바라보는 것이고, 내가 불안해하는 원천이다. 나는 거울을 볼 때, 내 얼굴을 바로 보지 못한다. 내 얼굴 안에 다른 얼굴이 있을 것만 같다. 나는 잠자리에 들면서, 꿈속에 숨은 그 얼굴을 꺼내 보라고, 몇 차례 스스로를 향해 최면을 걸었다. 그리고 어느 날 꿈속에서 내 얼굴에 글씨를 쓰는 손길을 느꼈다. 그다음 글씨를 쓰는 사람의 얼굴을 보고야 말았다. 물론 그 사람은 언젠가 내가 만나게 될 부재의 나였다. 미래, 혹은 진짜 나였다. 미래여, 미래여, 미래여, 과거에 부서진 부처의 얼굴 같은 미래여.

불안은 공포처럼 대상이 있지 않다. 그렇지만 나에겐 내 얼굴에 글씨를 쓰는 여자가 있다. 나는 그 감촉을 기억한다. 차가운 먹[墨]이 얼굴에 닿는 느낌. 검은 감촉. 아주 작은 새

불안

가 내 얼굴 위에서 걷는 것 같은 글자들의 발자국. 간혹 잉크 방울이 내 목을 타고 내린다. 귓바퀴로 떨어진다. 마치 갑자기 죽음을 맞이한 인간이 흘리는 마지막 눈물처럼. 혹은 내 얼굴이 미세하게 절개된 다음 사선으로 번져 나오는 피처럼. 글자를 쓰는 저 여자가 미래다. 미래가 시간을 거슬러 나에게 침범했다. 도대체 저 여자, 아무것도 아닌 저 여자, 어디에도 없는 저 여자, 나의 미래라고, 혹은 진짜 나라고 내가 느껴버린 저 여자. 저 여자가 나라고 공상하는 '나'라는 정체, 내가 나라고 부를 때 생기는 '나'라는 자존 상태, 내가 잠들 때 커지는 '나'의 고유성을 위협하면서 불안의 소용돌이가 나를 떠민다. 나라는 고독을 넘어서지 못하는 저 여자가, 그럼에도 이 세상에서 제일 낯선 저 여자가 내 불안을 포섭하여 나를 떨게 한다. 나는 미래 때문에 아프다. 나는 미래 때문에 병을 얻었다. 저 여자는 나의 죽음 충동인가. 저 여자를 나라고 불러도 되는가. 저 여자가 쓴 글자들은 도대체 무슨 의미를 가지고 있는가. 저 여자는 분명 나에게 바라는 것이 있을 거다. 내 불안은 저 잉크가 듬뿍 묻은 붓과 연결되어 있다. 나는 이 꿈속에서 오래 기거하게 될 것 같다. 저 붓은 왜 나에게 와서 불안의 매개가 되었는가.

불안은 나 혼자만의 것, 나 혼자만의 세계. 그럼에도 나는 나 아닌 것들조차 불안하다. 책꽂이가 불안하다. 빗소리가 불안하고, 나의 솜털이 불안하다. 집 전체가 불안하다. 나라 전체가 불안하다. 밀어내면 밀어낼수록 불안은 더 진격하는 습성이 있다. 이 세상이 사라져도 불안은 살아남으리. 늘 보던 책꽂이가 낯설고, 빗소리가 낯설고, 나의 솜털이 낯설다. 내 가정과 나라가 낯설다. 불안은 스스로 분열하면서 나를 분열한다. 나는 이제 한 사람이 아닌 것 같다. 나는 책상에 있고, 책상 아래 누워 있다. 불안이 왕이고 나는 불안의 신하다. 나는 불안에 이은 고통이다. 이 고통이 사라지면 나는 없으리. 이 고통이 극에 달하면 고통의 리듬만 남고 나는 없으리. 나는 나라는 주체의 글쓰기에 실패한다. 불안이라는 미래가 나를 박탈하려 하기 때문이다. 내 시의 리듬이 언제나 급박을 타는 것은 이 때문이다. 나는 이제 불안의 인질이다. 인질의 글쓰기. 인질의 사랑하기. 인질은 아무리 써도 배가 고프다. 아무리 써도 나를 찾지 못하겠다. 아무리 써도 다 쓰지 못하겠다. 아무리 써도 글 가운데에서 발버둥 치며 우는 아기를 달래지 못하겠다. 아무리 써도 살지 못하겠다. 아침에 일어나면 내 얼굴에 글씨를 쓰던 그 잉크가 내 책상 위에 놓여 있다. 잉크는 나에게 그 잉크를 찍어 나라는 존재의 불가능성의 척도를 높이라고, 불안의 휘황찬란한 칩거를 쓸 차례라 명령을 내린다. 나는 심장을 투명 봉지에 넣어

불안

서 들고 가는 사람 같다. 길을 걷는 모든 사람이 손톱을 길러 내 심장을 찌르려 기회를 노린다. 나는 시방 고통이다. 고통 때문에 내 몸은 퍼즐 조각처럼 흩어질 처지다. 만약 내가 온전한 몸을 가지게 된다면 그건 내가 죽음에 처하게 되는 그 순간이 유일할지도 모르겠다. 나는 시방 내 리듬에 쫓긴다. 나는 증상에 시달린다. 하지만 불안 때문에 나의 글쓰기에는 권력이 없다. 권력은 인터넷처럼 그물망이지만 나에게 올 땐 일방통행이다. 권력은 불안을 피해 질서를, 순서를 구조화하려 한다. 그러기에 역설적으로 한없이 권력은 불안의 휘하에 있게 된다. 하지만 나는 흩어져버려서, 나는 무수히 많아서, 권력에 맞설 수 있다. 나는 모래처럼 많다. 나는 그 많은 모래의 입으로 끝까지 중얼거린다. 중얼거림으로 불안에 대항한다. 이 중얼거림으로 죽음이 끝없이 연장되기를 바란다. 미리 모래처럼 죽어서, 미리 모래처럼 흩어져서. 사막처럼 넓게. 이 사막의 모래 하나하나가 나이고, 나의 맥박이고, 나의 텍스트다. 씨줄도 날줄도 없는. 이 맥박의 사막을 딛고 한 여자가 간다.

불안은 부재의 실재, 미래적 실재다. 나는 이 미래적 실재에 사로잡힌 인질이다. 나는 불안에 처해 있다. 부재의 나에게 있기, 이 상태. 불안 장애를 치료하려면 불안의 근본 원인, 대상을 제거하거나 회피하면 된다고 정신과 의사는 말하지만, 불안이 나라면, 나를, 내 미래를 제거하면 되는가. 얼굴에 글씨를 쓰는 내 얼굴을, 내 손목을 제거하면 되는가. 내 얼굴에 글씨를 쓰는 붓을 꺾으면 되는가. 세상의 붓을 모두 꺾으면 되는가. 세상의 잉크를 땅에 다 엎으면 되는가. 내 글쓰기는 나에게 억압인가. 나는 글 쓰는 자로서 나와 나 아닌 것 사이에 있지 않았던가. 모래이면서 모래와 모래 사이에서 목소리를 내는 것. 나는 글을 써서 땅에 파묻지 않고, 매체에 올리는 죄의식 때문에 불안한가. 그렇다면 나는 글을 쓸 때조차 자유의지로 임하지 못하고 있는 게 아닌가. 나의 글쓰기는 나의 '하기'에 이은 나의 무위가 아니었던가. 정신과 의사는 나의 노동을 자신의 직업처럼 노동 행위에 따른 그 보상으로 생각하는 것 같다. 그가 나에게 소개하는 작가나 시인은 내가 한 번도 읽지 않은 분들의 것이다. 내 취향이 아니다. 나는 건설적인 미래를 미리 전제한 글을 읽지 못한다. 내가 의사의 공감을 원한 건 아니지만, 그는 내 불안의 대상을 마음대로 상정하고 신경 쓸 거 없다고 한다. 이 세상은 생각보다 평화로운 곳이라고 한다.

글을 쓰는 사람은 선험적으로 자신의 소멸을 경험한다. 이럴 때 무한은 항상 불안과 함께 한다. 우리는 불안에서 태

 불안

어나 불안에서 죽는다. 무한을 안으로 뒤집으면 호두 같은 것이 된다. 시인의 뇌가 된다. 글은 나아가고 그에 따라 불안은 신체로 떨어진다. 불안이 나를 증상에 시달리게 한다. 고통을 준다. 뒤집힌 무한의 뇌가 나를 옥죈다. 내 고통은 무한을 응시한답시고 멍 때리고 산 자에게 내려진 형벌이다. 살아 있는 자로서 죽음을 구성하려 시도했기 때문이다. 죽음의 연속적인 살아감을 혼란스러워했기 때문이다. 나라는 불연속적인 동그란 하나의 무덤에서 깨어나고 싶었기 때문이다. 웅얼거리고 중얼거리는 비결정적인 것들을 언어로 구축하려는 욕구가 있었기 때문이다. 그럼에도 불안은 이 '나'를 의식하게 한다. 불안은 나에게, 나와는 다른 나를, 눈뜨는 나를 보내주기도 한다. 나는 때때로 나에게서 눈뜨는 나를 억압했고, 이제 그 선물로 고통을 받았다. 불안은 미래이므로 부재다. 무無다. 무는 조용하지 않다. 무가 끊임없이 문을 두드린다. 나에게 들여보내달라고 애원한다. 상실로 우는 나에겐 슬픔이 있었겠지만, 어쩌면 연이어 나에겐 우울이 도래했었겠지만, 나는 지금 왜 내가 불안의 화살에 꿰어 있게 되었는지 억울하다. 나의 슬픔으로도, 나의 우울로도 가닿을 수 없는 미래가 나를 타격한 것이 억울하다. 불안은 가닿을 수 없는 곳, 바로 그곳, 왜 내가 나인지도 알 수 없는 그곳에서 내몸을 타격해온다. 결국 모래가 되고서도, 자신이 모래인 줄

도 모르는 내가 모여 있는 그곳에서. 불굴의 불안. 불멸의 불
안. 불쌍한 불안.

　　나는 한 달 안에 네 번 기절한다. 식구들이 놀라 나를 싣
고 병원으로 달려간다. 나는 뇌를 검사받는다. 하지만 그 기
관의 이상은 발견되지 않는다. 나는 시시때때로 어지럽다.
혹은 두근거린다. 나는 계속 싼다. 나는 두리번거린다. 삼복
더위에 춥다. 그리고 불면. 불면에 관한 시를 쓰고도 불면.
또 쓰고도 불면. 새벽에도 영혼이 꺼지지 않는다. 식은땀을
흘린다. 입속이 사막처럼 갈라진다. 그다음 현기증. 현기증.
현기증. 나는 쫓기는 사람처럼 내 소지품을 길에다 상점에다
병원에다 다 흘리고 다닌다. 병명을 찾을 수 없다. 나의 고통
을 설명할 언어가 없다. 나는 더욱더 비천해지고, 무력해진
다. 나여! 나를 철회하라! 철회하라! 철회하라! 나는 무수히
비닐로 감싸진 병원 침대 매트리스들을 오르내린다. 기계들
아래 눕는다. 나는 종일토록 침대를 짊어지고 걷는 사람 같
다. 결국 정신과. 모든 병의 끝에는 정신과가 있다. 나는 정
신과 의사와 상담한다. 나는 그의 말에 진저리가 난다. 그도
내가 진저리내는 걸 알고 있다. 나에게 '어머니는 왜 모든 말
에 시큰둥하세요?' 묻는다. 나는 마음속으로만 의사에게 '나
는 네 어머니가 아니야' 하고 대답한다. 그러면서 생각한다.

정신과 의사는 '왜?'라는 단어를 쓰면 안 되는 거 아닌가 하
고. 나는 그의 말을 끝까지 듣고 나면 아마도 미칠 것 같다.
그는 나에게 날로 복잡해지는 이 세상을 견디지 못하는, 집
에 있는 여자들이 잘 걸리는 불안 장애를 앓는다고 한다. 경
험 내용과 현실 지평이 엇갈려 실망한, 그것도 여자들이 앓
는 증세란 말인가 보다. 나는 그의 말에 대답을 참는다. 약이
나 줬으면 좋겠다. 그러나 약도 듣지 않는다. 나는 정신과 대
신 신경과에 간다. 나는 석가모니급의 자율신경 상태라 한
다. 희로애락을 너무 자제한 결과라 한다. 내가 돌부처가 되
었나 보다. 이 돌부처가 불안하다. 슬픔은 심장을 상하게 한
다. 상한 심장은 불안을 방출한다. 정신과의 분류와 달리 나
에게선 슬픔과 불안이 구별되지 않는다. 이 석가모니가 아프
다. 이 석가모니가 싼다.

상담자 F : 나는 무한이 무서워요. 영원이 무서워요.

내담자 H : 그 무서움을 나에게 주세요. 내가 간직할게요.

상담자 F : 나는 이 우주에서 붙잡을 데가 없어요. 디딜

데가 없어요.

내담자 H : 나를 붙잡으세요. 나를 디디세요.[1]

---

1   김혜순, 「지하철 쇠 의자에 온기를 남기고 일어설 때, 나는 왜 부끄럽지?」
부분, 『지구가 죽으면 달은 누굴 돌지?』, 문학과지성사, 2022.

나의 딸이 어렸을 때 그 아이는 수수께끼 문제를 나에게
출제하는 걸 좋아했다. 문제가 얼마나 긴지 두 시간 이상 출
제가 진행되는 것이 다반사였다. 내가 장시간 운전해 가고
있을 때, 뒷자리에 앉아 문제를 출제하기 시작했는데 도착
할 때까지 출제가 끝나지 않은 적도 있었다. 나는 늘 답을 틀
렸다. 문제를 듣는 척만 했기 때문에 틀릴 수밖에 없었다. 혹
은 출제자도 답을 모르는 것 같은 눈치였기 때문에 나는 그
문제를 온전히 들은 적이 없다고 해야겠다. 중간에 지금까지
문제를 들었지? 하면 '그럼'이라든지 '재미있는 문제네' 하
면서 적당히 호응을 해주면 되었다. 나는 수수께끼가 시작되
자마자 답을 정해둔다. 그리고 딴생각에 빠진다. 이제 답을
해야 할 시간이 되면 나는 딸의 인형 이름을 대거나 딸의 친
구 이름을 댄다. 그러면 내 딸은 그렇게 생각할 수도 있다라
고 하고는 그럴 수 없는 이유를 또 한 시간 이상 떠들기 시작
한다. 문학은 일종의 수수께끼다. 답을 금방 알 수 있다면 그
것은 어쩌면 작품이 아니지 않겠는가. 이 수수께끼가 우리
의 존재 내부에서 우리를 헤매게 한다. 이 헤맴이 불안을 야
기한다. 나는 수수께끼들의 타격에 시달리다 못해 이 신체화
증상들을 맞이한 것은 아닌가 생각하게 된다. 나의 내면세계
와 무한의 크기가 같아지면 나는 어떤 상태에 도달해 있을

까. 시간은 얼마나 필요할까. 세상의 모든 불교 사원들로 흩어져 간 석가모니의 전신사리가 수증기가 되는 만큼의 시간이 필요한 건 아닐까. 이것을 해결하려고 하는 것은 마치 삼중 사중으로 교묘하게 직조된 식민지에 사는 여자들에게 어서 해탈하라고 재촉하는 것과 같으리라. 나는 내 얼굴을 한 나의 미래가 무한이 꾸는 꿈속에서 내 얼굴에 수수께끼를 적은 것은 아닐까 생각해본다. 그리고 이 미래의 질문 앞에서는 누구나 자신의 실재를 박탈당하기 마련이라고. 그래서 내 불안의 신체화 증상들은 사라지지 않을 거라고 생각해본다. 나는 평생 모래의 고통에 처해진 운명이라고.

죽음의 엄마

　　딸이 자신의 엄마의 죽음을 쓴다는 것은 '아니'라고 말
하기 위함이다. 무엇이 '아니'인가. 엄마의 삶이 삶이 아니고,
엄마의 죽음이 죽음이 아니라는 것이다. 엄마가 엄마가 아니
라는 것이고, 딸이 딸이 아니라는 것이다. 엄마의 삶에서 삶
이 아니었던 것, 죽음을 끌어내고, 엄마의 죽음에서 죽음이
아니었던 것, 삶을 끌어내기 위함이다. 이제 엄마는 죽어버
려서, 내 안의 엄마의 삶과 죽음은 이분법적으로 나눌 수도
없게 되었고, 엄마의 삶과 죽음은 뒤죽박죽이 되었고, 엄마
의 삶과 죽음은 얼룩처럼 서로 스며들어 번져버렸다. 그리하
여 엄마는 이제 삶 이전과 이후, 죽음 이전과 이후에 두루 편
재해서 시를 쓰는 여자(딸)의 딸이 되어버리기도 하고, 엄마
의 엄마가 되어버리기도 하고, 시 쓰는 여자 자신이 되어버

리기도 한다. 바리공주는 삶 속에 죽음이, 죽음 속에 삶이 있었다. 우리나라 무속신화에서 삶 이후의 죽음과 죽음 이후의 삶을 전재하는 주인공을 갖추고 있는 것은 모두 여성신화다. 여성신화는 모두 되살아남의 신화다. 남성신화의 주인공들은 되살아나지 않는다. 그들은 시련과 역경을 헤쳐내서 성공한다. 그러나 여성신화는 꼭 되살아남의 시퀀스를 준비한다. 이 여성신화를 구성하고, 구송하는 샤먼들은 왜 여자의 삶 속에는 슬픔과 애도를, 여자의 죽음 속에다가는 환희와 새 삶을, 연속성을 주고 싶었을까? 그리고 그것을 듣는 관객들에게 그 신화의 얼개, 죽음과 되살아남에서 울고 웃게 만들었을까. 생산자와 수요자가 다 여성인 여성신화. 삶의 한가운데 죽음이 있고, 죽음 한가운데 삶이 들어 있는 여성신화. 여성신화에서 죽음은 끝이 아니다. 그러기에 삶도 시작이 아니다. 여자는 태어나면서 이미 벌써 죽음에 들려possessed 있다. 마치 시인의 운명처럼. 죽음이 선험적이다.

나는 나의 엄마를 나의 텍스트 내부로 데려와 엄마의 죽음을 시 한가운데 둔다. 엄마의 삶은 삶이 아닌 것을 전제로 내 시에서 펼쳐진다. 엄마의 죽음은 죽음이 아닌 것을 전제로 내 시에서 펼쳐진다. 엄마는 내 시에서 살았어도 살지 않았고, 죽었어도 죽지 않았다. 엄마의 죽음은 내 시 안에서 엄마의 죽음 이전의 삶, 죽음 이후의 삶을 이어간다. 나는 나의 엄마가 죽음에 직면하지 않기를 바란다. 나에 의해 쓰이고, 불리어져서 삶에 의해 들리어lift up 있어야 한다. 그래서 엄마는 엄마가 살아온 삶보다 더 넓은, 사하라 사막보다 더 편재한 삶을, 죽음 이후의 삶에서 갖게 될 것이다. 기쁜 삶이 아니다. 슬픈 삶이 아니다. 딸과 함께 엉긴 삶, 딸과 함께 번진 삶, 딸과 함께 편재한 삶, 그리하여 엄마는 사막처럼 부재하나 존재하게 되었다. 모래처럼 삶/죽음의 '/'에 처한 존재들처럼. 두 입술이 겹쳐지게 되었다. 엄마는 엄마가 '아니'게 되었다. 죽음이 '아니'게 되었다.

나는 잠들어 태중의 물속으로 들어가고자 하는가. 날마다 찾아오는 밤, 그 실재하는 실체의 이상한 검은 살갗. 나는 엄마의 몸 바깥에서 엄마에게 애원하듯 잠에게 애원한다. 이불이 오븐의 식빵처럼 나를 굽는다. 내 몸은 이제 잠을 자지 않고, 먹고 싶어 하지 않는다. 밤이 오면 내 뇌 안의 해마의 문들이 열리고, 거기서 앓는 엄마, 소리치는 엄마, 불쌍한 엄마, 냄새나는 엄마, 똥 싸는 엄마들이 기관차에 실려 가던 승객들처럼, 일제히 부화하는 매미들처럼 쏟아져 나온다. 내 허벅지는 잠들어 있는데, 내 종아리는 잠들어 있는데, 내 엄지발가락, 새끼발가락은 잠들어 있는데, 나의 집은 잠들어 있는데, 계단은 잠들어 있는데, 창밖의 십자가는 잠들어 있는데 나의 뇌 속에는 잠 못 드는 짐승이 있다. 이 짐승 때문에 나는 부재할 수가 없다. 사막의 모래가 모래 폭풍 속에서 일어나는 것처럼 기침, 가래, 편두통, 우울, 불안, 공황, 추위, 가려움, 심장통이 휘몰아친다. 이제 몸은 모래 알갱이 하나하나가 다 아픈 사막. 의사는 나에게 우울, 공황, 불안 발작이라고 한다. 의사는 나에게 죽은 엄마를 향해 '엄마 이제 가', '이제 떠나'라고 소리치라고 한다. 그는 애도의 불가능이 내게 신체화 증상을 불러왔다고 생각하는 것 같다. 그는 나에게 '죽은 사람은 죽은 사람에게, 산 사람은 산 사람에게' 라고 목사처럼 충고한다. 살아 있는 어둠 속에서 나무 이파리들이 흔들린다. 엄마가 환각 속에서 본 그 이파리들이다. 그 이파리 하나하나가 잠을 찾고 있다. '엄마 우리가 얼마나 깊이 잠들어야 같이 살 수 있어? 어떻게 하면 편히 잠들 수 있어? 우리 이야기는 잠이 들어야 시작할 텐데.' 평온한 수면 위에 물잠자리들이 가득 올라앉아 있다. 빙글빙글 돌고 있다. 밤새도록 잠을 찾고 있다. 잠들면 내 눈부터 잠수를 시작할 텐데. 내 눈이 번쩍 뜨인 채 천장에 매달려 있다. 결막염에 걸린 내 눈 속이 제라늄 꽃밭이다. 그 꽃들 위에 콩알만큼 작은 새가 희고 딱딱한 알을 품고 매달려 있다. 깨알 같은 새의 눈동자가 어둠 속에 다래끼처럼 디룩디룩하다. 그러나저러나 내 눈동자 아래는 전부 사막이다. 사막 위에 잠 못

죽음

드는 두 형체가 땀에 젖어 엉클어져 뒤척이고 있다. 불면증에 걸린 돼지 두 마리처럼 측은하다. 저들이 잠에 든다면, 그래서 오랜 잠 후에 잠에서 깨어난다면 죽은 사람과 산 사람을 구별하지 못하리라. 나는 새근새근 잠든 엄마를 다독이리라. 낮이 되면 나는 깨어 있으면서도 잠들어 있다. 나는 거리의 인간이 모두 잠든 채 걷고 있다고 느낀다. 강의를 듣는 학생들이 모두 잠든 채 듣고 있다고 느낀다. 우리가 잠들어 있는 동안 전쟁이 발발하고, 학살된 아기들이 하얀 가방 속에서 울고, 태풍이 찾아온다. 잠만 살아 있고, 아무도 깨어 있지 않다. 카페에서 웨이터가 잠든 채 커피잔을 들고 온다. 잠에 빠진 인간들 사이로 잠에 빠진 처음 보는 흰 새 한 마리가 숨은그림찾기 속을 날아가듯 그렇게 날아가고 있다. 흰색 엄마가 내 머리 위에 피어 있다. 나는 깨어나 엄마의 목구멍을 통해 소리 지른다.

이 시집의 주제가 뭐예요? 낭독이 끝난 후 나에게 질문하는 독자는 화가 나 있다. 나이 든 여자의 슬픔은 추하다고, 한심하다고 나는 대답한다. 나는 이 시의 주제를 언어로 지시할 수가 없어요. 주제가 내 시를 끌고 가게 하고 쉽지 않아요. 나는 주제가 끌고 가는 시의 중간을 끊고 달아나고 싶어요. 나는 독자에게 되묻는다. 내가 죽은 엄마를 내 시 속에 안치하려고 한 건 아닐까요? 나는 흰 종이를 엄마가 누운 병상의 침대처럼 사용했어요, 그다음 죽어버린 엄마를 넣은 관처럼 사용했어요. 하지만 내가 엄마를 묘사한 건 아니에요. 엄마는 나의 시적 대상이 아니에요. 나는 엄마에 대해서 말하지 않고 엄마와 같이. 같은 것을 말해요. 엄마를 눕히고 나도 그 곁에 누워 있어요. 하지만 어느 순간 나는 환자복을 입고 링거대를 미는 엄마와 내 딸과 최돈미와 함께 트라팔가 광장을 걷고 있어요. 엄마는 한국의 호스피스에 있지만 우리는 런던을 함께 걸어요. 우리는 낭독하러 가는 길에 초상화 박물관에 들렀다 갈 예정이에요. 하지만 초상화 박물관에서는 모든 얼굴이 엄마 얼굴이지요. 나는 내가 말하려는 바를 몰라요. 하지만 나는 엄마를 통해 말하고 있어요. 죽음에 처해진 엄마를 통해서요. 죽은 엄마에 의해 말해지는 이야기는 내 이야기와 겹쳐져요. 나는 모래 속에 누워버린 엄마를, 모래 한 알, 한 알로 흩어져버리는 엄마를, 먼지와 가루가 된 엄마를, 부서져버린 엄마를, 사막이 된 엄마를 일으키려 해요. 순간의 현전으로 일으켜 세우려 해요. 나는 엄마의 사막에서 미세한 세부를 채집하려는 것처럼 '시해요'. 무관심과 망각과 부재의 메마른 늪에서 소외된 조각들을 건져 올리려는 거예요. 엄마는 나의 탄생의 핵이었고, 이제 죽어서 죽음의 핵이 되었어요. 그래서 엄마는 이제 나의 미래가 되었어

     죽음

요. 엄마는 이제 죽음을 잉태한 장소, 죽음을 분배하는 장소, 사막이에요. 흩어져버린 얼굴이에요. 단수가 아니라 복수예요. 엄마는 사막의 모래처럼 이제 묘사할 수도, 은유할 수도 없는, 시적 주제의 시선으로 내려다보면 도무지 보이지 않는 존재가 되었어요. 엄마의 모습은 이제 환유로만, 죽은 엄마와 나 사이의 어떤 존재로만 볼 수 있어요. 나는 환유 엄마를 세상에 나누어 주고 싶어요. 그 사막을. 보이지 않는 존재를. 나는 그 보이지 않는 존재에 입술을 포개어 그 부재의 존재가 말하는 것을 말해요. 주제가 이끌고 가지 못하는 그 부재의 존재의 말. 그래서 나는 그 무엇도 될 수 없고, 그 무엇이라 말할 수도 없는 주제를 나의 언어로 지시할 수 없게 돼요.

여성적 글쓰기의 대표적인 특징은 '관계'다. 그중에서도 여자와 여자의 관계, 엄마와 딸의 관계, 죽은 엄마와 딸의 관계다. 엄마가 딸이 되고, 딸이 엄마가 될 때까지 밀고 나가는 관계다. 시를 쓰는 동안 엄마는 엄마를 잃고, 딸은 딸을 잃는다. 결국 시는 정체성 상실을 문자화한다. 죽음은 어디서나 승리를 거둔다. 엄마에게서도, 딸에게서도. 죽음이 스미면 사회적으로 명명된 관계의 정체성이 무너진다. 전도된다. 후회나 화해나 위로나 치유가 아니다. 그런 것들이 아니다. 그런 것들은 이미 문제가 되지 않는다. 그런 것들은 시 이전이다. 엄마는 죽었지만 새로 마련된 관계는 사라지지 않는다. 정서는 더 뜨거워진다. 딸이 된 엄마는 죽음과 짝이 된다. 엄마가 된 딸은 죽음과 짝이 된다. 딸과 엄마는 백색과 흑색의 젖을 나눈다. 낮과 밤의 정수를 나눈다. 서로가 한없이 부드러워진다. 흩어진다. 둘이 함께 끝없이 닥쳐오는 끝에 실패하고 또 실패한다. 이제 둘만 한정해서 말할 수는 없다. 엄마가 된 딸의 눈앞에 죽음의 엄마가 스민 한 세상이 도래한다. 이제 더 이상 둘에게서 죽음을 벗겨내고 이 세상을 볼 수 없게 되었다. 이미 이 세상은 크나큰 영혼이 점령해버렸다. 크나큰 여자가 점령해버렸다. 저 세상이 아니라, 이 세상에 딸은 엄마를 내어준다. 보세요, 엄마를. 딸은 산 채로 죽음 안에서 죽음 아닌 것이 된 바리공주가 된다. 죽음의 연속성으로 기꺼이 몸을 던진 공주가 된다. 신화의 마지막 단계에서 뱃사공이 된 공주처럼 딸은 엄마를 배에 싣는다. 딸은 삶에서 죽음으로, 죽음에서 삶으로 노를 젓는다. 그럴 때 한 편의 시는 한 척의 애도의 배다. 탄생과 죽음의 나루터를 출항하는 배다. 이곳과 저곳에서 엄마를 실은 배가 한없이 출항하고 또 정박한다. 한 번 출항할 때마다 엄마는 내 삶의 시간에 분배되고, 재분배된다. 엄마는 여럿이 된다. 삶의 순간들마다 빛나던 엄마들이 분배된다. 빛 속에 수억만 겹으로 존재하는 엄마들이 된다. 나는 그 엄마들을 빛 속에서 감각한다.

죽음

나는 그 엄마들을 세상에 나누어 준다. 그럼에도 나의 엄마는 온전한 개인이다. 온전히 자신만의 고통을 품었던 한 개인이었다. 개인이기에 번지게 할 수 있었다. 여럿으로 분배될 수 있었다. 특별한 얼굴로 특별한 서사를 혼자 지니고 있었기에, 그렇게 할 수 있었다. 나는 이때 죽음 사건으로 슬픔에 빠진 사람들과의 비탄의 연대를 나눌 수 있다고 생각한다. 엄마와 나의 텍스트 안에서 존재론적인 개종이 일어날 수 있다고 생각한다. 부과된 여성적 정체성을 걷어찰 수 있다고 생각한다. 그렇게 나는 나와 엄마의 새로운 관계 맺음이 이 세상으로 번져가기를 원한다. 나의 기원이고 나의 미지이고, 나의 아브젝트인 나의 엄마가 번져간다.

나는 엄마가 되었다. 엄마의 손을 잡고 걸음마를 시킨다. 죽을 떠먹여준다. 팬티를 치켜올려준다. 나는 엄마를 달랜다. 엄마를 요람에 누인다. 엄마, 울지 마 엄마의 눈물을 닦는다. 엄마 떼쓰지 마 엄마를 꾸짖는다. 이제 엄마를 키워서 학교로 보내야지. 엄마를 키워서 시집도 보내야지. 엄마 옆 침대의 환자가 죽자 엄마가 공포의 강에 떠밀린다. 열이 올랐다가 내린다. 진땀을 흘린다. 집에 가겠다고 한다. 망상을 현실로 믿는다. 밖에 나가자고 한다. 바자회에 가서 옷을 사자고 한다. 호스피스의 카페에서 파는 물건들을 하나하나 찬찬히 살핀다. 나와 자신, 나의 딸과 셋이 꿇어앉아 기도를 하자고 한다. 기도의 내용은 없다. 내 이름을 부르고도 자기 위로의 말만 늘어놓는다. 딸 이름을 부르고도 자기 위로의 말만 늘어놓는다. 얼마나 외롭고, 무섭고, 힘들었냐고 자신에게 말한다. 자신을 몇 년 더 살려달라고 한다. 그러면 이 아이들과 행복하게 지내겠다고 한다. 다섯 살인 자기를 회상한다. 높은 곳에서 떨어져 기형의 몸이 된 아버지와 길을 걸어가는 자신의 모습을 떠올린다. 그 광경이 너무 불쌍하다고 한다. 자신의 생의 장면들을 바라보면서 자신을 매우 측은한 시선으로 바라본다. 가장 슬픈 나날을 떠올리고 더 슬퍼한다. 슬픔과 공포에 떠밀린다. 눈물을 흘린다. 무서워한다. 똥 싼다. 치운다. 또 싼다. 욕창이 번진다. 항문 위의 뼈가 보인다. 호스피스에서는 두 달 동안 죽지 않았다고 나가라는데, 나는 축 늘어진 엄마를 끌고 또 어디로 가야 하나. 죽지 않는 엄마를 끌고 어디로 가야 하나. 일주일, 한 달, 두 달, 보름마다 자꾸 나가라고 하는데 엄마를 끌고 어디로 가야 하나. 사설 앰뷸런스의 승차감은 최악이다. 봉고차에 침대 하나 산소통에서 나온 줄 하나. 그리고 끝. 엄마가 돌 위에 누워 간다. 내 엉덩이가 하늘로 펄쩍 하다가 돌 위에 떨어진다. 엄마가 노래한다. 저 산 너머 매일매일 둘씩 짝을 지어(이인실), 강 건너 언젠가, 내가 갈 그곳. 도착하면 불을 환히 켜는 그 작

죽음

은 섬. 눈 감으면 아무도 없는 곳. 엄마가 지은 노래를 들으며 나는 운다. 이제 나는 엄마의 죽음 때문에 '죽음'과 새로운 관계를 맺게 되리라는 것을 안다.

엄마는 죽음 이전에 고통이었다. 고통에 찬 일그러진 얼굴. 모르핀에 잠긴 얼굴. 최후엔 모르핀에 취해 환각만 보았다. '저 이파리들을 봐라. 이파리들이 방 안에 왜 이렇게 날리니? 왜 이파리들이 하나하나 다 살아 있니?' 나의 엄마는 엄마 이전에 한 사람, 한 얼굴, 한 이름, 한 고통이었다. 나는 엄마를 한 개인으로 내 시에 좌정하게 해야 했다. 내 엄마가 아닌 한 여자. 엄마에게서 엄마를 벗을 수 있게 해야만 했다. 그것은 내가 엄마에게서 엄마를 가져와서 버리는 일이기도 했다. 늘 타자화된 채 아들과 딸의 엄마이기만 했던 엄마를 엄마라는 정체성에서 내려놓는 일. 엄마의 고통에, 엄마의 공포에 내가 함께 묶이는 일. 고통에 잠긴 몸을 현시함으로써 한 인간을 한 개인으로 내세우는 일. 엄마에게서 타자성을 걷어내는 일. 엄마는 무남독녀 외동딸인데, 병상에서 나를 언니라고 불렀다. 엄마는 "블라인드 틈새에서 내려앉는 빛에게, 어머 언니, 요새는 황금 닭이 자주 와요. 저것 보세요! 벌써 왔네요"라고 한다. 그러면 나는 "엄마! 환한 빛이 보이면 그리로 가는 거래. 다리를 건너는 거래"라고 대답해준다. 우리는 "먼지로 흩어지는 황금 닭의 꼬리, 죽음의 베이비파우더"를 함께 응시하다가 나는 "엄마! 빛이 다 흩어지기 전에 빨리 건너가는 거래. 공중에 흩어지는 황금색 먼지 속으로 가는 거래"라고 한다. 그러다 우리는 다시 현실의 땅에 착지해서 "블라인드 틈새를 쪼는 황금 부리, 황금 펜촉, 금빛 글씨"를 넋 놓고 함께 바라보는 경지에 이른다. 나는 엄마에게 "오 가엾은 미친 딸이여" 중얼거리고, 그 후로도 한참 동안 우리는 "먼지 자욱한 그 속에 앉아 퍼덕거리는 날개로, 휘갈기는 작별. 황금 닭의 파닥거리는 관자놀이. 황금색 평화"[1]를 느낀다. 그러다가 함께 황금 사막 속으로 잠기어간다. 나는 언니, 엄마는 여동생이 되어.

타박타박 타박네야 너 어디로 울고가니
우리엄마 몸둔곳에 젖먹으러 울고가요
아가아가 못간단다 산이높아 못간단다
귀신있어 못간단다 범이있어 못간단다
물깊어서 못간단다 산높으면 기어가고
물깊으면 헤여가고 귀신앞엔 빌고가고
범있으면 숨어가구 우리엄마 몸둔곳은

1   김혜순, 「죽음의 베이비파우더」 부분, 『지구가 죽으면 달은 누굴 돌지?』.

저산넘어 북망이라 우리엄마 무덤앞에

허겁지겁 다달아서 잔디뜯어 분장하고

목을놓아 울어봐도 우리엄마 말이 없네

우리엄마 무덤앞에 데령참외 열렸길래

한 개 따서 맛을보니 우리엄마 젖맛일세[2]

서사민요 〈타박네〉(황해북도 연탄군)는 바리데기처럼 이름도 없는 여자의 장례의 불가능에 대한 슬픔의 노래다. 엄마의 장례를 지내기 위해 친정집으로 돌아가려 하지만 여러 부류의 사람들이 돌아가는 것을 막는다. 왜 막는가. 타박네는 사회제도의 최말단, 바깥에 존재하는 동일자의 타자, 주체성도 정체성도 없는 노동력이고, 사회적 윤리 규범의 발길조차 닿지 않는 저 먼 곳에 자리한 신분 없는 신분의 출가외인, 여자이기 때문이다. 타박네의 엄마의 무덤은 타박네에게 일종의 유토피아다. 그곳엔 젖 맛의 참외가 열린다. 이 서사민요의 다른 버전엔 시댁 식구들과 이웃, 친정 오빠가 어머니 무덤에 접근하는 것을 막는다. 그들은 사회적 규범의 수호자들로서 장례식과 무덤에 접근을 시도하는 딸을 막는다. 사회 규범이 인륜에 앞선다고나 할까. 오빠도 시어머니

---

2   〈타박네〉, 조선향토대백과, 2008[네이버 지식백과].

도 타박네의 이웃여자들도 규범의 피해자들이면서 복속자들이다. 결국 타박네는 장례 절차에서 소외되고 만다. 이 서사민요는 마치 안티고네에게 무덤을 만들지 못하도록 하는 크레온의 서민적 버전 같다. 타박네는 안티고네가 크레온의 명을 어기고 폴리네이스케를 묻어주는 것처럼 잔디로 자신을 분장하고 엄마의 무덤으로 간다. 타박네는 여성적 영웅도 아니고, 주체성을 가진 인물도 아니다. 타박네는 단지 그들이 처한 공동체 내부의 작은 공동체, 자신의 가족에 스민 사회적 규범의 불합리를 노래로 폭로하고 슬퍼하는 여자일 뿐이다. 이 여자를 궁전으로 국가체제로 확장하면 안티고네가 등장할 거다. 체제라는 무의식을 거슬러가는 여자. 이 불쌍한 여자, 타박타박 걷는 처연한 걸음걸이의 모습이 이름이 된 여자의 슬픔이 공동체 내부에, 무덤을 건설할 수 없는 장소(노래)에 무덤을 만든다. 그리하여 지금까지도 드문드문 불리어지는 이 슬픈 노래는 노래로 만든 무덤이 된다. 장소에 새겨진 무덤이 아니라 목소리를 울려 시간 속에 잠깐 흐르는 무덤. 딸의 비탄이 세세연년토록 흐르는 텍스트 내부의 무덤. 이 슬픈 무덤이 타박네의 엄마를 세상에 분배한다. 타박네의 애도는 지속적인 비애다. 타박네가 찾는 것은 엄마가 아니라 엄마의 죽음, 엄마의 감각적(미각)인 정수다. 그런 다음 이 노래 이야기를 이어가는 수용자 여자들, 세계 내 자신들의 위치를 확인하고 이를 자신들의 정체성의 기술로 삼은 여자들이 있다. 스스로의 삶을 돌아보고, 이 노래 이야기로 자신을 구성해보는 여자. 자신들의 자아의 의미를 구성해보는 여자들. 사회 구성체 바깥에서 자신의 흩날리는 정체성을 시나리오로 사용해보는 것. 이 노래와 노래에 붙은 서사는 자기 자신에 대한 탐색이 되면서, 드러나지 않는 타자, 여자로서의 자기 상실에 대한 애도가 되면서, 세계 인식이 되게 하는 그런 작용이 있었을 거다. 내가 시를 써서 엄마의 호스피스에서의 마지막 장면과 불면증의 나를 안타까이 그리는 것은 엄마의 시신을 되찾는 것. 감각적이고 물질적인 것의 회복. 사물이 되어버린 엄마의 시신을 되돌리는 것. 보내드리면서 간직하는 것. 지속하고 확장하는 비애. 나의 텍스트 내부에서 실재의 무덤처럼 시의 무덤을 살게 하는 것. 젖맛이 나는 무덤이 탄생이고 죽음이게 하는 것. 그곳에서 참외가 열리는 것.

시 한 편 한 편은 장례다. 불가능한 애도다. 나는 장례를 계속해서 시도한다. 나는 엄마의 죽음은 글쓰기로밖에는 담을 수 없다고 생각한다. 엄마의 죽음, 죽음의 엄마는 글쓰기 안에 좌정한다. 죽음에게 분위기가 있다고 할 수 있는가. 죽음에 감각이 있다고 할 수 있는가. 나는 나의 엄마가 호스피스에 입원해 있는 동안 수많은 죽음을 목도했다. 그들은 그 곳에 평균 보름 이내로 머문다고 병원 종사자는 말했다. 그들의 그 결연한 단절을 어떻게 묘사할 수 있겠는가. 죽음은 묘사할 수도 비유할 수도 없다. 죽음의 상처는 묘사할 수도 비유할 수도 없다. 엄마는 나를 탄생시킴으로써 나에게서 엄마를 끊은 적이 있었다. 나에게는 그 사건의 상처가 있었을 거다. 그 단절의 첫 사건 다음, 엄마는 나를 품에 안고 젖을 먹인 적이 있었다. 그러니 두번째 단절이라고 왜 없겠는가. 엄마는 엄마에게서 나를 두번째로 끊은 다음 나를 안고 검은 젖을 먹였다. 그다음 나는 엄마에게서 죽음을 상속받았다. 나는 또다시 작별의 상처를 상속받았다. 그러고 보니 태어날 때부터 죽음은 나의 엄마였다. 죽음은 여성형이었다. 그러니 나의 상처도 여성형일 거다. 죽음은 명사가 아니라 형용사이고 부사다. 죽은 이들은 죽어서 명사가 되지 않는다. 형용사나 부사, 접속사가 된다. 죽음의 분만으로 나는 시인으로 다시 태어났다. 형용사와 부사와 접속사에 둘러싸였다. 나의 시 쓰기의 기반은 죽음이다. 부재가 반, 존재가 반인 그런 시 쓰기. 존재를 부재에, 부재를 존재에 투척하는 시 쓰기. 그리하여 죽음에 안겨 있는 시인. 아무것도 아닌 것에 안긴 아무것도 아닌 시인. 엄마가 사라진 다음 그 사라진 집으로 사라진 시인이 들어간다. 그 집에 시 언어로만 구제할 수 있

　　　　죽음

는 죽어버린 죽음의 내밀한 세부가 기다리고 있기나 한 것처럼. 죽어버린 관계의 낱낱의 분리가 있기나 한 것처럼. 모래가 가득하기라도 한 것처럼. 시인의 손길 속에서 모래 비가 내린다. 엄마에게 사막의 빛을! 그 광활한 빛을! 이제 소녀가 된 엄마를. 이제 아기가 된 엄마를. 이제 여럿이 된 엄마를. 나는 단수의 엄마에서 복수의 엄마를 추출한다. 초시간에 사는 엄마를 추출한다. 엄마가 괘종시계 안에서 젊어지는 방향으로 째깍째깍 돌아간다. 그때마다 죽음이 자란다. 엄마는 점점 자란다. 성인이 되고, 청소년이 되고, 아기가 된다. 검은 젖, 검은 은총을 먹다 말고 나는 얼굴을 들어 엄마를 쳐다본다. 엄마다. 하지만 처음 만난 모르는 얼굴이다.

다시쓰기

무한한 포옹

다시쓰기

글을 쓰는 한 여자를 상상한다. 저녁 설거지를 끝내고, 젖은 손으로 무언가 써보려고 하는 여자, 나는 상상한다. 그 여자가 자신의 상상을 꺼내 낯선 세상을 여는 상상, 그 여자가 처음 쓴 단어, '나는'을 바라본다. 그 단어에 이어질 문장을 상상한다. 그리고 그 여자가 잠든 동안 그 작은 문맥이 일어나 다른 세상을 만들어가는 상상. 이 세상 수많은 텍스트들의 그물들 속에서 가녀리게 한 여자의 글이 피어오르는 상상. 나는 글을 쓰지 않고 글 쓰는 여자를 상상한다. 우리 엄마가 남긴 성경책을 뒤적이다가 그 성경책 구석에 써진 한 단어, '나는'을 바라보며 상상한다. 제일 먼저 경전이라는 텍스트들을 뚫고 가냘픈 줄기 식물처럼 그 여자의 글이 피어오르는 상상. 그런 다시쓰기에 대해.

태초에 말씀이 있었다는데, 그 말씀이 곧 하나님이라는데, 하나님 야훼의 이름엔 모음이 없다는데, 이브는 남자를 설득하는 위반의 지식인인데, 지식인 여자는 더욱 비난받기 쉬운 것일까? 말씀 혹은 로고스에 대한 의심을 시작하는 것이 말씀을 행동에 옮길 수 있는 이행의 첫번째 단계, 첫번째 발자국 떼기가 아닐까. 하나님은 아버지로 불리는 것을 좋아하실까. 부친이라는 책임과 의무와 자격을 좋아하실까. 여성 화자 '나'를 이 성서라는 텍스트의 옆에 두고, 나의 여자로서의 몸과 일을 그들의 말들에 대입해보면 어떨까. 나의 관능(사랑, 상실, 광기, 관계, 몸, 욕망 등등)이 신성에 값하는지 질문해보면 어떨까. 그러면서 이 의심과 대면이 오직 또 하나의 여성들만의 텍스트를 완성하려는 것이 아니라는, 그야말로 최종적 진실에 이르려고 하는 것이 아니라는 것, 그런 것들조차도 함께 기록하면서 여자의 몸의 경전을 써보면 어떨까. 필멸할 한 여자의 경전에 대한 응대, 그 여자의 휘젓기, 사랑하기, 무너지기, 미치기, 죽기. 나를 타자로 대한 텍스트에 대한 심드렁한 개입과 상징 질서에 대한 반구축.

태어나자마자 여성주의자인 사람은 없다. 그러나 대부분의 여자들은 어느 순간 스스로를 여성주의자로 잉태하는 순간이 온다. 그다음 스스로의 여성주의를 기르는 시간이 뒤따른다. 우리나라에선 2016년 이후 여성주의자로 스스로를 잉태한 사람이 많다. 무엇보다 먼저 스스로를 스스로가 잉태하는 것, 이것이 재생이 아니고 무엇이겠는가. 이때부터 사람들은 스스로를 잉태하고 기르는 것에 대한 모성이란 걸 갖게 된다. 나중에는 이것을 도래하는 타자(나를 포함)에 대한 모성이라고 부를 수도 있게 된다. 스스로를 여성주의자로 계속 자라게 하는 것, 이런 것이 모성을 경험하는 것이 아닐까. 자신에 이어 타자를 다시 낳고 다시 기르는 것부터 여성주의가 시작하는 것이 아닐까. 이런 태어남과 부활은 여자시인들에게서 먼저 관찰할 수 있다. 실비아 플라스나 앤 섹스턴, 에이드리언 리치 같은 시인들도 처음에는 기성 시인들의 시를 답습했다. 기왕의 시인들처럼 그렇게 잘 써보려고 노력했다. 하지만 그들은 시를 써나가면서 자신을 다시 낳는 일을 감행했다. 그런 시작 활동을 스스로 다시 낳기에 이은 다시쓰기라고 부를 수도 있겠다. 살아내기, 내다보기 위한 안간힘이라고도 부를 수도 있겠다. 그래서 여자들의 받아쓰기는 흉내내기를 거쳐 전복적 다시쓰기, 아이러니적 전도의 다시쓰기, 횡단하는 이행으로서의 다시쓰기로 이어진다. 자신이 새로 낳을 아이인 자신의 부름에 응답하기 위해 감행하는 칼부림 같은 펜부림. 새로운 재단. 패러디적 전복. 그리고 새로 태어날 자신에 대한 환대. 그러나 이 지난한 출산 과정을 감내하는 일은 참 힘들다. 스스로의 몸을 학대하는 지경에도 이른다. 스스로 상처들의 비상구를 만드는 일이니까. 그렇게 하다가 스스로 비극을 만들기도 하고, 온갖 신경병증에 휘둘리기도 한다. 그렇게 이행해가기가 결코 쉬운 일이 아니기 때문이다. 자기를 스스로 낳으려 하고 기르려 하는 일에는 기존의 자기를 부수는 일이 동반되기 때문이다. 비단 이것은 여성시인들만의 일은 아니다. 누구나 그렇게 할 수 있다. 아저씨도, 할아버지도 스스로 돌봄의 모성을 가지려면 이렇게 스스로를 낳으면서, 스스로부터 키워가면 된다. 도래하는 이들에게 스스로를 여성적으로 열면 된다.

스스로를 잉태하고 기르는 글쓰기는 이 사회 문화가 만든 망상에 대항한다. 그중에 대표적인 망상이 여자에 대한 모성의 요구다. 모성에 대한 이데올로기를 뒤집으면 순결에 대한 이데올로기가 된다. 도대체 나는 흰색에 대한 찬양, 순수, 순결, 순진에 대한 찬양이 싫다. 이것은 여자를 신비화하고, 여자를 백색 감옥에 가두는 일이다. 웨딩드레스 벗고, 애 낳고, 기저귀 갈고, 청소하라는 것이나 마찬가지다. 흰색은 더러워지길 기다리고 있는 색이 아닌가? 나는 그렇게 기다리라고 흰색으로 치장해놓는 것이 싫다. 간악하다. 백설공주의 잠은 왕자(남성)의 시체 애호증을 증명하는 기제다. 결혼하기 전까지 여자는 흰색 시체여야만 한다고 동화들은 말한다. 게다가 그 공주의 이름이 '흰 눈'이라니. 누가 나에게 모성 운운하면 나는 끓이고 있던 미역국을 개수대에 쏟고 싶어진다. 모성이라는 것이 있다면 그것은 인간 모두에게 해당되는, 오히려 스스로를 향한 기름, 돌봄의 상태를 가리키는 말이어야 한다.

제주도의 한라산 기슭에서 오구굿이 있었다. 무당이 죽자 무당의 신딸 수십 명이 몰려왔다. 죽은 무당은 전라도에서 건너온 강신무였다. 오구굿을 하는 동안 바리데기의 구송이 오래 계속되었다. 제주도엔 세습무가 많고, 바리데기 구송이 없지만 전라도 무당이 죽고, 전국에서 신딸들이 몰려오니 그렇게 되었다. 소낙비가 억수같이 쏟아지는 밤 천막 속에서 노래가 있고, 춤이 있고, 신들림이 있었다. 차례대로 죽은 신어머니의 부름을 받는 그들을 보고 있으니 문외한인 나도 누가 더 비가시계非可視界를 다녀오는 데 능통한지 알게도 되었다. 또한 〈바리데기〉 구송에서 가부장 세계에 잘 보이려고 만든 에피소드, 이를테면 효 이데올로기 같은 것과 여성성을 보존하려고 하는 구송이 내 앞에서 확연히 둘로 갈라지는 게 느껴졌다. 역사에 대한 아부와 지배 체제에 잘 보이려

하는 언설과 여성성의 자유로운 구가가 갈라져 보였다. 그들은 여성신화를 유교적 이데올로기의 포장지로 감싼 다음 그 안에서 자유를 구가했다. 그곳에 무당이 아닌 사람은 남자 악사들과 인류학자 둘, 그리고 내가 있었다. 나는 잠이 들었다 깼다, 울었다, 웃었다. 그들의 구송이 나를 한 여자의 일생을 다시 살아보게 했고, 나를 여러 감정과 행위의 파도 속에 있게 했다. 더구나 며칠 걸리는 굿 중에 비가 너무 많이 내려 한라산 입산 금지령이 내려지기도 해서 우리만 산중에 있는 것 같았다. 사흘째, 굿이 거의 끝나갈 무렵, 다시 잠이 들었다. 잠 속에서 나는 박수무당에 업혀 깊은 산속으로 들어갔다. 가다 보니 내가 신발을 신고 있지 않았다. 꿈속에서 무당들이 말했다. 너는 이제 신발을 잃었으니 여기서 나갈 수 없다. 내림굿을 받아라. 그러면 나갈 수 있다. 잠에서 일어나보니 나는 신발을 신고 있었다. 다행이다 생각했다. 굿이 끝나고 무당 전부와 제주시 목욕탕에 갔다. 모두 유쾌하고, 농담도 잘하는 사람들이었다. 목욕을 끝내고 나오니 내 신발만 없었다. 하는 수 없이 목욕탕 슬리퍼를 신고 그들과 노래방에 갔다. 그들의 유행가는 정말 큰 새들이 철새 도래지에서 한꺼번에 외치는 울음소리처럼 날카롭고 힘이 있었다. 또 나오니 내 신발만 없었다. 누군가 구해온 실내용 슬리퍼를 신고 그다음 날 서울로 왔다. 그리고 제주 신화에는 없

 다시쓰기

는, 바리데기의 이본들을 읽고 또 읽었다. 위장막으로 가린 효 이데올로기와 여성들만의 온전한 노래 세계가 둘로 갈라져 읽혔다. 나는 이 경험 속에서 내 시의 여성화자의 언어들, 그 목소리의 유령화자의 모습을 보았다.

〈바리데기〉는 다시 쓴 텍스트다. 〈바리데기〉는 기존의 구약救藥 신화를 받아쓰는 척하면서 그것을 횡단해 여성신화를 이행했다. 〈바리데기〉는 전국의 여자들이 노래하며, 춤추며, 울고 웃으며, 계속, 계속, 다르게, 다르게 쓴 텍스트다. 바리는 태어남과 죽음이 함께 자란 여자아이이다. 바리는 국가가 기르지 않은 딸이다. 그래서 바리에게는 아버지에게도, 국가에게도 부채가 없다. 바리는 죽음에서 일어나 홀로 나아감으로써 스스로를 기른다. 이것으로 역사시대의 이데올로기를 넘어갈 신화소를 배치한다. 그 신화소가 바로 '버려짐'과 '망인 천도'다. 바리는 국가 이데올로기 밖에서 스스로의 에로스적 관능성을 사용해서 가정을 만든다. 가정에서는 몸을 사용한다기보다 몸 그 자체로서 산다. 아이를 낳는다. 살림한다. 바리는 일견 가부장제의 희생자, 가부장제의 조력자로 보이지만 그 희생과 조력이 곧 자유를 향한 여정임을 증거한다. 바리는 자신의 살림살이에서 아버지(국가)를 구할 방법을 찾아내고, 그것에 이어서 자신의 역할, 발성법을 발명하는데 그것이 '망인 천도'다. 이 부분이 굿의 '풀이'에 해당한다. 이것이 무당이 죽은 이의 영혼과 억울함과 슬픔을 자신의 몸에 얹어 발설하는 것, 혹은 저쪽의 영혼에게로, 목소리에게로 가보는 것에 해당한다. 여성적 글쓰기의 발명에 해당한다. 이로써 바리는 현실의 어머니 역할에서 더 나아가 죽음의 모성을 갖게 된다. 죽음으로의 편도 여행을 왕복 여행으로 만들게 된다. 이 부분이 이 신화에서 가장 중요한 부분이다. 〈바리데기〉 신화소들은 이 부분을 향해 모아진다. 자질구레한 효 이데올로기에의 충성은 이 마지막을 향하기 위한 속임수일 뿐. 죽음의 비가역성을 가역적으로 바꿔보는 것. 주변으로 밀려나 죽음에 버려진 타자를 감싸고 그들을 노래하는 배에 실어 저쪽 세계로 이끌었다가 다시 돌아와 또 다른 목소리를 내는 것, 목소리의 모성. 스스로의 선택으로 버림받은 여자의 창세기를 영속永續하게 하는 것.

다시쓰기는 태어남으로부터 시작하지 않고 죽음으로부터 시작한다. 여기서 폭력을 비난하고, 억압과 침묵을 뒤집어엎고, 제국주의를 향해 손가락질하고, 원전을 희롱하는 직접적인 패러디를 넘어선 다시쓰기가 있을 수 있겠다. 나는 다시쓰기는 다시쓰기라는 쓰기 그 자체가 화자가 아닐까, 그것이 주체가 아닐까 생각한다. 바리의 노 젓기 같은 말하기.

　다시쓰기

침묵한 자가 침묵으로 말하는 것, 부재한 자가 부재로 말하는 것. 모두가 떠들고 있는데, 떠들지 않은 자의 말이 제일 크게 들리게 하는 것. 바리의 노 젓는 소리에 맞춰 들리는 죽은 자의 심장박동 소리, 파도 소리, 바람 소리, 호흡 같은 쓰기. 나는 텍스트를, 억압하는 텍스트를 다시 쓰려고 그 텍스트를 희롱하고, 패러디하고, 조롱하고, 훼손하고, 전복하려다 다시 알레고리적 전도의 상자에 갇힐까 두렵다. 다시 또 하나의 서사, 우화에 갇힐까 두렵다. 다시쓰기는 죽음으로부터 시작해서 저 아득한 탄생을 향하여 나아간다. 살인자들의 언어를 가지고, 죽음을 증언하던 시인의 언어처럼 언어들의 이합집산을 통해, 다시쓰기라는 새 목소리를 계속해서 구현하는 것. 죽음과의 무한한 포옹. 그 쓰기를 통해 침묵 속에서 부재자의 목소리를 탄생하게 하는 것. 비바람 천둥의 목소리 속에서 가느다란 미풍의 목소리가 들리게 하는 것. 바다의 목소리인데, 한 톨의 소금의 목소리가 들리게 하는 것. 말하지 않아도 들리는 것. 그 부재의 현존을 향해, 내가 구출할 존재, 바로 도래할 나를 향해.

나는 아직도 글쓰기를 시작하려는 한 여자를 상상하고 있다. 일직선을 타고 진행되는 글자들의 나열인 글쓰기의 공간적 진행을 넘어, 홍수처럼 범람하는 정보와 밧줄같이 얽힌 텍스트들의 세상을 넘어, 이미 없는 것으로 치부된 것들, 버려진 것들, 이미 죽은 것들이 부르는 소리를 듣고 있는 여자를 상상하고 있다. 그 여자가 강을 건너게 해달라고 애원하는 죽음의 목소리를 듣고 있다. 이 대답에 응대하려면 살아 있으면서도 죽어 있어야 한다. 죽음으로 시작해야 한다. 존재하기보다 '시詩해야' 한다. 유령이어야 한다. 이 유령인 시의 몸을 다른 곳에서 온 소리와 빛이 제 몸인 것처럼 통과한다.

이제 글 쓰는 그 여자가 죽음을 저쪽으로 보내줄 선박을 건조할 시간이다. 현실을 헤치고 나아갈 시간이다. 여자가 글자들의 궤적을 물거품처럼 그리며 출항할 시간이다. 여자의 다시쓰기는 상상의 질서와 무질서를 자꾸만 횡단한다. 아직 써진 적이 없는 작품에 대한 다시쓰기. 저기 저 설거지를 끝내고 책상에 앉은 여자가 전 세계에 얇디얇은 전신을 맞대고 무심하게 전 세계를 다시쓰려고 하고 있다. 나는 그 여자를 상상한다. 그 여자가 쓴 '나는'에 이어 글 쓰는 나를 상상한다. '나는 시인의 삶을 살지 못해요. 나는 주부로서 감각하고 행동하지만, 내 딸은 친구들에게 말해요.' '우리 엄마는 매일 타자를 쳐요.' '나는 요리하고, 내 책상은 편지지들, 내 영혼으로부터 분리되어 자판을 두드려주기를 기다리는 시들로 어수선하기만 해요. 나는 보잘것없는 요리사, 보잘것없는

아내, 보잘것없는 엄마. 나는 시와 씨름하느라 내가 평범한
주부라는 사실을 깨달을 새가 없어요.' (앤 섹스턴이 쓴 '편지'
중에서)

딸꾹질 전문가

김수영 시인이 우리의 이비인후 구멍들에서 쏟아지는 분비물, 침, 가래, 기침을 숭배한 것은 당대 모국어에 대한 모멸감 때문이리라. "시여, 침을 뱉어라" 한 것도, "젊은 시인이여 기침을 하자" 한 것도, "가래라도 마음껏 뱉자"[1] 한 것도 모두 그런 이유에서였을 거다. 그는 구강에서 쏟아지는 언어 말고, 얼굴의 모든 구멍에서 쏟아지는 소리와 액체를 언어에 대한 대안언어로 삼았다. 나는 「맨홀 인류」(『슬픔치약 거울크림』)라는 긴 시를 쓴 적이 있는데, 그 시를 쓰면서 우리 인간들의 구멍은 하나로 연결되어 있다고 생각했다. 우리의 엉덩이는 하수구와 맨홀로, 코와 입은 바이러스로 가득

1   김수영, 「눈」(1956) 부분.

찬 공기로, 눈과 귀는 오염된 공기와 소음으로. 이 세상 사람들은 피부 껍데기의 색깔과 형상, 민족 등등에 따라 상하로 나누어져 있고, 좌우로 분리되어 있지만, 사실 우리 항문 아래 파이프는 하나로 연결되어 있지 않은가 생각했다. 호텔의 파이프와 쪽방촌의 파이프. 정신병원의 파이프와 성당의 파이프. 아시아인의 엉덩이와 흑인의 엉덩이와 백인의 엉덩이. 그리하여 급기야 나는 우리의 신체 구멍들은 하나로 연결되어 있다고 생각하게 되었다. 어쨌든 우리는 얼굴 위와 발 아래로 같은 구멍을 열어 같은 파이프에 들이대고, 이 생을 영위해가고 있다. 그것을 일종의 결핍의 연결성, 혹은 오물의 연결성이라고 부를 수도 있겠다. 우리가 죽음을 향해 함께 달려가고 있는 것도 같은 구멍을 향해 달려가는 것은 아닐까. 나의 '맨홀 인류'는 이 구멍들로 연결된 채 서로 평등하게 평등했다.

나는 그와 함께 아케이드의 통로를 걸어간다. 행인과 상인들이 쳐다본다. 그를 한 번 보고, 나를 한 번 본다. 노골적으로 보고, 숨어서 본다. 그들이 보기에 그의 몸이 정상이 아니기 때문이다. 시선은 집요하다. 쇠구슬 같은 시선이 얼굴에 몸에 박힌다. 급기야 한 아이가 한 번도 시선을 거두지 않고, 그를 보고 서 있다가, 그의 신체의 모습을 직역하는 단어

 딸꾹질

를 크게 외치고 만다. 그것도 반복해서, 박자에 멜로디와 가사를 얹어서. 이럴 때 박자는 폭력이다. 그는 그들이 보기에 정상이 아니다. 왜 이렇게 우리는 정상에 목을 매는가. 당장 북미나 유럽에 가서 피부가 노랗다는 이유로 차별받고 두들겨 맞고 오면서도 말이다. 비장애인들 주제에, 나는 속으로 그들을 욕한다. 여하튼 그는 이 시선을 거의 평생 견디며 살아왔다. 직립과 신체의 평행을 보장받지 못하는 사람에게 바닥은 가장 위험한 무기다. 바닥이 사람에게 얼마나 평등하지 않은지. 바닥은 평평하지 않다. 바닥은 크레바스를 간직하고 있다. 바닥은 더럽다. 바닥엔 끈끈이가 붙어 있다. 바닥은 깊고 높다. 급기야 바닥은 빌딩처럼 일어선다. 바닥은 날카롭다. 바닥이 낚아채는 손길은 단호하고 무섭다. 바닥 밑에는 또 바닥이 있다. 정규직 아래 비정규직이 있고, 비정규직 아래 비정규직 여성 노동자가 있다. 하청이 끝없이 이어지듯이 바닥은 끝없이 이어진다. 그는 나와 함께 나란히 걷기를 원하지 않는다. 나에게마저 사람들의 시선이 닿는 것을 원하지 않는다. 그는 나에게 항상 먼저 걸어가라고 한다. 아니면 늦게 걸어오라고 한다. 우리는 평등하지 않은 응시와 평등하지 않은 바닥 때문에 함께 걷지 못한다. 언제나 그에게는 응시가 꽂힌다. 사악한 꽂힘이다. 탐욕과 차별로 가득 찬 응시다. 시선을 받은 몸을 비체를 만드는 응시다. 정상성이라는 것에 자신들이 문화적으로 구조적으로 억압되어 있는 줄도 모른 채, 응시가 날아온다. 지구촌을 하나로! 외치면서도, 단 이런 괴물들과 이방인은 쫓아내고!라고 주장하는 듯한 응시. 이런 참혹한 응시에 시달리다 보면 저절로 광인의 언어가 발명된다. 몸속 깊은 곳에서 딸꾹질이 올라온다. 단지 비스듬한 바닥에 서 있는 것 같을 뿐인데. 타인의 시선들이 불꽃처럼 연약한 육체에 꽂히고, 이 응시에 시달린 그가 거리에서 광인의 포효 대신 딸꾹질을 시작한다. 하루 종일 혼자 방치되어 울던 아이가 울음을 멈추고 몸을 부르르 떨며 딸꾹질을 시작하듯이.

울음을 그친 아이의 성대에서 나오는 첫 소리. 울음 후의 딸꾹질. 아이의 몸은 수축과 확장을 소리로 반복한다. 아이는 경련한다. 아이는 성문이 닫히고, 숨이 막히는 듯 가슴을 압박하는 진동에 시달린다. 숨을 쉬고자 하나 숨은 숨어 있다. 아이는 울 수도 없고, 울음을 그칠 수도 없다. 아이는 말을 하려 해도 말을 할 수 없다. 아이는 엄마를 기다리는 것에 지쳤다. 기다림이 증상이 되었다. 그게 다다. 이런 호흡으로 노래를 한 가수가 마이클 잭슨이라고 하면 안 될까. 그는 벌스 부분에서 딸꾹질하듯 자음을 발음한다. 이를테면 〈Billie Jean〉의 "But who can stand"에서 'But' 할 때처럼.

 딸꾹질

그때 그의 춤도 이 딸꾹질에 반응한다. 그는 숨이 찬 듯 성대를 웅크렸다 터트린다. 그래서 그의 몸속에는 이상한 악기가 숨어 있는 것 같다. 불안과 기다림에 지친 어린 시절을 지낸 사람이 필사적으로 어린 시절을 떨어내려는 것 같기도 하다. 가수는 이를 악물었지만 소리는 이 사이에서 터져 나온다. 울음이 노래가 된 것 같기도 하다. 마이클 잭슨 이후 이 딸꾹질 창법과 경련 동작은 하나의 보컬 기법과 춤이 되었을지도 모르겠다. 마이클 잭슨은 노래와 춤 아닌 것을 노래와 춤에 끌어들였다. 피나 바우쉬의 탄츠테아터 〈Seasons March〉의 사계절 율동에서도 신사와 숙녀 춤꾼들이 살아 있는 나무가 아니라 통나무가 심어져 있는 정원을 일렬로 걸어가며, 단체로 딸꾹질하듯 한 번씩 전율한다. 그들은 상상적으로 계절을 표현하려 할 때마다 경련하듯 공기를 더듬는다. 연속적으로 흐르던 이 세상의 소리와 움직임이 그들에게서 방해를 받는 것 같다. 그들은 평탄하고 평안하게 존재하고자 하는 정상인들의 청각과 시각을 잠깐씩 괴롭힌다. 우리가 지나온 시간에는 폭력이 숨어 있었다라고 말하려는 것일까. 경련하는 존재들. 발작하는 존재들. 횡격막이 경련 끝에 수축을 일으키고, 성대가 닫히면서 소리가 참지 못하고 터져 나온다. 선형적인 시간이 교란되면서, 세상마저, 계절마저 이 딸꾹질 리듬으로 경련하고 있다는 암시를 받는다. 선형적이고 전형적인 반복이 이 순간 멈칫 놀란다. 이 딸꾹질 동작은 어디로 향하지도 않지만 어딘가 저 아래를 건드려보는 것 같다. 그러나 곧 등장하는 딸꾹질 자음의 타격. 이럴 때 가수와 춤꾼은 심지어 몸으로 언어유희를 하는 것 같다. 마치 언어를 고문하듯이. 언어를 절뚝거리게 하듯이. 그것으로 온갖 차별에 대한 정치성을 증명해내듯이. 그다음 라임이 폭발하고, 펀치라인이 준동할 것이다. 노마 히데키는 허파 속 공기를 차단하고 후두를 긴장시켜 끊어내는 성문폐쇄음 혹은 성문파열음이 K-pop의 언어학적 특징이라고 했다(아이브의 〈LOVE DIVE〉, BTS의 〈피 땀 눈물〉). 고등학생 래퍼 대항전, 〈고등래퍼 4〉를 만화책을 보듯 다시 보는데 얼굴에 크고 붉은 점이 있는 학생이 래핑을 시작했다. 그러자 프로듀서 한 분이 말했다. 쟤는 얼마나 좋을까. 문신을 하지 않아도 되잖아. 이 비정상을 모시는 고교생들과 그의 형님 프로듀서들의 언어. 만화에서 튀어나온 것 같은 외모와 그들의 수줍은 텍스트와 프로듀서 형님들의 만장한 허세. 그리고 비트에 소리를 버무려 언어의 정상성을 박탈하는 이 외침. 그러나 결국 스스로의 돈과 군림을 목표로 살아가겠다는 '쇼 미 더 머니'의 의지를 표명하는 가사를 내지르는 귀결에서는 시청자인 나를 웃게 하지만.

이청준의 소설들은 말 대신 신체화 증상들을 갖게 된 등장인물들을 즐겨 다루었다. 나는 이청준의 소설들이 내용 이전에 늘 비슷한, 분열하고 흐트러진 형식의 창안 대신에, 단순한 미장아빔의 방법적 재현을 구축한다고 생각해왔고, 그런 형식이 어쩌면 남성적인 질서의 재현일 수 있겠다고도 생각해왔지만, 나는 오랜만에 그의 소설의 내용들이 떠오른다. 내가 대학생일 때 동일방직 사건이 있었다. 내 친구들은 위장 취업해서 여러 공장에 다니고 있었는데 나는 평안히 대학 다니면서 가끔 치마에 돌이나 담아 날라주거나 시를 써볼까 생각하는 무개념 학생이었다. 그때 그 공장에서 노동쟁의가 있었다. 여성노동자들이 대부분이었는데 노동 환경은 그야말로 지옥이었다. 날리는 솜과 더위, 그리고 지독한 소음. 쟁의에 참여한 여성노동자들은 대부분 남자들인 집행부가 쟁의 현장에 들어오지 못하도록 옷을 벗었다. 그러나 진압대는 그 쟁의를 진압하면서 고무장갑 낀 손으로 똥물을 뿌리고 여성노동자의 얼굴에 바르고 입속에 집어넣었다. 이 사건 속에는 이렇게 간단히 쓸 수 없는, 셀 수 없이 많은 고통의 시간과 각자의 입장이 있었다. 나는 사건이 발발한 당시에는 이 사건을 알지 못하다가 나중에 다큐멘터리와 증언을 통해서 알게 되었다. 이청준은 이 사건의 한 인물을 주인공으로 소설 「빈방」을 썼다. 소설의 남자 등장인물은 딸꾹질을 한다. 매일 매 순간 한다. 백약이 무효다. 그런데 말할 때만은 딸꾹질을 하지 않는다. 그래서 소설의 화자는 그에게 별의별 말을 다 시켜본다. 하지만 그때뿐이다. 그에게는 그런 말들 말고, 다른 할 말(사건의 전말)이 있다. 그러나 스스로 발설할 수 없는 말. 누군가 대신 해주기를 기다리는 말. 그는 해야 할 말이 있다. 그는 미래에 말이 되어야 할, 그러나 지금은 말이 아닌, 해야 할 그 말로 쉴 새 없이 딸꾹질한다. 아무도 그의 딸꾹질을 고치지 못한다. 이청준의 또 다른 소설, 「치질과 자존심」은 치질이라는 질병을 가지고 우리의 직립이라는 정상성에 대해 질문을 던진다. 외과의사는 치질은 우리가 직립보행을 하기 때문에 신체 압력이 아래로 내려가서 생긴 병이라고 한다. 그래서 치질을 낫게 하기 위해서는 네발로 짐승처럼 걸어야 한다고 한다. 말하자면 직립인에게 치질은 정상이라는 것이다. 하지만 치질은 병이고, 사지보행은 건강이라니. 환자인 언어학자는 네발로 걷는 수치보다는 치질이라는 병을 선택할 수밖에 없는 처지가 된다. 치질은 마치 동일방직 사건 당사자의 딸꾹질처럼 항문으로 말하기에 해당한다. 딸꾹질이 대신 말해주기를 바라는 신체화 증상이었다면, 치질은 짐승으로 말하기를 거부하는 인간적 자존감을 내세우는 언어학자의 가식을 폭로하는 기제가 된다. 부끄러움보다는 질병을 택함으로 정상성을 얻은 언어 세계, 그러

      딸꾹질

기에 이청준은 역설적으로 언어의 비정상성을 문제 삼는다.

　정상이 아니라고 생각되는 것을 때리고 밀어내고 무서워하고 배척하면, 주체성은 더욱 커질까. 하지만 쫓겨난 존재들은 완전히 사라지지 않고 주체 주변에 웅성거리고 있다. 나는 하나의 낭독 공연과 춤 공연을 공상한다. 나이 든 여자의 낭독 공연을 보러 오는 사람은 없겠지만. 나는 무대를 상상한다. 발표자는 언어로서가 아니라 몸으로서 말해야 한다는 규칙이 있다. 발표자가 단상으로 올라간다. 발표자는 장기적인 심장 불안과 기다림에 지친 지 오래. 발표자의 횡격막에 작용하는 미주신경과 골격신경이 자극을 받다 못해 이제 딸꾹질이 시작된다. 귀에서 나온 작은 털이 고막을 간질인다. 가슴이 잘게 경련한다. 발표자는 쉴 새 없이 혀와 목구멍에서 알아들을 수 없는 말을 끄집어냈다. 피와 흙이 섞여드는 큰 소리, 외침, 나는 무대에서 정상적인 단어를 한 단어도 발음하지 않을 것이다. 몸이 흙이 될 것이다. 흙에서 풀이 자랄 것이다. 썩은 무덤으로 내쳐진 존재가 그에 걸맞은 언어를 창발한다. 부패와 굉음과 딸꾹질이 난무하는 언어. 도대체 알아들을 수 없어! 하는 언어. 단어들이 침과 가래와 기침처럼 흘러내리는 언어. 살아 있으나 죽은 것 같은 언어. 말할 때마다 죽은 사람이 튀어나오는 언어. 정상은 미끄러졌다. 말의 역류. 나는 혓바닥의 편에 섰든, 동일자의 언어 편에 섰든 모든 이를 향해 이빨을 사용하리라. 관객은 한마디도 알아들을 수 없다. 무한히 절규가 계속될까 봐 나조차도 두렵다. 공연자가 발견한 딸꾹질의 괴로움을 관객들도 느꼈으면 좋겠다. 말을 제거한 말의 힘. 그 말을 맛보고, 비비고, 만지고, 삼키는 일. 몸은 경련할 수 있고, 발성기관 또한 그렇다. 몸은 주름질 수 있고, 발성기관 또한 그럴 것이다. 몸은 비틀리고, 발성기관도 비틀린다. 몸이 소스라치고, 요동하고, 파이고, 구멍 뚫리고, 신음하고, 발성기관도 그렇게 한다. 공연자가 비스듬한 바닥 위에 서 있다. 바닥 때문에 나는 자연히 다리를 절게 된다. 새털처럼 가벼운 육체가 아니다. 위로 솟구치는 춤이 아니다. 춤추는 자의 몸은 무겁다. 움직임의 연속성도 없다. 나는 진동하는 비스듬한 땅 위를 뛰고 걷는다. 비스듬한 무대를 뛰어가는데 무언가 항의하는 것처럼 느껴져야 한다고 나의 이성이 나를 괴롭힌다. 존재의 바탕이 기울어진 사람들을 보여주는 것 같아야 한다고 나의 이성이 나를 간섭한다. 걷는 사람이 그 사람의 잘못이 아니라 바닥의 잘못이라고 항변하는 듯도 하다. 나는 비틀거린다. 산산조각 날 것 같다. 삶이 부서져서 말도 부서진다. 나는 언어를 언어의 쓰임새로서가 아닌 몸으로서 몸의 경험을 말하게 하고 싶다. 나는 시를 쓰기 시작할 때 나에게 모국어가 없

　　　　딸꾹질

다고 가정하길 좋아한다. 모국어가 없는데, 그래서 나에게
언어라는 게 없는데 나는 '시하다'를 시작해야 한다. 어떻게
시작할까.

나는 이빨 이빨 이빨 이빨 이빨 이빨 이빨

이빨 이빨 이빨 이빨 이빨 이빨 이빨

이빨 이빨 이빨 이빨 이빨 이빨 이빨

이빨 이빨 이빨 이빨을 갖고 있다[2]

　말을 더듬는 학생이 있었다. 말 더듬은 응시와 시선의
지배를 받는다. 청자의 반응을 의식하면 할수록 말 더듬은
증가한다. 나는 그 학생의 발표 시간에 조용히 기다리는 것
이 맞는지, 무관심한 게 맞는지 알 수 없었다. 말 더듬은 사
회적 인간으로서의 존재 여부에 영향을 주는 커다란 핸디캡
이다. 생존의 문제다. 누군가가 '너 말더듬이야' 하고 지명하
는 순간, 말실수들이, 말 더듬들이 증상으로 고착된다. 의미
는 휘발하고, 소리만 남는다. 그래서 말을 더듬을까 걱정하
다가 결국 더듬고 만다. 말에 대한 통제력을 상실하고 만다.
하지만 시인 로베르 데스노스는 말 더듬으로 반복을 주도한

2　Robert Desnos, "enbrêe entrée", *corps et biens*, Gallimard, 2016.

다. 말을 더듬어서 이빨 모두를 보여주려는 것처럼. 아니면 상대의 이빨 모두를 하나하나 더듬어주는 것처럼 말을 더듬는다. 증상이 시가 되는 순간이다. 말 더듬이 결여가 아니라 타자들을 향해 자신의 욕망과 환희를 내뿜는 언어가 된다.

나는 나의 일상 몇 시간을 녹화한 필름을 갖고 있다. 나는 늘 그렇듯이 녹화된 내 모습이나 내 목소리를 다시 시청할 용기가 없다. 그래서 5분으로 빨리 감기해 들여다본다. 이 5분 안에서 나는 심신미약, 신체장애, 조현병, 청각장애인, 시각장애인, 말더듬이로 행동한다. 마치 우리의 인생을 비커에 넣고 흔든 것처럼. 이건 마비고, 절단이며, 파안대소다. 무엇보다 딸꾹질이다. 그리고 춤이다. 나는 5분의 시간 안에서 마치 현대무용을 하는 무용수 같다. 거리를 걸어가는 나는 빌딩과 교량과 미사일같이 수직으로 솟은 것들을 말랑말랑하게 하려는 것같이 나타나고 사라진다. 그것들을 눕히려는 것 같기도 하다. 빌딩을 기어가게 하려는 것 같기도 하다. 실내에 들어온 나는 마치 몸을 동물, 식물, 광물, 사물로 확장해가려는 것같이 움직인다. 몸이 몸을 넘어 동물, 식물, 광물과 혼종하려는 것 같다. 혹은 동물, 식물, 광물 안에서 육체적인 것을 찾으려고 하는 것 같다. 자아와 성별은 상실되고 보이지 않는다. 시간에 잠긴 하루 낮의 몸을 5분으로

        딸꾹질

수축했더니, 나는 장애인이다. 비인간이다. 겨우 시간의 흐름을 축지법으로 축약했더니 이렇게 되었다. 시간을 쥐어짜는 것처럼 해본 것뿐인데, 딸꾹질하는 몸처럼 시간을 응축한 것뿐인데 이렇게 되었다. 나는 시간을 수축해 딸꾹질하는 사람이 되었다. 나는 이렇게 시간을 비축하거나 시간을 접어보는 것이 현대무용이 아닐까라고 생각해보게 되었다. 춤이란 기존의 육체의 조건 자체에 의문을 제기하는 것. 정상과 비정상, 존재와 비존재 사이의 자세를 발견하는 것. 내 몸을 내가 시간 속에서 파괴해보고, 넘어지게 하는 것. 나는 이것이 춤하기와 시하기가 아닐까 생각해본다. 정상적이라고 명명된 언어 사용에 대해 다른 기준을 적용해보는 작용이 문학언어가 아닐까 생각해본다. 무엇보다 문학은 차별의 시선에 대한 심한 딸꾹질일 것이다. 정말 세상에 '정상'이니 '순결'이니 하는 것들이 있기는 한 걸까? 단어는 있는데 실제로는 없는 것들에 시달릴 필요는 없는데 말이다.

반복의 영웅, 반복의 거지

책을 읽다가 눈을 한 번 감았다 떴다.

그러자 눈앞에 사방연속무늬가 나타났다.

갑자기 눈이 먼 것인가.

다시 한번 눈을 감았다 떴다.

다시 사방연속무늬가 나타났다.

눈에 사방연속무늬가 붙어 있었다.

자연히 두 팔을 휘젓게 되었다.

방을 나갔다.

다시 말하지만 연속해서 사방연속무늬가 있었다.

집을 나갔지만 사방연속무늬의 정면만 있었다.

자고 일어나면 괜찮아지겠지.

맹인 안마사가 더듬듯 나는 나를 더듬었다.

예상은 빗나갔다.

자고 일어나도 사방연속무늬가 붙어 있었다.

밤인지 낮인지는 알 수 있었다.

누가 나를 사방연속무늬 안에 가둔 것인가 생각했다.

아직도 우리나라를 둘러싸고 미국과 중국과 일본이 있는지 물어볼 지경이었다.

내 눈에 달의 외눈, 태양의 외눈이 달라붙은 걸까.

바다의 표면 위를 와이퍼가 왔다 갔다 하면서 닦는 소리가 들렸다.

샬럿 퍼킨스 길먼Charlotte Perkins Gilman의 「옐로 월페이퍼The Yellow Wallpaper」가 생각났다.

벽지의 감시 때문에 미친 여자, 결국 벽지를 다 떼어버린 여자에 대해 생각했지만

나는 벽지가 보이지 않았다. 다만 무늬만 있었다.

물속에서 태양을 보는 것처럼 내 눈동자에 막이 생긴 걸까.

무늬로 만들어 벗을 수 없는 안대를 한 것일까.

이 무늬는 움직이지도 않고 밝아지지도 않았다.

눈물로도 흐려지지 않았다.

병원에 실려 갔지만 원인을 찾을 수 없었다.

식구들이 다종 다기한 나의 증상들에 진저리를 쳐왔었

지만 이건 아니라고 했다. 이건 쿠사마 야요이도 걸리지 않는 병이라고 했다.

내 눈동자에 양파 껍질 같은 무늬가 붙어 있습니까?

안과 의사가 말했다. 광시증인 것 같습니다만

정신과에 가보세요. (언제나 마지막엔 정신과에 가보세요다)

나는 정신과에서 말했다.

자라지도 움직이지도 흔들리지도 않지만 무늬 자체는 보여요.

언젠가 튀르키예의 네 개짜리 미너렛 성전 천장에서 본 무늬, 이슬람 무늬 같아요.

손으로 종이에 그릴 순 없지만 말로는 그릴 수 있어요.

의사가 말했다. 약물을 복용했습니까?

내가 대답했다. 우리나라는 대마초를 피워도 감옥에 가는 나라입니다.

의사가 물었다.

무늬 안에서 누군가의 목소리가 들립니까?

아닙니다.

문고리 같은 게 보이지 않습니까?

아닙니다.

무늬와의 거리는 얼마만큼입니까?

거리가 없습니다.

무늬 안에 갇힌 사람이 있습니까?
의사가 다시 물었을 때
갇힌 사람은 나 아닙니까?
나는 되물었다.

그리고 나는 알게 되었다.
내가 이미 묻혔다는 것.

우리는 각자의 감옥에 있고, 이 감옥의 내용은 반복이
다. 나의 사방연속무늬 증세는 며칠 만에 풀렸지만, 나는 저
무늬를 '관觀'해봐야겠다고 생각했다. 도대체 저 무늬들은
실재를 어디에 두고 무늬만으로 나의 눈을 찾아왔던 것인
가? 이 감옥의 창밖으로 자동차와 지붕과 바람이 물결치지
만, 밤이 오면 그림자들은 실체에서 해방된다. 낮 밤, 낮 밤,
그림자들이 몰려갔다 다시 돌아온다. 도대체 이 나날이란 것
은 왜 이리 매일 똑같은가. 한 바퀴 시간을 돌아 다시 제자
리를 지나가는 나날. 감염병 바이러스에 갇혀 마치 코인 세
탁소의 세탁물처럼 창밖을 내다보며 빙빙 돌아가고 있노라
면, 현실인지, 가상인지 반복의 무늬만 점점 또렷해진다. 모
든 달력의 숫자에 0을 곱하면서 다가오는 이 무서운 아침들.
나 자신에게 0이 내재해 있었나, 아니면 시간이란 것이 천천

 반복

히 내 하루에 0을 곱하는 것인가. 곱하는 것이 아니라 나누는 것인가. 그리하여 끝끝내 삼라만상을 무늬로 만드는 저 힘은 무엇인가. 어디에서 온 것인가. 더구나 자세히 들여다보면 보이는, 저 나뭇잎과 저 도롱뇽과 저 도마뱀의 어깨 위에 새겨진 저 무늬는 또 무엇이란 말인가. 신이 하는 일이 이것인가. 우리의 피부에 무늬를 새기는 일. 순간순간의 무늬들을 남기는 일, 그 무늬가 어느 날 내 눈동자 위에 실수처럼 척 달라붙은 일.

버지니아 울프의 『댈러웨이 부인』은 마이클 커닝햄의 『세월』을 낳고, 다시 스티븐 달드리의 「디 아워스The Hours」를 낳는다. 「디 아워스」는 1920년대, 1950년대, 2000년대의 세 여자가 나오는 영화이고, 그 여자들의 하루를 잘라내어 교차 편집한 영화다. 영화의 시퀀스는 소설 『세월』의 챕터를 그대로 따른다. 그렇지만 두 소설가와 한 사람의 영화감독, 그들도 알고, 이 장르의 등장인물들도 알고, 독자이고 관람자인 우리도 아는 그것. 이 영화가 '반복'을 편집하고 있다는 것. 세 여자의 일생을 단 하루를 통해 보여주고 있다는 것, 그것을 넘어 버지니아 울프가 죽은 다음에도 '댈러웨이 부인'의 하루가 끝없이 무한 반복되고 있다는 것. 소설가가 죽은 다음에도 이 소설이 서사의 의무를 다하지도 않으면서도, 끝없이 소설가의 관조를 지속하고 있다는 것. 이런 것을 생각하면 몸서리쳐지도록 무서운 이 하루, 하루. 그리하여 삶이라는 것이 다시 태어나도 슬픔과 절망과 우울로 점철된 '시간'의 감옥이라는 것. 다시 태어나도 벗을 수 없는 절망이라는 이름의 구속복이라는 것. 그리하여 실제 소설가 버지니아 울프와 등장인물인 소설가 리처드는 소설『댈러웨이 부인』의 전쟁 생존자 셉티머스처럼 스스로의 목숨을 끊어서라도 그 감옥에서, 사방연속무늬의 생산에서 벗어나고자 했다는 것. 하지만 이 반복의 감옥은 한 편의 소설이면서 이 세상이라는 것. 소설가들의 죽음 이후에도 소설이 계속되고 있다는 것. 버지니아 울프의 소설이 끝끝내 시대를 넘어, 장소를 넘어 반복을 실현하고 있다는 것. 소설가의 목숨을 끊어서도 반복을 끊을 수 없으니, 이제 우리가 저 소설을 끊어야만 하는가. 그렇지 않고는 이 우주라는, 이 시간이라는 감옥을 끊어낼 방법이 따로 있겠는가. 그리하여 하는 수 없이 소설 속에 태어난 자인 우리는 이 반복을 감싸안고. 이 반복을 응시하면서, 병원 문턱이 닳도록 드나들면서. 어쩔 수 없는 이 도저한 죽음을. 순환하며 진저리치는 죽음을 영속한다는 것. 그리하여 '댈러웨이 부인'은 끝없이 이루어진다는 것.

「디 아워스」에는 필립 글래스의 〈모닝 패시즈스Morning

passages〉와 〈아임 고잉 투 메이크 어 케이크 I'm going to make a cake〉 같은 음악들이 들어 있다. 나는 이 영화를 볼 때 이 성부들이 악보의 선들로 만든 감옥의 창살처럼 영화의 장면들을 옥죄고, 등장인물들을 가두는 것 같았다. 나에게는 악기 소리 하나하나가 마치 세 여자의 발목에 걸린 체인 소리처럼 들렸다. 작곡자는 음악을 나열한다. 연주자는 지루함을 목표로 연주한다. 변화도 변화에의 의지도 없다. 멜로디가 없으니 에로스나 자아가 돌출하지도 않는다. 다만 죽음이 끝없이 과정 중에 있을 뿐이다. 우리의 이 지난한 반복처럼. 음표들은 감방을 지키는 간수들처럼, 좁은 음역대를 왔다 갔다 하면서, 간수가 찬 곤봉이 간수의 혁대를 치는 소리 같은 짧은 프레이즈를 반복한다. 선율이 없는 리듬의 반복, 그 단순함. 모든 음악적 요소들의 최소화. 큰 것의 반복 안에서 작은 것들의 반복이 있다. 매일 매월 매년 매 생처럼. 세 여자가 다른 세월, 같은 시간의 잠자리에서 알람 소리를 들을 때, 그다음 욕실의 거울을 볼 때 필립 글래스의 리듬은 이들을 하나로 연결하는 시간적 건축물을 건설한다. 모든 것은 소설 바깥에 있는데, 장르에 갇힌 이 여자들의 감옥. 광기와 절망을 구분할 줄도 모르는 여자들을 둘러싸고 계속되는 리듬의 타격. 음악으로 그린 그녀들의 내면 의식, 사방연속무늬의 세계. 이 반복을 안지 못하면, 이 반복의 미묘한 변화를 구세

주처럼 껴안지 못하면. 쿠사마 야요이의 땡땡이 무늬들처럼, 김환기의 네모난 테두리가 있는 점들처럼 화가의 손을 벗어난 땡땡이들이 방을 뒤덮고, 창문을 뒤덮고, 현관을 벗어나 온 마을을 뒤덮는다. 매일 똑같은 점들이. 그리하여 대기권을 벗어난 비행 물체가 지구를 내려다보면, 점점이 찍힌 불빛들처럼 땡땡이들이 전 지구에 명멸한다. 그리하여 우주비행사는 생각한다. 서술된 이야기처럼 인생을 살아가고 있는 줄 알았는데, 이것이 단지 사방연속무늬로구나. 시간이 무늬로구나. 비행사는 서사에서 탈락해 우주 작가가 구축한 시간의 구조 안에 착륙한다.

마이클 커닝햄의 소설 『세월』에서 1950년대의 브라운 부인은 버지니아 울프의 『댈러웨이 부인』을 읽는다. 브라운 부인은 이 소설을 읽는 순간만은 유일하게 이 지루한 반복의 감옥을 벗어난다고 느낀다. 소설 속의 이 소설은 다른 세계의 기표다. 브라운 부인은 소설책과 자살을 위한 약들을 챙겨 호텔에 투숙한다. 그리고 소설을 계속 읽는다. 소설을 읽으려고 호텔에 투숙하다니. 나도 그렇게 해보고 싶어서 지난 겨울에 시도해본 적이 있다. 하지만 내가 챙겨 간 이태리인 삼대의 스토리 라인을 가진 소설은 지루했다. 서사의 감옥을 벗어나려 또 하나의 서사의 감옥에 갇힌 기분이었다. 브라운

     반복

부인이 소설을 읽는 동안 버지니아 울프를 낚아채서 죽였던 강물이 호텔 방에 범람한다. 브라운 부인은 거기서 익사한다. 그리고 자신에게 부과된 반복의 감옥에서 탈출한다. 댈러웨이 부인이 셉티머스의 죽음 소식을 들은 다음 걸치고 있는 파티용 드레스가 불에 타 사라지는 느낌에 휩싸인 경험을 한 다음처럼. 댈러웨이 부인은 불, 브라운 부인은 물이다. 브라운 부인은 죽음 경험 후 남편의 생일 케이크를 다시 구우러 아들을 데리고 집으로 간다. 다시 새롭게 미래를 간직한 반복을 시작하려 한다. 브라운 부인은 영속하는 소설 안에서 소설을 읽음으로 소설을 벗어나게 된다. 브라운 부인은 결국 탈옥하지만 그 여파로, 먼 장래에 그 소설가 아들은 자살한다. 이 반복의 감옥. 필립 글래스의 연주는 조금씩 변주되지만 영원히 같은 체인을 흔든다. 1920년대에 시작한 땡땡이 무늬가 1950년대를 지나 2000년대를 넘어 영속한다.

잠자리에서 자명종 소리를 듣는다. 일어나기 싫다. 다시 똑같은 남편에, 똑같은 아이에, 똑같은 가부장제다. 들려오는 소리들이 싫다. 하지만 일어나서 거울을 본다. 매일 반복한다. 매일 반복한다. 사실 반복은 마지막 추락을 향해 간다. 반복이 끝나면 시간이라는 우물 속으로 추락한다. 그러기에 반복은 추락을 막는 서커스의 그물 짜기다. 이 반복되는 시

간과 시간 사이에 무엇이 있는가, 김 서린 거울에 그림으로
그려본다. 기하학적 형태가 생긴다. 그리드grid가 빼곡하다.
밀교에서는 이 형태에 몰입하면, 무위에 닿는다고 한다. 차
이로서의 반복인 나날의 패러디가 무위에 닿는다고 한다. 이
제 수만번째의 아침 식탁으로 간다. 늘 같은 접시, 같은 가족
의 같은 저작 운동 소리, 같은 냄새, 오늘 아침 오디오의 유
행가 가수는 같은 멜로디를 네 번 반복한다. 반복 없이 음악
은 없다. 그런데 이 음악을 끄면 더 견딜 수 없게 된다.

　고요한 밤 모래는 사막처럼 많은데 잠이 오지 않을 때
나는 모래를 캔버스에 한 알씩 놓아본다. 나, 제작자는 불면
이다. 여러 색의 모래를 한 개씩 허공의 캔버스에 입힌다. 세
운 것이 아니라 공중에 눕힌 캔버스다. 오랜 시간이 지난 후
내 정면에 그림이 떠오른다. 기하학적 패턴이다. 나는 지금
반복을 형상화해본 것인가. 도형이 생겨나자 시야는 가려지
지만 다행히 심리적 평정 상태가 된다. 나는 붓은 없지만 눈
을 감고 이 반복을 그리는 화가다. 갑자기 자신의 캔버스의
일 점 일 점이 우주의 퍼짐, 별의 이합집산이라고 말하던 어
느 화가의 장광설이 생각난다. 그림은 단순한데 말은 많은
화가. 동서양의 해탈한 척하는 남자들이 존경하는 화가다.
나는 식탁에서 가족을 배웅하고 다시 침대로 간다. 내가 집

어든 책이 습관과 기억에 맞서기 위해서는 참회와 속죄로 소생의 축복을 받으라고 한다. 침대에서 읽기에는 너무 성스러워서 오히려 속되다. 감염병에 갇혀보지 않은 인간의 장광설이다. 이 나날, 이 참을 수 없는 봉쇄의 나날은 언어로 규정할 수도 없는, 이전의 내 생애에 존재하지 않던, 동화적 은유로 봉합할 수도 없는 우리의 실존이다. 끝없이 스토리를 이어나가는 서술들로서는, 그 서술을 통해 상상계를 욕망하는 것으로는 불가능한 냉엄한 나날이다. 그리하여 지금 우리에게는 끝없이 욕망을 반복하는 글쓰기, 환유의 반복, 패러디의 패러디로서의 비판의 가능성이 있을 뿐인가. 한 작품은 서사가 마무리됨으로써 은유로 달성되는 것이 아니다. 나에게는 모래로서의 끝없는 파편적 중얼거림이 있을 뿐이다. 그렇게 이 봉쇄의 나날을 써나갈 수밖에 없을 것이다. 문학의 수행이라는 것은 작품의 경과가 아니라 끝없이 이 반복하는 나날의 공고한 감옥을 위험에 빠뜨리는 일일 것이다. 자신을 탈옥을 욕망하는 수레바퀴에 올리는 행위일 것이다. 그렇게 이 반복으로부터 나를 떼어내보는 일일 것이다. 재현의 중지, 리얼리티를 초과하는 나의 탄생. 동일성과 총체성을 독려하는 세력에 대한 위반의 글쓰기. 이 언어도, 이 자의식도 비웃어보자. 그렇지만 글쓰기를 통해 이 감옥이 아닌 하나의 외부를 조성하는 것. 자연인 것, 나를 잃게 하는 것. 춤을 추

면서, 춤을 추면서 무위의 상태에 접근해보려 하는 것, 분홍
신을 신은 것 같은 나의 율동적인 회전으로, 이 회전하는 파
놉티콘과 같이 도는 척하면서 또 벗어나기란 얼마나 힘든 일
인가. 부분이 전체를 확장하고, 전체가 부분과 관계를 맺는
것을 통해 이 반복을 초과하려 해보는 것. 사실 반복은 사건
에 있지 않고, 사건과 사건 사이, 형태와 형태 사이에 있다.
그 사이에서 동일한 패턴, 사방연속무늬가 균열한다. 이 균
열이 봄여름가을겨울, 낮밤, 삶과 죽음을 모호하게 한다. 반
복으로 만든 구조를 위태롭게 한다.『댈러웨이 부인』의 끝없
는 윤회적 재현에 몸이 끼어 있는 세 명의 부인들처럼.

먼저 동그라미를 그린다. 동그라미는 그려지면서 열렸
다 다시 닫힌다. 동그라미에게 말한다. 가만히 있는 거니?
가는 거니? 그리고 그 동그라미를 둘러싸는 네모를 그린다.
네모는 동그라미를 감싸면서 열렸다가 다시 닫힌다. 네모에
게 묻는다. 하나님도 네모를 그릴 줄 아니? 네모 속의 동그
라미는 밀교의 평화, 꿈이다. 나도 이것을 꿈꾼 적이 있다.
이것을 구체적 언어의 세계로 그리면, 아무도 없는 방 안에
촛불 하나 켜진 것 같은 평화. 동그라미 안에 빗금을 긋는다.
그린다. 그린다. 반복한다. 빗금은 공간을 사선으로 타격하
여 시간의 차원을 드러낸다. 시간은 직선이 아니라 여러 차

 반복

원을 통과하여 사선으로 움직인다. 시간은 축적되지 않고 반복하여 작동한다. 빗금, 빗금, 빗금이다. 그리는 도중에 또렷이 생각나는 시간이 있다. 연이어 생각나지 않는 부분이 있음도 깨닫는다. 중력에 이끌린 시간과 중력에 이끌리지 않는 시간의 비스듬한 모습이다. 1차원 2차원 3차원이 아니라 이들 사이의 빗금 차원이다. 그리다 보니 이 무늬가 입체로 일어서는 착시가 일어난다. 보도블록이 욕실의 타일벽처럼 일어난다. 겹겹이 쌓인 그릇이 일어난다. 새의 깃털이 펼쳐지면서 눈앞이 깃털무늬로 꽉 찬다. 바다의 창문이 끝없이 올라간다. 잎맥이 늘어나면서 시야가 잎맥의 무늬로 뒤덮인다. 패턴의 연속이 강박적인 배열을 이룬다. 리듬이 생겨난다. 이것이 나의 나날이다. 무늬는 가지런하다가도 흩어져버린다. 나는 그리면서 생각한다. 내가 이 바이러스에 갇혀 있는 동안에 나를 옥죄는 반복의 감옥을 무늬로 그려내고 싶어 했다는 것. 어떤 지혜의 발견자가 자신이 발견한 것을 도형화, 타이포그래피화하고 싶은 순간이 있듯이, 그리하여 이퇴계가 성학십도를 그리고, 바흐가 평균율 클라비어 곡집을 출간하고, 잭슨 폴록이 캔버스에 물감을 쏟듯이 의도하지도 않았는데, 내 몸의 내 눈동자가 나 자신의 내밀한 응집을 그려낸 것이 아닐까. 그러고 보니 슬픔에도 무늬가 있다. 슬픔이 오랜 시간 지나면 조용한 무늬가 된다. 향기에도 무늬가 있다.

말랑한 촉감에도 무늬가 있다. 나는 뇌의 무늬로 이 말랑함
의 감촉을 가둘 수 있다. 나는 지금 무늬 지옥 속에 있다. 세
계는 무늬를 통해 자신을 증거한다. 장미를 오래 응시하면
장미가 눈에 붙는다. 장미의 패턴이 시야를 뒤덮는다. 빛을
오래 응시하면 빛의 그림자가 눈에 붙는다. 빛의 얼룩덜룩한
그림자가 종당엔 눈을 멀게 한다. 내 눈동자에 그 그림자 중
하나가 붙었던 것일까. 내가 내 눈에 붙었던 무늬를 다 그리
고 그것을 벽에 걸자 고요한 세상이 잠깐 도래한다. 모래로
만다라를 다 그린 사람처럼 마음이 평온해진다고 믿어보려
한다. 이제 모래 만다라를 빗자루로 쓸어버릴 시간이다. 반
복으로 반복을 지울 위반의 시간이다.

 반복

무한의 미장아빔

미장아빔

감염병으로 거리두기를 하고 있으니 나날의 무한 반복이 더 몸서리쳐진다. 마치 마주 보고 있는 거울 속에서 무한히 아침 해가 떠오르고, 무한히 저녁 해가 지고, 그 뜨는 해와 지는 해 사이에 시체 가방들이 떠다니고, 앰뷸런스를 울며 따라가는 여자의 휘날리는 머리칼이 있고. 요양원에서 다른 병원으로 전원 가는 위독한 엄마를 멀리서 바라보는 늙은 아들의 눈물이 있다. 다시 무한히 해가 뜨고 지고, 이 광경들을 지켜보는 이 세상의 모든 거울들, 이 무한 반복 진행에 던져진 인간들이 무한히 몸서리치면서, 무한히 슬퍼하면서, 멸종하지도 않는 이 인간이라는 이미지들이. 이 반복의 나날 속에 유일한 순간이란 게 있다면 비닐로 몸을 감싼 너를 잠깐 안아보는 것뿐. 휴대폰 화면에 나타난 네 얼굴을 잠깐 바라보는 것뿐. 이렇게 무한히 해가 뜨고 무한히 해가 지는 풍경은 내 밖에 있는 것인지, 내 안에 있는 것인지, 깨닫지도 못하는 거울 속을 헤매는 인간이라는 이미지들이.

　　오래전 나는 딸을 낳았다. 26시간의 진통 끝에 낳았는데, 거의 분만 끝자락에 가서는 혼절에 혼절을 거듭했다. 그 혼절 중 늘 같은 꿈을 찰나마다 꾸었다. 그때는 살아계셨던 매우 연로하신 나의 할머니 할아버지가 보였는데 그들이 매우 어설픈 춤을 추고 있었다. 그들 앞에는 그들보다 젊은 그들의 부모, 나는 한 번도 본 적 없는 나의 증조할머니·할아버지가 고운 양단 한복을 입고 앉아 있었는데, 그들이 무한히 그들의 자식 부부에게 춤을 요구하고 있었다. 잠시 동안의 깨어남, 그리고 꿈을 반복하면서, 나는 계속 그 어설픈 춤을 구경했다. 그러다 그 방이 깨어지고, 또 다른 방이 나타났는데, 이번엔 그분들의 윗대 어머니 아버지, 나의 고조할머니·할아버지가 앉아 있었는데, 그 방도 종당에는 깨어졌다. 그렇게 한없이 춤추는 재롱의 방들이 이어졌다. 그러다가 결국 의료진이 겸자 분만 도구를 들고 나의 자궁을 향해 달려오자, 그 나머지 윗대조 방들이 한꺼번에 깨졌다. 그때 나는 나를 향해 달려드는 어머니 할머니들의 모습을 한꺼번에 보게 되었다. 동시에 나는 분만을 시작했다. 그 후 나는 「딸을 낳던 날의 기억」(『아버지가 세운 허수아비』, 문학과지성사, 1985)이라는 시를 쓰게 되었는데, 그 시는 시간의 주름을 가득 뒤집어쓰고 거울 미로를 뛰쳐나온 한 여자아이를 맞이하게 되는 그날의 경험을 쓴 것이다.

　　나는 무한이 무한히 영속하며 흐르는 시간의 거울 앞에 앉아 시를 쓰면서 생각한다. 내가 쓰고 있는 이것은 진짜일까. 나는 내가 쓰는 장르라는 나라 안에 붙들린 채 쓰고 있고, 이 장르나라 법칙의 속박을 받고 있으니. 이 장르 또한 무한히 영속하는 거울이고, 내 시는 이 거울에 맺힌 '상'이 아니겠는가. 언어는 사건과 사물에 대한 거짓말이고, 시인, 작가는 이 교묘한 거짓말에 갇혀서, 이 거짓말을 깨뜨려보기 위해 책상에 엎드려 있는 것이 아니겠는가. 여지없이 거짓말이라는 숲으로 사라져가는 시간이라는 운명 앞에서 진짜로 살아갈, 발가벗은 언어로 뭉쳐진 한 생명을 꺼내 보여주고 싶어 안달하고 있는 것이 아니겠는가. 그래서 나는 나의 이 장르나라 안에서 이 나라의 속박과 부자유를 말하고 싶고, 내가 쓰는 이 언어라는 거짓말에 대한 반성을 도모하고 싶고, 내가 이 장르를 구축해가는 과정까지를 다 말해서 무엇이 내 언어에 개입했는지 밝혀보고 싶다. 그래서 내가 쓰는 것이 거짓말을 벗어나려는 몸짓들이었음을 말하고 싶고,

내가 쓴 것은 언어로 언어를 안달한 것이라고 말하고 싶다. 그래서 나는 이 언어라는 거짓말을 마음껏 향유하는, 이 거 짓말을 강화하는 글들을 좋아하지 않는다. 자신이 사용한 언 어의 거짓말에 대한 반성이 없는 글들 말이다. 어쨌거나 언 어는 나처럼 거울에 맺힌 상이니까, 그런 거짓말 향유자의 모습도 냉큼 보여주기 마련이니까. 대상에 대한 미메시스는 하면 할수록 거짓말을 보태는 것이 될 터이니까. 나는 나의 글을 써나가면서 그 진행 과정 속에서 어떤 간섭을 받았으 며, 어떤 개인적인 문제를 떠올렸으며, 어떤 고민이 있었는 지, 이것을 만들어가는 과정에 개입한 안과 밖이 무엇이었는 지를 모두 밝힘으로써 언어란 것이 나에게 와서 무엇으로 변 용되었는지조차 알고 싶다. 한 아기가 태어난 날의 천궁도처 럼 이 글을 쓰는 시간의 천궁도, 그 순간의 충일을 떼어내어 한 작품 안에 부려놓고 싶다. 그 구조물을 보여주고 싶다. 그 러나 끝끝내 시가 그것을 다 드러내지 못해 파국으로 치닫는 과정을 모두 그려내고 싶다. 장르 문법 안에서는 불법이더라 도, 시적 현실 부적응자가 되더라도, 자기 파괴적이 되더라 도 하나의 작품이 제 안에서 무한히 변용하는, 자기 반영적 인 모순을 보여주고 싶다. 그렇게 장르와 현실의 관계를 묻 고 싶다. 나는 이런 질문이 포함된 작품인가 아닌가에 따라 그 작품이 우리나라 사람들이 끝없이 구분하고야 마는 그 이

　　　　　미장아빔

분법, 모더니즘 계열인지 리얼리즘 계열인지 갈라볼 수 있겠다고도 생각한 적이 있다. 그런 구분이 어떤 시들에게는 무용한 것이라는 생각에는 변함이 없지만 말이다. 어쨌거나 내 작품을 읽는 사람은 내가 아무리 시간의 힘을 거스르려 애썼더라도 글자가 흘러가는 대로, 시간이 흘러가는 대로 읽게 마련이다. 그러면 나는 또 직선적으로 흘러가는 시간에 기댄 문장의 배열과 싸워야 한다. 내가 쓰기 시작하면 펼쳐지는 언어의 거짓말들과 함께 나는 직선이 아닌, 언어를 구축하는 방법적 언술을 또 모색해야 한다.

나는 내가 몸담았던 대학에서 입시 면접을 치를 때 간혹 질문하곤 했다. 당신은 이제까지 어떤 작품이 좋은 작품이라고 생각하고 책을 선택하고, 읽어왔습니까? 그러면 대부분의 입시생들이 솔직한 작품이 좋은 작품이라고 대답한다. 그래서 내가 그 작가가 그 작품 안에서 어떻게 솔직한지 않은지 알 수 있습니까? 하고 물으면 입시생들은 그것은 작품을 읽으면 다 알 수 있다고도 한다. 그러면 나는 다른 장르의 글쓰기로 하면 더 좋을 텐데 왜 하필이면 소설이나 시로 그 작가, 시인은 솔직해야만 했을까요? 하고 묻는다. 나는 그 학생들과 오랜 토론을 하고 싶지만 입시생과는 대화의 시간이 정해져 있다. 한 사람을 길게 붙잡으면 평등 원칙에 어긋나기 때문에 그만 말하라고 종이 울린다.

> 꽃이보이지않는다. 꽃이향기롭다. 향기가만개한다. 나는 거기묘혈을판다. 묘혈도보이지않는다. 보이지않는묘혈속에나는들어앉는다. 나는눕는다. 또꽃이향기롭다. 꽃은보이지않는다. 향기가만개한다. 나는잊어버리고재차거기묘혈을판다. 묘혈은보이지않는다. 보이지않는묘혈로나는꽃을깜빡잊어버리고들어간다. 나는정말눕는다. 아아. 꽃이또향기롭다. 보이지않는꽃이―보이지도않는꽃이.[1]

저 시의 발화자는 꽃이 보이지 않는 곳, 묘혈도 보이지 않는 곳에 있다. 사실 발화자에게는 아무것도 없다. 그러나 꽃은 만개하고, 묘혈은 파헤쳐져 있고, 시적 화자는 거기 들어가 드러눕는다. 저 시에는 현실이 없다. 그런데 꽃이 피고, 묘혈이 있다. 화자는 없는 곳에 있고, 없는 꽃이 피고, 파헤쳐진다. 없는 꽃이 향기롭고, 없는 꽃이 만개한다. 이상은 항상 이분법으로 진행한다. 없는 것과 있는 것. 없는 것 속에 있는 것과 있는 것 속에 없는 것. 그래서 그를 이분법주의자, 근대주의자로 명명하긴 쉽다. 그러나 그는 항상 없는

---

1   이상, 「절벽」(『조선일보』 1936년 10월 6일) 전문.

    미장아빔

것 속에 깊이 있다. 없는 것 속으로 깊이 들어간다. 거울 속
으로, 거울 속으로. 보이지 않는 꽃이 만개하고, 향기가 진동
하는 속으로. 그리고 그 속에 무덤을 파고 눕는다. 향기의 무
덤. 죽음은 없는 것들 속에 실재하고, 그곳에 화자는 눕기 위
해 무덤을 판다. 끝없는 거울의 행차 속에서 없는 것이 짙어
진다. 없는 것이 깊어진다. 없는 무덤 속에서 끝없이 꽃의 잔
상들이 이어진다. 그의 식민지 국가가, 없는 국가가 지하로,
지하로 숨어들어가는 느낌. 이 끝없는 없는 것에로의 탐닉을
누가 끝장을 낼 것인가. 무덤을 파고 들어가 누워도 끝나지
않는 미장아빔을. 이상은 왜 이리 없는 장소를 깊이 파고 있
었을까. 있는 것보다는 없는 것 편에 실재해 있었을까. 그는
왜 항상 미메시스를 거절했을까. 이상의 문학은 솔직하지 않
은 문학인가? 저 작품의 배면의 현실은 리얼하지 않은가? 그
렇지만 시를 읽는 우리가 이상이라는 시인이며 소설가가 식
민지 그 현재의 시간을 몸서리치도록 권태로워하고, 탈주하
고 싶어 했다고 말하면 안 될까? 그래서 13인의 아해가 도로
로 질주하면서 무서워했다고 하면 안 될까? 무서운 아이도
있고, 무서워하는 아이도 있었다고 하면 안 될까? 그는 아마
도 시적 주체를 끝없이 분열시켜 중첩해놓음으로써 자신의
결핍을 버려버리려고 했는지도 모르겠다. 그래서 결국 그 끝
없는 몸짓의 주름만이 그의 것이었을 거다. 그 보이지 않는

곳에 생긴 그 주름들이 그의 진짜 국가가 되었을 거다. 3차원 입체의 세상이 그토록 목불인견이었던 그가 「선에 관한 각서」를 씀으로써 조선인과 세계인 모두를 거울 속 세계의 평면에 안치하고 싶었을 거라고 말할 수 있을지도 모르겠다. 이상의 시에는 빼앗긴 국가가 거울의 무한한 미장아빔 속에 향기나 무덤처럼 존재하고 있었다고, 시인이 시 안에서 언어적 몸부림을 쳤다고 하면 안 될까?

나는 이상의 시를 읽는다. 그리고 그의 문장들의 중첩적 배치를 도형으로 그려본다. 그의 발화는 도형적으로 나선형 깔때기 모양을 그릴 때가 많다. 그의 문장은 내용이기도 하지만, 선으로 그려지는 도형이기도 하기에. 그의 선은 지하로 내려갈수록 복잡해진다. 그는 거울의 시인이다. 거울이란 단어를 시나 소설에 쓰지 않더라도 그의 시나 소설에는 거울이 중간에 위치해 있다. 그의 시집은 거울로 만든 책이다. 그는 있는 것과 없는 것 사이 대칭이 있게 한다. 그는 지상과 지하의 선들을 통해 자신의 정체를 거울 표면과 이면에 드러낸다. 이면에 더 많이 드러낸다. 그는 남자이고, 식민지인이며, 형식주의자다. 그럼에도 아직 태어나지 않은 미래의 아이처럼 발랄하다. 이미 죽은 시체처럼 절망적이다. 그는 혼례와 장례를 한날한시에 치르는 사람처럼 우습고 슬프다. 그러나 그의 문장은 실패의 애도를 향해 있다. 그 애도의 가능성을 향해 있다. 아직 태어나지 않은 아이가 벌써 애도한다. 애도하면서 태어난다. 글을 써나가면서 시간을 혼재된 파편으로 만들어보라. 그러면 저절로 현재를 애도하게 된다. 아마도 그는 식민지를 지독히 애도하고 있었다고 말할 수도 있겠다. 그래서 그를 모더니스트라고 단정적으로 부르면 안 된다. 모더니즘이 현재와 무관한 놀이라고 부르면 안 된다. 이상의 모더니즘은 지독히 솔직하다. 땅속에 있는 존재까지 드러낼 만큼 지독히 솔직하다. 이럴 때 그의 언어는 지나치게 솔직한 하나의 증상이다. 거울이다. 식민지라는 증상을 읽는 거울이다. 그의 두려움과 공포와 절망을 메워나가는 이 거울을 제거하면 그는 죽는다. 왜냐하면 시인이며 소설가인 그에게 거울은 그의 언어이기에. 거울 안과 거울 밖은 대칭이기에. 이상의 언어와 이상이란 시인은 대칭이다. 굴절이다. 이상이 없으면 이상의 상이 없고, 이상의 상이 없으면 이상이 없다. 결국 그는 거울을 앞에 놓고 시를 쓰면서 자신의 문학론을 누구보다 솔직하게 전개하고 있다. 그는 그가 선택한 장르에 대해서 말하고 있다. 장르에 대해 말하는 것이 곧 국가에 대해서 말하는 것이 되게 하고 있다. 장르와 국가, 둘은 둘이지만 하나이다. 쌍둥이다.

두 개의 거울이 만나면 무한이 번식한다. 두 개의 거울은 사악한 시간처럼 끝없이 나를 창발한다. 나는 내려가는 엘리베이터 안에서 무한하게 영속하는 거울의 복도를 바라보며 이 전염병의 시간이 무한하게 영속할까 봐 두려움에 휩싸인다. 그러나 이것뿐이다. 우리가 유한한 이 생 안에서 무한을 체험해보는 것은 이 방법뿐이다. 나와 나를 비추며 사라지는 거울의 배치. 우리는 우주의 끝을 모른다. 죽음 이후를 모른다. 우리는 단지 거울 두 개로 두 무한이 마주하게 할 수 있다. 이것으로 무한을 봐야 한다. 왼손을 내밀면 오른손을 내미는 이 거울 두 개로. 빛이 굴절하여 내 얼굴을 구기는 거울 두 개로. 허상의, 허상의, 허상의 영속으로 미로를 만드는 이 거울 두 개로. 나의 '첫'과 '끝'을 번역하려 해야 한다. 죽음 이후를 알아내야 한다. 겨우 이것들로. 겨우 이것 안에 나를 투척하는 방법으로. 이 우주를 나는 리얼하게 묘사할 수가 없다. 복제할 수도 없다. 그렇지만 나는 이 깨진 거울 두 개로 이 우주라는 글쓰기를 시작할 수 있을 것만 같다. 거울 속의 나와 거울 밖의 나를 마주 보게 하는 대칭의 이미지로. 그 대칭 이미지의 무한으로. 이 거울은 나의 언어처럼, 나를 비춘다. 거울의 기능은 언어의 기능이다. 둘은 "참 나와는 반대요만은 또 꽤 닮았"[2]다. 언어와 거울은 둘 다 시공간을 가둔다. 둘 다 나를 비춘다. 무한히 비춘다. 이 우주는

 미장아빔

나의 글쓰기로 열려 있고, 내가 그것을 쓰지 않으면 나의 우주는 없다. 내가 내 거울에 수건을 덮고 돌아서면 이 우주는 닫힌다. 우주는 끝난다. 무한은 잠긴다. 죽음과 같은, 존재와 인식의 끝. 앞면과 뒷면으로 나눠진, 거울로 만든 한 권의 책을 닫으면 우주도 사라지고, 나도 사라진다. 그러면 나는 다시 아직 아무것도 쓰지 않은 시인이 된다. 이 우주를 열어놓는 안간힘을 매번 다시 시작해야 한다. 나는 나를 거울 앞에 세운다. 거짓말들과 허상들이 다시 영속한다. 이 허상의 파편들이 지금, 여기를 벗어나 영속한다. 나는 다시 거울을 통해 무한 우주의 번역을 위해 무한의 미장아빔 속으로 걸어들어간다. 시간과 영혼과 고독과 바이러스와 강물과 사막의 미로 속으로. 이름(언어)으로 닫힌 사물의 온전, 그 우주 속으로. 나(인간)의 이름으로 가려진 내 우주, 그 허상을 향해. 그 거울들이 모두 깨지고 한 아기가 탄생하는 그 순간을 향해.

2   이상, 「거울」(『가톨릭청년』 1933년 10월호) 부분.

옹알이는 메아리

방 언

나는 결국 엄마를 호스피스로 데려갔다. 앰뷸런스에 태우고 갔다. 세상에! 철제 들것 위의 얇은 매트리스가 소나기 오는데 이륙하는 아라비안나이트의 카펫처럼 펄쩍펄쩍 뛰었다. 벌써 이게 몇 번째 앰뷸런스인가. 엄마가 눈을 가리고 울었다. 마지막으로 엄마는 내가 권사가 되기를 바랐다. 엄마가 나에게 무엇이 되기를 바란 건 처음이다. 엄마는 일제강점기부터 감리교회 교인이었다. 나는 엄마와 약속했다. 권사가 되기로. 그다음부터 어디선가 권사님! 하고 나를 부르는 소리가 들리는 것 같았다. 도대체 권사는 뭘 하는 사람일까. 대중 앞에서 기도를 할까? 어쩌면 길에서 전단지를 나눠줘야 할지도 몰라. 엄마는 나에게 이제 마지막 기도를 해줄 시간이 왔다고 했다. 엄마가 기도를 시작하자 엄마의 입에서는 이상한 말이 쏟아졌다. 내가 모르는 외국어를 잘게 다진 말 같기도 하고, 혀를 다시 반죽해서 혀가 육체의 낚싯바늘이기를 마침내 거부한 말 같기도 했다. 아니면 아기의 혀처럼 부드러워진 혀가 내는 소리 같기도 했다. 아픈 몸에 매달린 혀가 저렇게 유창하게 목소리를 뱉을 수 있다니, 엄마 대단하다! 죽음이 새 아기를 탄생시켰나? 죽음이 혀를 붙잡으면 저런 말이 태어나는가. 나는 기도 중에 눈을 뜨고 엄마를 살펴보았다. 엄마는 눈을 감았지만 표정은 평정심을 품고 있었다. 골똘히 생각하는 것 같지도 않았다. 얼굴이 매우 자연스럽고 평화로웠다. 한두 번 내뱉어본 솜씨가 아니었다. 내가 모르는 동물계의 언어인가? 아니면 식물계? 한 그루 식물이 저쪽 멀리 있는 식물에게 말을 거는 목소리? 식물 사회 공동체 내에서 통용되는 목소리? 아니면 광물계? 아니면 지하 깊이 흘러가는 물의 목소리? 엄마는 기도하면서 내가 딴생각에 빠져 있는 걸 아는지 두 손을 뻗어 나를 붙잡았다. 성경의 인물이건, 왕실 사람들이건, 교황청 사람이건, 아니면 신화의 인물이건 간에 남자가 남자에게 머리에 기름을 붓고 무언가를 물려주지 않던가. 나는 기름 부음을 받는 최초의 여자인가? 그것도 여자에게서. 이런 것이로구나. 그 느낌이. 내 몸 깊은 곳에서 흐느낌이 차올라왔다.

방언

엄마의 기도는 내용은 알 수 없었지만 표현적이었다. 사회적, 정치적, 시사적, 관념적, 적극적인 내용은 느껴지지 않았지만 개인적, 즉물적, 대상적, 심미적인 느낌. 흐느낌. 그런 언어가 있다면, 그 옛날 후난성의 여자들끼리의 비밀 소통 문자언어 누슈[女書]처럼, 예쁜 옷감에 물 흐르는 대로 자라난 식물인 듯 수놓아진 그 문자들. 그 문자들을 중국의 박물관이나 수예품 가게들에서 목격했을 때, 나는 남성언어를 제쳐버린 여성들만의 여성언어, 아 그게 이런 것이로구나, 아, 지금도 이렇게 여자들끼리 소통할 수 있는 언어가 우리에게도 있다면 하고 생각했었다. 누슈가 문자라면 엄마의 기도는 목소리였다. 어쩌면 맹렬하게 다른 인간과의 소통을 거부하는 언어. 내뱉지 않고, 삼키는 언어. 이 언어는 조용하고 내적이고 아름다웠다. 떨리고, 두렵고, 자유롭고, 명랑했다. 언어적 의사소통은 아니지만 이 물과 저 물이 만나는 의사소통. 뜨거운 솥에서 푹 삶아진 채소들이 서로가 서로에게 몸을 전적으로 기댄 것 같은 느낌. 우리에겐 비통함의 공유가 있었다. 그다음 나는 엄마의 비밀 소통 언어를 기억하려고 했다. 하지만 엄마 가시고 이제 내 입술에 맴돌게 된 것은. 마리나 이바노브나 츠베타예바. Мари́на Ива́новна Цвета́ева. Цвета́ева. Цвета́ева. Цвета́ева. Цвета́ева. Цвета́ева. Цвета́ева. Цвета́ева. Цвета́ева. Цвета́ева. Цвета́ева Цвета́ева. Цвета́ева.

Цветáева. 이상하게도 스스로 목숨을 끊은 여자시인의 이름
과 같은 음성, 그 소리들뿐이었다. 언젠가 러시아말로 하는
낭독을 들은 적이 있는 그녀의 시(나에겐 오직 소리)였다. 러
시아어와 프랑스어로 듣는 그녀의 시는 마치 누슈처럼 끝끝
내 스스로 삼키는 비밀의 편지 같았다. 자신의 이름을 쉼 없
이 외치는 새 소리 같은 편지.

> 네 이름은 — 손안에 든 새,
> 네 이름은 — 혀끝에 얼음.
> 입술은 신속히 움직인다.
> 네 이름은 — 글자가 다섯.
> 날다 잡힌 공,
> 입속 은구슬.[1]

호스피스 의사가 나의 런던행을 허락해준다. 엄마는 내
가 돌아올 때까지 살아 있을 거라고 의사가 말한다. 그러나
런던 전체가 엄마다. 트라팔가 광장에 링거대를 밀고 가는
엄마. 환자복을 입고 엉거주춤 초상화 박물관 앞에 서 있는
엄마. 나에게는 입에서 떨어지지 않는 노래처럼, 마리나 이

---

1   Marina Isvetaeva, "Poems for Blok, 1", (*The Ecco Anthology of International
Poetry*), edited by Ilya Kaminsky and Susan Harris, Ecco, 2010.

바노브나 츠베타예바. 마리나 이바노브나 츠베타예바. 그 이름, 발음기호처럼. 한국어가 아닌 그 발음들. 기도가 숨어 있는 음성기호들. 나는 사샤를 만난다. 사샤는 러시아 여성시인들의 시와 산문을 영어로 번역하고 소개하는 시인. 사샤는 부름을 받은 것처럼 쉬지 않고, 그 시들을 번역하고, 아끼고, 소개한다. 나는 이번에 영국에서 사샤를 여러 번 만난다. 케임브리지에서 사우스뱅크 센터로. 뉴캐슬에서 테이트 모던으로. 그녀와 함께 돌아다닌다. 우리는 지금 테이트 모던에 앉아 있다. 우리는 곧 헤이워드 갤러리로 가서 낭독해야 한다. 나는 화장실에서도 벤치에서도 미술 작품들 앞에서도 엄마의 그 목소리를 무의식적으로 흉내 내려 한다. 그러다 멈칫. 내 입술을 뚫고 나오는 소리는 언제나 러시아 여자시인의 그 이름. 그녀의 시를 러시아말로 발음해보려는 나의 발성기관이 언제나 그 이름에서 멈춘다. 나는 그 소리가 진척되지 않아 안타깝다. 어쩌면 나는 그 미지의 언어를 배워 엄마와 대화를 시도해보려 하는지도 모르겠다. 한국어와는 다른 언어로. 언어보다 더 깊은 곳에서.

우리는 테이트 모던을 나와 천천히 걸어서 가기로 한다. 한참 가다가 큰 새 한 마리가 자동차에 깔리는 장면을 목격한다. 처음 보는 큰 새다. 색이 화려하다. 깃털 한 부분이 빨

잖다. 몸은 가냘프지만 목이 긴 새다. 둥지를 떠났다가, 혹은 이동을 하다가 참변을 당한 것일까. 자동차는 떠나고, 피 흘리며 부서져버린 그 새를 보다가 나는 화들짝 놀란다. 지금 나는 아무것도 들고 있지 않다. 늘 메고 다니던 빨간색 에나멜 배낭을 가지고 있지 않다. 배낭 안에는 나의 소지품 전체와 오늘 저녁 읽을 시가 들어 있다. 그 시들은 서울에서부터 준비해온 것이다. 런던에서는 그 누구도 그 시들을 가지고 있지 않을 거다. 이 저녁, 런던 어디에서 한글로 된 내 시 텍스트를 구한단 말인가? 이 나라 사람들에게 우리 엄마의 기도문처럼 낯설 그 텍스트. 최돈미와 사샤는 영어로 번역된 내 시를 가지고 있다. 그녀들이 그것을 읽을 거다. 내가 지금 그것들을 한국말로 다시 번역할 수 있을까? 생각을 잇다 말고 내가 가방! 하고 외친다. 그러자 사샤가 나에게 식당에 가서 자신을 기다리라고 한다. 그리고 테이트 모던을 향해서 뛴다. 아마 왕복 한 시간은 걸릴 거다. 테이트 모던으로부터 우리는 이미 멀리 왔고, 내 가방은 무겁다. 새는 죽었고, 기분은 잡쳐 있고, 내 귀에서는 츠베타예바의 이름이 맴돌고 있다. 러시아와 영국과 한국을 감싸고 도는, 여자시인의 이름과 시. 그녀는 한동안 우리 엄마의 기도처럼 언어를 분절하여 시를 쓴 적이 있다. 목소리로 쓴 시. 언어의 메아리로 발음되어진 시. 부러지고 산산조각 난 혀만이 발음할 수 있

 방언

는 시. 엄마의 기도의 옹알이처럼 쓴 시, 그녀는 막달레나로서 예수를 애인처럼 부르며 연작시를 쓴 적도 있지 않은가. 우리 엄마의 기도에도 에로스가 있었을까? 나는 식당에 앉아 운다. 엄마 따라오지 마! 금방 갈게! 하면서 운다. 엄마를 팽개치고 여긴 왜 왔을까 하면서 운다. 한참 있다가 사샤가 빨간색 가방을 죽은 새처럼 들고 식당 안으로 들어온다. 테이트 모던 카페테리아에서 보관하고 있었다 한다. 나는 그때까지도 사샤에게 내 입에서 떨어지지 않는 그녀의 이름, 마리나 이바노브나 츠베타예바를 얘기하지 않는다. 그리고 츠베타예바를 떼어내기 위해서 엄마가 좋아하는 찬송가를 불러본다. 기지개를 켜본다.

온 세상에 시는 편재하지만, 시 쓰기는 언어라는 제도 없이는 불가능하다. 그렇지만 시는 언어 밖을 원한다. 언어가 상실된 곳을 원한다. 나는 엄마를 관찰한다. 그 옛날, 2천 년 전에, 오순절의 혀가 닿은 그 다락방에 있었던 것도 아닌데, 우리 엄마는 치찰음, 복합모음, 연구개음, 인두음을 동원해 마리나와 마리나의 남편과 마리나의 딸을 죽인 나라의 발음과 유사한, 우리에게는 낯선 발음기호들의 연쇄로 이루어진 우리나라 언어 밖의 세계를 유영한다. 우리 엄마가 러시아에서 온 철새가 되었나? 시베리아를 지나 남쪽 나라로 날아온 새. 이제 우리 엄마의 혀는 저 머나먼 세계를 향해 또 떠나야 하나? 엄마는 자신의 기도의 목소리를 알고 있다. 하지만 내용을 설명하지 못한다. 엄마의 말은 말로 형언할 수 없는 자기 계시의 세계를 향하는 것 같기도 하다. 지금까지 맡아본 적이 없는 향기가 방 안에 찬다. 보이지 않지만 소리로 만든 후각이 존재한다. 엄마는 그 후각 속에서 언어의 몽유병 속을 혼자 걸어다닌다. 옹알이한다. 아니면 우리는 볼 수 없는 세계에 닿았다가 돌아온 메아리인가? 엄마는 이미 떠나가버려 자신의 목소리를 메아리로 듣는 것인가? 엄마는 엄마가 지금 봉착한 새 나라의 말 속에 있다. 입말과 글말의 중간 지대. 모국어로는 해석할 수 없는. 소통을 원하지 않는, 혼자서 자족하는, 소리의 절정이며, 반反/¥언어인 것. 구문은 없지만, 나름의 리듬의 규칙만은 존재하는 문장들. 말로 표현할 수 없지만 통찰인 것. 미리 들려주는 이 세상 바깥의 모습인 것. 이것은 신의 계시가 아니다. 이것은 주장이 아니다. 이것은 어떤 정동 그 자체다. 그렇게 엄마는 호스피스와 이 세상의 그 철저하고, 처절한 세속을 아기 같은 목소리 하나로 돌파해 가는 중이다. 양쪽으로 높이 솟은 이승과 저승의 사이 기슭을 저 목소리 하나로 날아가는 중이다. 나는 생각한다. 이 세상에 저렇게 구속 없이 자유롭게 존재하는 목소리가 있다니. 아무것도 지시하지 않고, 아무것도 알려주지

 방언

않고, 이름도 짓지 않으면서, 누구와의 친밀감도 버린 채 홀로 자유로운. 누구에게도, 그 무엇에게도 증거를 남기지 않는 저 바람 같은. 언어의 기능을 탈각한, 언젠가 저런 시를 들은 적이 있다.

　나는 알고 있었다. 기도할 때 터져 나오는 이 목소리가 여성성, 부정성, 미신성, 기복성, 반합리성으로 규정받고 있다는 것. 그러나 내가 들은 이 목소리는 통역이 불가능한 것. 언어가 아닌 것. 어쩌면 해방인 것. 신체적, 감정적 이완인 것. 한없이 언어를 열고 나가는 것. 죽음 직전의 옹알이. 재잘거림. 언어의 카타르시스. 다만 어떤 부름이라든가, 대답이라든가, 하는 동물계, 식물계, 광물계와 가까운 음성, 단지 목소리들이었다. 한국인의 언어 발현은 각자의 왼쪽 뇌와 한국어 체계가 담당한다. 왼쪽 뇌는 언어 정보를 처리한다. 왼쪽 뇌의 명령을 전두엽과 측두엽의 일부가 받아서, 신경의 협조 과정을 거쳐 처리한다. 왼쪽 뇌가 망가지면 오른쪽 뇌의 일부가 그것을 담당한다. 그리고 또 한편에는 우리나라 사람들이 상호 협동하고 상호 작용해서 만들어온 음성언어 체계가 있다. 하지만 엄마의 목소리는 엄마의 왼쪽 뇌에서도, 우리나라 사람들의 음성언어 체계에게서도 오지 않았다. 정보를 처리하는 육체의 기관도, 그것을 관리하는 집단 주체의 동의도 필요 없는 것, 다만 함께 있으면 코와 귀로 몰려오는 향기 같은 것. 뇌의 어느 부분이 아니라 어딘가 다른 곳에서 온 것이 목울대를 울려 바람처럼 터져 나온 것. 나는 그것을 내가 태중의 아이였을 때, 엄마의 오르간들이 내는 소리를 듣는 것처럼 들었을 거다. 이번엔 몸 밖에서. 엄마의 죽음 가까이에서. 죽음의 태중에서 들었다. 그물막에 갇힌 고래가 저 먼 대양을 향해 우는 소리. 고래가 지금 막 죽음을 낳으려 하고 있었다. 나는 그 목소리를 신비로움으로 듣지 않았다. 탄생과 죽음처럼 당연한 것으로 들었다. 신성한 것은 당연한 것이 아닐까 생각하기도 했다. 하이데거는 언어가 존재의 집이라고 했지만 존재의 집이 아니게 된 언어. 언어가 존재함을 가능하게 하는 지평이라고 그는 연이어 말했지만 존재함을 버리고자 하는 언어. 요한복음에 "태초에 말씀이 있었다"는 말은 로고스가 있었다는 말이 아닌가. 하지만 엄마의 마지막 기도하기는 로고스를 버린, 단지 죽음의 옹알이, 죽음의 메아리, 단지 하나의 목소리였다. 나는 엄마의 기도, 언어 없이 하는 언어를 계속 받았다. 엄마의 기도가 계속됨에 따라 우리의 마지막은 아주 조금씩 유예되었다. 호스피스의 간호조무사가 나에게 말했다. 할머니는 주무실 때 다른 나라 말로 말해요. 할머닌 젊었을 적에 다른 나라에서 살다 오셨나 봐요. 깨어 있을 때도 지식이 많아요. 나의 엄마는 죽

　　　　방언

음 직전에 어디에도 매이지 않은, 이 자유의 언어를 나에게
선물로 주었다. 이 세상 언어들의 가장자리를 맴도는 축성의
언어를.

동물

반인반수한다는 것

감염병이 창궐한 지구에서 인류는 마스크를 착용한다. 전 인류가 테러리스트 패션을 하게 되었다. 이제 남에게 나의 구멍을 보여주는 것은 허락되지 않는다. 귓구멍과 눈구멍마저 가리라면 어떡하지? 공기가 드나드는 구멍과 물이 드나드는 구멍은 개방이 금지된다. 나는 마스크를 쓰고 공원을 산책한다. 마스크를 쓰지 않은 인간이 출몰하면 흠칫 놀란다. 우리는 우리를 잠재적 감염자 취급한다. 구멍을 노출한 인간은 갑자기 도심지에 출몰한 야생동물처럼 위험해 보인다. 오염된, 혹은 불온한 존재처럼 보인다. 이제 우리는 거리에서 누군가를 만질 수 없게 되었다. '나를 만지지 말라'는 예수의 말은 만지지 말고, 이제는 보지 않고도 그를 느끼고 믿고 사랑하라는 말이 아닌가. 몸을 가진 우리가 만지지 않고도 느끼고, 사랑할 수 있을까? 이 감염병이 한없이 계속된다면, 이제 곧 의사를 제외한 타인에게 너의 구멍을 내보이지 말라는 법령이 선포될지도 모르겠다. 지금 이 길의 너는 내가 볼 수 있는 존재다. 그러나 만질 수 없으니, 너는 유령과 같다. 서로가 서로에게 유령이니, 존재하지만 실재한다고 할 수 없게 되었다. 서로 얼굴을 볼 수 없으니, 서로는 가시적이면서도 비가시적인 존재가 되었다. 우리는 이제 존재하면서도 존재하지 않게 되었다. 바이러스는 이와 반대다. 그들은 존재하면서도 존재하지 않는 방식으로 실재해왔다, 타자가 있어야 존재하는 방식으로. 그것들은 몇억 년 동안이라도 존재하지 않은 채로 존재할 수 있다. 사실 마스크를 쓰지 않았을 때도 이 대도시에서 우리는 서로가 서로에게 유령이었지만, 이제 외모마저도 그렇게 되었다. 이제 우리는 더욱더 서로의 유령이 되었다.

나라는 유령이 지금 상상 중이다, 전염병으로 인간이 사라진 지구를. 인간이 존재하지 않는 지구는 여전히 자전과 공전을 하고, 별들은 명멸하리라. 인간이 멸종했다고 해서 지구가 슬퍼하는 건 아닐 거다. 그때 우주의 문명 행성에서 비행 물체가 지구에 도착한다면 우주인들은 누구와 대화를 시도할까? 방목된 소와? 혹은 들고양이와? 독수리 무리와?

 동물

공룡처럼 화석이 된 인간과? 그들은 아마도 각각 살아남은 동식물들의 유기체로서의 기록을 읽을 수 있으리라. 그 기록이 그 동식물의 언어임을 알아보리라. 어쩌면 지금도 우주에서 온 문명이 지구 생물의 언어를 읽고 있는지도 모르겠다. 인간 언어가 아닌 언어로. 그들이 새와 나무와 대화를 이미 하고 있을지도 모르겠다. 나는 이런 잡다한 생각을 하며 걸어간다. 인간이 없어도 사계절이 번갈아 닥쳐오는 지구, 생물들 스스로의 생의 기록, 그것의 축적에 따라, 그것을 계속 써나가며 살고 죽기를 반복하는 생물들. 인간 없는 지구의 언어. 인간의 멸종은 동물의 멸종을 불러오지 않지만, 동물의 멸종은 인간의 멸종을 불러오리라. 나는 우리 후손의 멸종을 예약한, 창궐한 문명을 향유하다가 이제 전염병의 창궐을 맞이하게 된 지구를 걸어간다. 그리고 알게 된다. 이 전염병이 시작하기 전 지구가 인간만의 천국이었음을. 그리고 이 자본주의의 천국을 우리가 맘껏, 힘껏 향유하고 살았음을. 그리고 이제 우리가 쫓겨날 차례임을. 이제 우리 대신, 우리에겐 보이지 않는 그것들이, 존재하지 않으면서 실재했던 그것들이 여행하고 모험한다. 순식간에 국경과 구분을 넘어 지구를 하나의 질병으로, 하나의 앓는 몸으로 만든다.

나는 이럴 때 문학이라는 언어활동에 대해 다시 생각한

다. 나의 작품에 대해 '너에게 필요한 건 리얼리즘!'이라 하고 충고하던 이들에 대해서도 생각한다. 이 비대면의 시대에 문학은 무엇을 할 수 있는가? 이 생물인지 화학적 무생물인지 구분조차 할 수 없는 최하위 단계의 존재, 다른 생명체라는 숙주 없이는 생식도 할 수 없는 존재에 대해 어떻게 말해야 하는가? 살아 있는지, 죽어 있는지 알지도 못했던 존재, 결국엔 우리를 죽음에 이르게 한다는 존재. 우울하다고 해야 하는가? 척결[1]하자 해야 하는가? 적폐[2]라고 해야 하는가? 우리가 잘못했다 해야 하는가? 우리나라에서 처음, 이 존재의 출현으로 집단 사망이 발생한 곳은 정신장애인의 폐쇄 병동이었다. 우리나라의 최초 사망자는 20년간 이 병원에 갇혀 있던 몸무게 42킬로그램의 63세 남성이었다. 그것들이 우리가 숨긴 곳, 가장 취약한 곳을 제일 먼저 가리켰다.

문학은 늘 타자에 대해, 타자를 쓴다. 나는 타자로 구성된, 유동하는 정체성을 보유한 채 지금 여기를 살아가는 사람이다. 나는 타자를 씀으로써 나의 정체성에 대한 의심을 장려한다. 나에게 부과된 정체성을 의심하고, 그 정체성에 항의한다. 나는 나에게서 타자를 살려내려 하면 할수록 글쓰

---

1   지지난 보수 정권의 용어.
2   지지난 진보 정권의 용어.

                            동물

기가 불가능해진다고 엄살을 부린다. 그래서 재현 자체의 불가능성을 넘어서 재현하는 것 자체가 폭력이 될 수 있음을 생각하기도 한다. 나의 여성적 타자로서의 경험이 그렇게 한다. 그래서 나의 타자는 상징이나 은유로 표현해서는 안 되는 것이라고 생각하게 된다. 왜냐하면 그들은 살아 있으니까. 그리고 죽어가니까. 나의 타자는 뻐꾸기처럼 남의 둥지에 알을 낳고, 사자처럼 사슴을 죽이는 자연스러움이니까. 몸의 형태가 아니라 어떤 몸의 목숨이니까. 나는 나의 타자가 '나'에게서 살아가면서 독립적으로 무엇인가 '하고' 있음을 밝히고자 한다. 그러니 '내'가 침묵함으로써 내 안의 타자가 말하게 하는 것. 나는 침묵하고 그들이 '나'라고 말하게 하는 것, 이것이 나의 시의 지향이 된다. 나는 내 안에 우글거리는 것. 전 세계의 멸종한 동물들과 면면히 살아온 동물들과 지금 나의 위장으로 휩쓸려 들어가는 그 동물들의 목숨일 것. 인간 주변에서 '언어가 없어서 슬픈, 말하지 못하는 것'이라 규정받는 그것. 옷을 입지 않은 알몸인 그것. 마스크를 하지 않는 구멍인 그것. 나는 나의 그것을 여자짐승이라고 부르겠다고 했다. 이 여자짐승은 영혼과 관계하지 않고 내 몸의 구멍과 관계한다. 먹고, 마시고, 나를 만지라 하고, 만지지 말라 하고, 잠자고 일어나고, 고통에 몸부림치고, 사랑하는 것. 인간과 동물의 이분법과 관계없는 것. 나는 내 안에 우글거리는 여자짐승으로서 여기에 지금 있다. 이 여자짐승은 나의 안에 있지만 내 몸의 밖에도 있다. 인간세계 주변의 몸으로, 동물이라는 범주로 편재해 있다. 그러니 이 여자짐승이 나의 글쓰기 안에서 나 대신 '하게 하라'. 여자짐승은 나라는 타자의 타자인 것. 불쌍한 것. 나는 내 글쓰기로 이 여자짐승을 구성해간다. 나의 시 한 편 한 편이 이 여자짐승 하나의 발가벗은 알몸을 구성하기에 이르도록 한다. 나의 글쓰기는 나라는 인간으로서의 동물, 그것과의 경계를 넘어, 우리의 멸종을 넘어 우리의 시간 아래 살아 있는 이 여자짐승의 관계 그물에게로 간다. 동물의 입 없는 육체로 말하는 불가능성을 향해 간다. 그 '감', 그 '함'이 나의 글쓰기가 아닐까.

비가 흠뻑 쏟아진다. 나는 우산을 들고 북산으로 산책 간다. 전염병으로 도심으로의 외출이 불안해지자 나는 산으로 간다. 산속 깊이 세워진 계단 위에 새들이 모여 크게 소리치고 있다. 무슨 일이 생긴 게 분명하다. 알이나 새끼를 가지러 온 동물이 있음에 틀림없다. 아니면 둥지를 빼앗으러 누가 왔는지도 모른다. 나는 경계하는 새들 사이로 들어선다. 그러자 그 자리에서 눈빛으로 이야기를 건네는 고양이 한 마리와 죽은 새를 본다. 고양이는 다리를 다치고, 비를 흠뻑 맞았다. 고양이는 계속 눈빛으로 나에게 오지 마, 가까이 다가

동물

오지 마 그렇게 말하는 듯하다. 새들이 그 신음소리에 맞춰 가족을 잃은 슬픔을 소리치고 있다. 어쩌면 저 고양이가 저 새를 죽게 했는지도 모르겠다. 저 고양이에게도 몸이 있다. 저 새들에게도. 저들이 그 고통을, 경각심을 내뱉고 있다. 더구나 지금 저 고양이는 몸의 취약함을 그대로 노출하고 있다. 그리고 눈빛으로 자신의 의사를 표현하고 있다. 저 고양이에게는 분명히 '나(에고)'가 있다. 언어적 주체로서의 '나'가 아니라, 언어를 넘어서는 몸을 가진 존재로서의, 태어난 존재로서의 '나'가 있다. 내가 산중에 오래 서 있는 것을 본, 산책하던 사람이 이 산밑에서 이 고양이를 찾는 사진을 본 것 같다면서 벽보를 붙인 사람에게 전화를 걸기 위해 급히 뛰어 내려간다. 고양이는 고통에 찬 신음으로 새들의 울음소리를 불러내었고, 새들은 궁금한 나를 불렀고, 나는 또 다른 사람을 그 자리에 부르게 되었다. 고양이는 자신의 고통과 취약함으로 낯선 것들을 계속 불러들임으로써 살아남게 되었다. 우리가 백신을 맞게 되는 것도 이와 같을 거다. 우리는 일종의 병을 맞아들임으로써 더 큰 병을 맞아들이지 않게 된다. 받아들임이 살아남음과 연결된다. 그러나 이 전염병의 안전한 백신은 아마도 서구 문명국이 제일 먼저 확보하고, 분배할 것이다. 그들이 다른 나라에 독점 분배권을 행사할 것이다. 이럴 때, 이 감염병 창궐 시기에 나는 생각한다.

그들, 민주주의를 만들고 배포한 그들의 관용이라는 것, 개방이라는 것, 차별하지 않는다는 것은 무엇이었나. 그것은 단지 애드벌룬에 써놓은 글귀였나. 공중에 띄워놓고 한 번씩 되뇌는 슬로건이었나. 그들은 보이지 않던 것, 죽이는 것이 나타나자 관용을 버린다. 그들만이 살겠다고 한다. 그 옛날 그들이 쓴 묵시록은 그들만이 살겠다는 경고였나. 문을 열어 타자를 맞이하자라는 슬로건에는 꼭 단서가 붙는다는 것, '우리 말고 너희가 하라'라는 단서. 이렇게 단서를 붙여 말하는 방법은 우리의 대타자 신의 것인데. 신이 쓰는 말인데, 그래서 신의 반성이 자신의 아들을 세상에 보내는 것이었는데. 아브라함에게 아들 대신 동물을 죽이라고 한, 그 유일신이.

자연은 자연스럽다. 자연은 벗은 것을 부끄러워하지 않는다. 부끄러워하면 이미 자연이 아니다. 아담과 이브는 부끄러워서 자연을 떠났다. 자연에게는 십계명이 없다. 살인하지 마라 해도 소용없고, 도둑질하지 마라 해도 소용없다. 자연에겐 선악이 없다. 미추가 없다. 자연은 필연이고 우연이다. 자연과는 약속을 할 수가 없다. 무엇보다 자연에겐 의미가 없다. 그래서 자연은 자연스럽다. 그 이상도 이하도 아니다. 바이러스도 자연스럽다. 바이러스에게 무슨 의미가 있겠는가. 바이러스는 스스로 그러할 뿐이다. 나는 나의 글쓰기

를 통해 이 자연스러움이 구성되기를 바란다. 나의 글쓰기
가 내 안의 여자짐승하기를 구성해가기를 바란다. 어떤 지역
의 신화는 반인반수(세이렌, 미노타우로스, 메두사, 에키드나,
켄타우로스), 또는 동물하기를 척결해야만 하는 존재로 그린
다. 영웅은 신과 인간의 부조화로 태어난 이 부정한 이들, 반
인반수들을 박멸하기 위해 양육되고, 모험한다. 그리고 성공
한다.

하지만 어떤 지역의 신화에서 반인반수(덕흥리 고분의
인면조, 십이간지의 동물, 『산해경』의 등장생물들, 복희와 여와
의 신하들)는 자연을 표상한다. 인간과 자연의 유기체적 융
합을 표상한다. 이때 반인반수는 의인화가 아니다. 자연에
게서 인간이 태어났음을 증명하는 기제다. 나는 나의 여자
짐승 또한 '자연'스럽기를. 스스로 충만하기를. 자연은 스스
로 그러한 것. 여자짐승은 자연에 거한다기보다 자연스러움
내부에 있기를. '스스로 그러함' 내부에 있기를 바란다. 기형
이고, 이방이며, 외계인인데 자연스러움 안에 있기를 바란
다. 반인반수하기를 바란다. 그러나 한국 신화의 여성 등장
인물인 유화는 입이 긴 여자다. 새다. 그녀는 세 번 잘라내야
비로소 말을 할 수 있는 기다란 입술을 가졌다. 유화는 아버
지 하백에게서 쫓겨나 바다에서 새의 모습으로, 그다음 반신

→ 반조 → 반인의 모습으로 역사에 등장하여, 햇살의 자손인 알을 낳는다. 우리나라의 시조들은 이런 반인반수에게서 태어난다. 신화는 이미 우리가 동물로 태어나 인간으로 살다가(동물로 죽어가다가) 동물로 죽을 것을 이미 인지하고 있었나? 신화를 기록하는 그들은 임신하고 출산하는 어머니를 동물로 여긴다. 아들을 낳은 여자짐승인 어머니는 거기서 끝이다. 출산 직후 끝, 신화에서 쫓겨난다. 그리고 이들에게서 태어난 아들인 국가의 시조가 포스트휴먼으로서 역사 이전과 역사를 이어놓는 역할을 한다.

바이러스가 보이지 않는 폭설처럼 전 지구를 덮치는 지금 이 시각, 마치 부서진 코라의 파편들이 흩날리는 것 같은 이 나날. 항상 존재해왔으나 보이지 않던 그것들이, 문명의 바닥의 바닥에서, 장소 아닌 장소에서, 우리의 생각 밖에 존재하던 그것들이 인간짐승의 구멍을 통해 쏟아지게 되었다. 그것들이 닿으면 인간은 '자연스럽게' 병에 걸린다. 코라의 봉기다. 마치 지금은 중국의 창세신화를 뒤집어놓은 것 같은 형국이다. 반고盤古 신화는 인간의 첫 탄생은 거인의 몸에 살던 기생충에서 시작되었다고 한다. 신화는 이미 인간을 자연의 기생충으로 인지하고 있었나 보다. 이 기생충들이 지구 전역에 흩어져 코라를 끝장낼 것을 예언하고 있었나 보다.

 동물

전 지구로 인간이라는 고통이 퍼져나간다. 고통을 통해서만 자신들이 존재한다는 것, 자신이 동물이라는 것을 깨닫는 불쌍한 인간들이.

고백할 수 없는 고백

고백 강요의 시대인가. 고백은 잘 팔린다. 너는 상처가
있으니 고백하라고 한다. 다 들어주겠다고 한다. 고백하면
다 낫는다고 한다. 한 걸음 떨어져서 자신을 보게 되는 거라
고, 괜찮다고 한다. 그 일이 객관화된다고 한다. 우선 시작해
야 한다고 한다. 재경험해야 해결된다고 한다. 일기는 안 된
다고 한다. 고백도 일종의 대화이기 때문에 대화의 장에서
고백해야 한다고 한다. 그래서 고백한다. 그리고 곧 후회한
다. 듣는 사람의 눈치를 본다. 반응에 민감해진다. 고백을 강
요한 자가 나선다. 익명으로 했으니 아무도 못 알아볼 거라
고, 너를 존중해줄 거라고 한다. 네 잘못이 아니라고 한다.
가해자를 대신 처단해줄 것처럼 한다. 그러곤 가해자를 향해
고백자 대신 촌철살인의 경구와 욕설들을 날려준다. 멋진 고

백이고, 강한 용기라는 칭찬을 받는다. 심지어 소설을 써주고, 선언을 대리해준다. 제삼자의 대리 고백 다음엔 그 자신의 알리바이나 대리 경험의 정서가 뒤따라 나온다. 들은 사람들이 격려해준다. 고마운 일이다. 시간이 지난다. 끝. 이제 상처는 덧나고, 피를 흘린다. 고백하고 나서도 고백자의 자물쇠는 모두 열리지 않았다. 상처의 영토는 아래로 더 덧났다. 사실 고백이란 끝까지 할 수 없는 거니까. 볼펜이 허벅지를 찌른다. 권력의 하수인인 가해자가 다시 뺨을 일곱 대 갈긴다. 그 힘에 책상이 밀리고, 의자와 같이 쓰러져 정신이 나간다. 그 위로 욕설이 떨어진다. 그 이상은 말할 수 없다. 피해자의 고백은 여기서 멈춘다. 피해자는 자신이 피해자인 줄도 모른다. 언어로는 아는 것 같다. 하지만 몸으로는 아직 다 모른다. 아무리 고백하고 고백해도 들춰볼 수 없는 게 있다. 그게 여자들의 고백이다. 그래서 고백 후에도 흉터 아래 상처는 온전히 남는다. 그들이 물러나면 상처의 핵이 곪는다. 다시 터진다. 정신과에 간다. 이야기할 수 있는 것과 없는 것. 자, 오늘은 어디서부터 시작할까요? 상담자는 이 경험은 50회짜리라고 한다. 내담자는 알고 있다. 50회가 지난 다음부터 다시 시작해야 한다는 걸. 늘 돌아오는 거기. 자신에게조차 말할 수 없었던 거기. 언어가 들어갈 수 없는 그 지하실밖에서 다시 시작해야 한다는 걸. 상담자는 싱크홀의 가장자리를 떠돈다. 어쩐지 상담자는 피해자와 범죄자를 똑같이 다룰 것 같다. 그러나 말할 수 없는 세부에 살아 있는 것이 있다. 꿈틀거리는 것이 있다. 사실 가해자가 생존자보다 고백을 더 쉽게 꺼낸다고 한다. 하지만 가해자에게도 하지 못한 말이 있을 수 있다고 한다. 아우슈비츠에서의 업무를 낱낱이 고백할 수는 있어도 자신이 문맹이었다는 사실만은 말할 수 없는 여자가 있을 수 있다. 가해자는 가해의 자백 속에 수치의 고백을 감춘다. 그 말할 수 없음으로 그녀는 더 큰 범죄를 저지르게 된다. 처벌을 받지만, 끝끝내 그 고백만은 거절한다. 문맹으로서의 경험들은 피해의 영역이니까(베른하르트 슐링크, 『책 읽어주는 남자』). 그래서 그 여자의 수치는 우물 심연에 가라앉아 있다. 그곳은 혼자 내려가야 한다. 물론 생존자의 수치도 싱크홀의 맨 아래에 있다. 생존자에게도 죽을 때까지 말할 수 없는 것이 있다. 우물 안에서 혼자 아, 아, 아, 아 물속에 고개를 처박을 수밖에 없는, 말이 될 수 없는 말이 있다. 임금님 귀는 당나귀 귀라고 말할 수 없는 시간이 길어진다. 우리나라 문학계에 '미투' 고백 바람이 불었을 때를 상기해보라. 여자 작가들의 고발을 위한 소설들은 끝까지 가지 못했다. 묘사적 고백은 마지막 벽을 넘을 수 없었다. 안간힘을 써도 넘어가지지 않았다. 소설에서 그 안간힘이 읽혔다. 여자들은 늘 거기까지만 쓴다. 이상하게도 써지지 않는 부분이 있다. 하지만 대신 고발하고 대신 고백하는 남자 작가들의 소설은 끝까지 간다. 소설이라는 장르의 기득권을 마구 휘두른다. 낱낱이 묘사한다. 처단의 칼마저 휘두른다. 그들의 작품엔 부재가 없다. 언술의 불가능성이 드러나지 않는다. 혼자 남게 된 우물의 심연이 없다. 그러나 피해 당사자는 끝까지 못 간다. 변두리만 맴돈다. 입도 벙긋할 수 없는 내용이 있다. 말이 될 수 없는, 이미지조차 될 수 없는 것들이 있다. 그 말할 수 없음이 역설적으로 여자를 처참하게 살아남아 있게 하는 유일한 이유일 수 있고, 끝끝내 여자를 죽게 할 수도 있다. 고백을 시작한 순간, 아무도 '내'가 원하는 것을 해줄 수 없다는 걸, 생존자는 너무도 잘 알게 된다. 그것은 아직 말이 되지 않았다. 그렇게 고백은 끝난다. 고백의 줄거리만 남고. 그리고 모든 세부와 함께 그 사건이 다시 오롯이 남겨진다.

죄의식, 절망, 개인적 고통과 쇠약을 직접 드러내는 여성시인들의 시는, 어쩌면 구조를 요청하는 모스부호였을지도 모른다. 미국의 고백시는 우리나라 여성시에도 많은 영향을 주었다. 그들의 리듬, 비극적 제스처뿐만 아니라 자신의 경험들에서 주로 고백적 언술을 추출하는 지점이라든가, 심지어 시 구성 방법까지도 영향을 주었다. 그리고 시 안에서 욕설할 수 있는 용기도. 나는 미국이나 우리나라에서 고백적 언술을 주로 사용하는 시인들의 시 작품이나 일기를 읽을 때마다 생각한다. 이들은 세상이 무대였구나. 자신의 인생을 공연하는 무대, 심지어 자신의 죽음까지도 공연물이라 생각했구나. 그들은 자신의 무대를 실현해보이기 위해 개인적 홀로코스트를 스스로 연출했다. 그리고 살아보지 않은 날의 공포를 생생하게 고백함으로써 자신을 폭력에 둘러싸인 존재이면서 동시에 천상에서 내려다보는 존재로까지 나아가게 만들었다. 모든 장면마다에서 희생자로서 공연함으로써 희생자가 아버지들을 밟고 서게 만들었다. 그들은 글을 쓸 때마다 지금의 SNS 고백파들처럼 군중이 보고 있다고 생각했던 것 같다. 자신의 우울과 공황장애와 정신병과 이혼과 질병(중독, 광기)과 죽음을. 그들은 자신의 작품을 수행적 글쓰기라고 생각했지만, 진짜 고백은 무대 아래 두었다. 씀으로써 곤경에 빠지고, 스스로를 파괴하는 수행. 그다음엔 자신의 신화를 스스로 써 내려간다. '나는 너희들이 경험할 수조차 없는 나만의 신화와 무대가 있다', 그러나 뒤집어보면 왜 무대를 만들었겠는가. 그것은 이 세상에 자신의 언어를 부려놓을 영토가 없었기 때문이다. 자신의 내면을 뒤집어 보일 자신만의 무대가 필요했기 때문이다. 자신의 시에 들어온 죽임의 아버지들을 내쫓을 무대. 그러나 아이로니컬하게도 이들의 언어는 삶의 구체적 세부를 다루면서도 사실 세상과 체제에 대한 이해는 어쩌면 개괄적이었다고 할 수 있다. 어쨌거나 이들의 글은 죽기 직전에 보내는 구조 요청, 그것을 상연하는 무대의 건축, 픽션을 쓰는 사람들과는 달리 자기치료와는 거리가 먼 자기 파괴에 대한 열정. 이들의 목소리가 들리면 대번에 자극을 찾아 헤매던 독자는 폐부가 찔린다. 더구나 이들은 시 장르라는 기득권, 무대에 오른 배우라는 상영권을 갖고 있었으므로, 이 사적이고 자극적인 고백은 당대의 역사가 내면화된 모습인, 정치적인 저항의 울림이 있다는 평가를 아울러 갖게 될지도 모른다. 그래서 고백적 언술은 그 어떤 언술 방법보다 정치적인 암시일 수 있다는 말이 횡행하게 되지만 사실 진짜 언어는 무대 아래 숨어 있다.

관람료가 붙습니다.

내 상처를 보는 것.
내 심장을 듣는 것.
정말 멋있습니다.

그리고 관람료가 붙습니다.
정말 비싼 요금입니다.

나에게 한마디 하거나 내 피 한 방울 만지는 것

내 머리카락 한 올, 옷 한 자락

만지는 것.[1]

　작가는 출판사와 서점과 평론가와 기자와 번역가와 덕
후와 독자와 시상자를 가지고 있다. 무엇보다 장르라는 기득
권을 갖고 있다. 소설은 허구라는 기득권, 시는 암시라는 기
득권. 작가가 생존자를 대신해 고백을 시작한다. 정의를 실
현하고, 판사처럼 대신 처단해주려고? 아니면 텍스트의 아
름다움을 실현하려고? 인간의 존엄을 대신 실현해주려고?
하다못해 생존자라는 당사자의 존엄을 대신 실현해주려고?
작가에게는 사건의 생존자라는 소재가 눈앞에 있다. 생존자
는 개별적 사건인, 우리나라 역사의 내부에서 겪은 수많은
장면과 시간의 층위를 갖고 있고, 그만의 정서적 층위도 갖
고 있다. 그다음 소재가 된 생존자가 작가의 작품이라는, 그
것을 읽는 장면을 상상해보자. 작가가 건축한 집을 살펴본다
고 해보자. 우선 생존자는 자신의 집에 다른 사람이 들어와
살고 있는 것을 보게 된다. 사건의 에피소드들을 따라 장식

1　Sylvia Plath, "Lady Lazarus", *Ariel*, Faber and Faber, 1965.

이 붙고, 서정이 넘치고, 감상이 흐르고, 교훈을 숨긴, 좋은 아포리즘이 적당히 배치된 집. 이제 생존자가 경험한 그 시간대, 절대로 잊을 수 없는 그날들의 천장들과 형광등, 모욕의 기둥과 굴욕의 벽은 작가의 가구들에 가려져 보이지 않는다. 심지어 그 작가의 침이 쩍쩍 달라붙는 목소리로 읽어주는 '사건'의 집에서 생존자는 이제 다른 사람의 목소리가 제 목구멍에서 나오는 것 같다. 생존자는 몸의 수족마저 환상수족이 된 것 같다. 일생의 한 부분이 기억상실된 느낌. 가짜뉴스가 된 느낌. 생존자의 취약과 모욕이 백일하에 전시된 느낌. 구경꾼들이 노상에 전시된 초라하고 기구한 '나(사건)'를 구경하러 오면 어쩌지? 이제 그 작가의 집에 살게 된 몸뚱어리의 이름과 아직 발설되지 않은 비루한 동작들을 알아채면 어쩌지? 얼굴은 가리고 상처와 흉터를 내놓고 걸어가는 이 기분. 연년세세토록 이 작가의 이 작품이 회자될 것이다. '사건'인 '나'는 이제 해골 없는 몸이 된 것인가? 이제 나에겐 이 작가가 절대 가져다 쓸 수 없는 디테일이 있었다고, 그 디테일에 이은 굴욕만이 내 것이라고 소리쳐 울어야 하는가. 바위에 붙은 따개비처럼 절대로 생존자의 몸에서 떨어지지 않는 것. 바위가 일어나서 바다를 펄쩍펄쩍 뛰어다녀도 떨어지지 않는, 세세하고 집요한 것. 아, 생존자인 나는 '작가'가 세우지 못한 뼈대를 꺼내 보이기 위해 살을 찢어야 할

고백

까? 디테일에 이은 그 말로 표현할 수 없었던 심연을 보여주려 옷을 벗어야 할까. 저 장식하는 말 더미들 아래 깔리다 못해, 심연에 가라앉아 홀로 헐떡거리며 입을 다물고 있어야 할까. 아직도 부끄러워서, 부끄러움이 사라지지 않아서 그 사건의 가장자리를 맴돌면서, 변죽만 울리는 스토리를 '작가'라는 분에게 발설할 수밖에 없었다는 걸, 작가는 알까? 생존자는 이제 다시는 그 시간으로 돌아가지 못한다. 작가가, 다른 사람의 목소리가 기억의 집에 들어와 살기 때문이다. 불안하다. 스토리는 누구에게나 말할 수 있다. 하지만 전신에 퍼진 수치와 고통의 미묘함을 말로 표현하기란 얼마나 불가능한가. 육체적 고통의 대신 말하기는 가능하기나 한 걸까? 제3자의 고백이라는 것이 가능하기나 한 걸까? 그래서 우리는 의사 앞에선 말을 더듬게 되지 않는가. 수치와 고통을 표현할 형용사는 너무 적지 않은가. 저 작가는 타인의 고백을 자신의 고백으로 갈무리하려면 얼마만큼의 다시쓰기가 개입되어야 하는지 생각해보기나 한 걸까? 남의 해골에 장식을 갖다 붙이는 걸 '짓는다'라고 할 수 있을까? '짓는 자'가 생존자에게 '자유'를 주려면 어떻게 지어야만 했던 걸까? 여기에서 작가의 윤리가 시작되리라. 생존자는 작가에게 묻고 싶다. '작가여! 당신은 이 소설에서 얼마만큼 살아 있는가. 당신은 얼마만큼 생존자의 '생성'을 가동하고 있는가?' 아니

면 작가는 생존자의 몸에다 자신의 알리바이만을 끼얹은 것
인가? 타인의 시간에 대한 리얼리즘적 인식이라고 하는 것
이 사건의 집을 가져다 작가의 손길로 치장만 한 것인데, 왜
그곳에 묻힌 생존자의 사건을 보지 못하고, 목소리를 듣지
못하게 하는가. 작가, '당신의 그 프로젝트, 그 '사건'의 건물
에 장식으로 덧칠한 그 민망한 작품은. 작가의 내면적 권위
로 장식된 그 집은 누구의 집인가.'

　나는 역사적 사건을 프로젝트로 가동하는 문학을 의심
한다. 우리나라처럼 사건이 많은 나라에서 다시쓰기가 아니
라 대신 말하기를 시도하는 작가들을 의심한다. 그것은 사
건이라는 명사에 형용사를 덧입히는 작업에 불과하기 쉽다.
문학이라는 이름으로 프로젝트를 가동하면서 위장된 눈물
로 사건을 장식하기 쉽다. 고백적 진술은 '사건'이 제공한 에
피소드에 살을 입히는 것이 아니라 글을 써나가는 자신을 위
험의 표징으로 삼는 것이다. 고백은 고백이라는 언술 방법의
진실을 믿는(척하는) 사람의 글쓰기 방법이 되기 쉽다. 그래
서 고백적 진술은 글 쓰는 자의 정당성과 상처를 증명하려는
도구가 되기 쉽다. 그리하여 펜을 가진 자, 끝없이 사건 속에
서 다치고 죽은 자를 위해 대신 말하고 있다는 자기 위안에
서 거듭 자신을 돌려세워야 한다. 그렇지 않으면 그 사건과

독자를 회유하게 된다. 그들의 침묵을 깨트려주고, 그들의 말을 대신 들려주고, 그들을 어루만지고 있다고 착각하게 된다. 자신이 대신 위로해준다는 나르시시즘에 복무하게 된다. 언어라는 것의 거짓을 끝끝내 모른 채, 언어의 투명성이라는 거짓을 신봉하는 사람이 되어, 자신 내부의 타자는 살해한 채 비판적 실천의 위상을 드높인다는 '자기 자신의 스파이' 조차 되지 못하고 만다. 그러기에 고백적 글쓰기는 불가능이다. 펜을 가진 자의 고백 뒤에는 펜을 물고 죽은 자의 끝없는 고백이 여전히 남아 있다. '나는 몸과 마음이 건강해졌다'고 매일매일 하루에 백 번씩 쓰는 여자의 고통이 고스란히 남아 있다. 고백하고 고백해도 고백할 것이 남아 있는, 생존자의 고백이 작가라는 이를 숨어서 보고 있다. 언어를 끝없이 의심하는 자가 언어를 부리는 자를 보고 있다. 타자로서의 자신조차 똑바로 쳐다보지 못하는 작가를 바라보고 있다.

　　나는 일기를 쓰다가도 거기로, 시를 쓰다가도 거기로 간다, 아직 쓰지 않은 것. 아직 내가 쓰기를 허락하지 않아 쓸 수 없는 것. 그래서 구멍인 거기. 비밀인 것. 나는 말한다. 현존재, 현존재 떠들지 마. 내 현존재는 '그 사건'에 있어. 나는 지금에 있지 않고, 그곳의 현재에 있어. 존재론? 그런 거 나 안 믿어. 왜 나는 거기에 집착하는가. 그만큼 미안해했는데, 그만큼 후회했는데 모자라는가. 지나간 사건에 대한 집착을 끊을 수 없다. 나는 그 사건의 시간 스토커인가? 잘못한 것이 내가 아니라는 걸 알아야 한다는데, 그래서 고통스러워하지 않아도 된다는 걸 아는데, 왜 자책, 집착, 책망, 죄책감은 내 것인가, 인간 같지 않은 게 누구야? 나야. 왜 나야? 그렇게 질문해보다가도 거기로, 거기가 나를 부른다. 정상이 아니어서. 정상이 뭔데? 건강하지 않아서. 건강이 뭔데? 사람이 깨끗하다는 게 뭔데? 흰색이 뭔데? 질문하기조차 진부한 건가? 이 세상 모든 관념어, 개념어가 나를 옥죈다. 시인은 관념어들의 폭력을 느끼는 사람들이지. 나는 관념이 덜 묻은 단어들로만 쓸 거야. 들키지 않게 말하는 법을 개발할 거야. 아무것도 말하지 않았는데 모든 것을 말하는 말을 찾아낼 거야. 그렇지만 침묵의 무게. 가위 눌리게 하는 힘보다 무겁게 머리를 짓누르는 침묵의 무게. 죽임의 망령. 나는 침묵의 아름다움을 말하는 사람들을 믿지 않아. 생각하면 할수록 비참하고, 생각하면 할수록 기가 막히고, 생각하면 할수록 생각이 멈추고. 힘든, 떼어버린, 더러운, 아픈, 뺨. 붉은, 하늘. 밤. 뒷담화. 소문. 그래, 내 취약했음이 죄야? 내 무력했음이 흠이야? 더러운 거야? 듣는 사람이 어떻게 나올지 몰라서 조심하는 걸까? 나는 늘 내 말을 듣는 귀들이 두려워. 그래서 나는 사람들의 귀를 보면서 얘기해. 그리고 그들이 말을 시작하면 나는 온몸이 귀가 돼. 온몸의 털들이 다 일어선 귀가 돼. 귀만 있는 짐승이 돼. 어쨌든 나는 취약하지 않은 것처럼 구는 데 일가견이 있어. 그래서 나는 수다스러워. 목소리가 커. 수다는 나의 위장 크림. 그게 참 그런 게. 되게. 그니까. 그런. 되게. 그런. 근데. 그랬던 거니까. 모욕. 모욕. 맞은 사람의 모욕. 당한 사람의 모욕. 위로받는 건 더 굴욕. 빼앗긴 사람의 굴욕. 도둑맞았는데 왜 모욕감은 내 것? 견딜 수 없는, 되돌아오는, 얼굴을 붉히는, 모욕감이 제일 견딜 수 없는 거지. 그것도. 그거는. 그런. 그거를. 고백한 후에도 그냥 있는 그거를. 고백의 수치.

'P는 사건의 현장으로 40년 만에 내려간다. 그리고 밭둑, 바닷가, 비닐하우스 곁, 자신이 살던 폐가 앞에 스피커를 놓고 마이크를 들고 아홉 살 아이에게 상처를 입힌 고향을 향해 외친다.' '나는 많이 다친 나를 용서할 거야'라고.

고백은 다른 고백을 다시 불러온다. 머리카락이 빠진 자리에서 다시 자라듯 고백이 다시 온다. 고백의 해저에는 고백하고 싶은 자의 은밀한 비밀이 있다. 그것은 아직 꺼내지 않았다. 그것은 죽음처럼 있다. 그리하여 고백은 '나'에게서 죽임을 내쫓으려는 끝없는 시도일 수도 있다. 해저에서 고통이 올라온다. 지워진 장면과 지워지지 않은 비밀 사이에서 말이 올라온다. 말을 시작하면서 스스로 다시 곤경에 빠진다. 스스로 파괴한다. 써나가는 글과 '나'를 혼동한다. 두번째 고백부터는 자신이 솔직하게 말하고 있다는 위선이 함께 온다. 고백이 입맛을 쩝쩝 다신다. 고백이 장신구를 걸친다. 고백적 글쓰기가 치유력이 있다는 메시지와 그 치유는 다른 사람과의 공유를 통해 더 커진다는 설득에 기댄다. 고백에게 '치유를 허하노라', 스스로가 스스로에게 감응한다. 그러나 '고백 그 자체'만 치유되고, 상처는 혼자 남는다. 고백적 글쓰기도 일종의 제도다. 소셜 미디어의 글쓰기가 가상의 내면을 장착하고 끝없이 시도되는 것처럼 고백적 글쓰기는 가짜 공감이 만들어낸 내면을 장착한 것일 수도 있다. 그러면서 자기감응만이 인간적인 것이고, 순수하다고 믿어버리게 된 것일 수도 있다. 어떤 바깥도, 어떤 타자도 필요하지 않다고 생각하게 될 수도 있다. 자기만 듣고 자기만 말하고 있다고 믿으면서, 제3자의 고통을 외면한 채, 고백할 수도 있다. 작가의 의도로 개인적 고통이 정치적 현실 경계를 넘어가기를 원하는 고백적 글쓰기를 시도하는 경우엔 더욱 그렇다. 나는 고백적 글쓰기는 고백의 형식을 가지면서도 동시에 고백이라는 제도를 의심해야 한다고 생각해본다. 고백하면서 고백을 거부한다. 고백의 불가능성을 개진한다. 집단으로부터 '나'를 떼어낸 다음, 나의 내부에서 차이를 가동해본다. 기억 속에서 피해자로 남아 있는 나를 꺼내서 내면의 권위로 똘똘

　　　고백

뭉친 보따리를 풀어본다. 다시 대면해본다. 거기에 풍덩 빠진다. 고백하는 스스로를 언어적 곤경에 빠뜨린다. 고백으로 고백을 무시한다. 자신과 화자가 솔직하다는 위선을 비웃는다. 그리하여 봉합을 불가능하게 하고, 언어의 불가능성을 폭로한다. 타자의 묵묵부답을 향해 고백을 시도한다. 모스부호 같은 말이 저절로 탄생하게 한다. 고백할 수 없는 것을 고백하는 것을 시작한다. 그러기에 고백은 작가 내부의 타자를 찾아 나서는 것이 시작일지도 모른다. 고백은 언제나 미완성이다. 고백을 끌고 가는 목소리를 고백하는 자가 들으면서, 그 고백의 불가능성을 향하는 고백적 글쓰기로. 늘 다시 가는 것일지도 모른다.

고통의 메뉴

언어가 없다고 알려진 생물들의 복수가 시작되었다. 보이지 않던 세계의 복수가 시작되었다. 우리만 가시의 세계에 산다고 떵떵거리더니 꼴좋게 되었다. 우리의 육안으로 보이는 것만 보이는 거라고 하더니, 보이지 않는 것이 더 힘이 센 줄도 모르더니 이렇게 되었다. 침묵하는 줄만 알던 것들이 더 힘이 센 것을 모르더니 정말 입 없는 것들이 무서운 것을 알게 되었다. 복수하는 줄도 모르는 것들의 복수가 더 무섭다. 그들의 숨은 곳까지 발을 뻗어 숟가락을 디밀지 않았으면 좋았을 것을. 그들의 몸을, 그들의 비밀스런 진동을 건드리지 말았으면 좋았을 것을. 내 몸이 알아챈 그 불안들. 내 몸이 알아챈 그 분노들. 내 몸이 알아챈 그 보이지 않던 존재들의 비명. 저 유기적인 신체들이 우리에게 젖과 온기, 다정

함과 고기를 주었지만, 그리고 저 비유기적 물질들이 그들의
창조적 세계와 그 세계의 힘과 구조를 주었지만, 우리는 그
들에게 준 것이 없다. 빼앗고 무너뜨린 것밖에 없다. 우리가
그들의 기생충인 줄도 모른 채.

이미 그들의 몸이 우리에게 경고를 보냈었다. 산 채로
구덩이로 묻히던 몸들이, 산 채로 묻혀서 흙 밖으로 에스프
레소를 흘리던 몸들이. 침출수로 흘러서 강을 침식하던 몸들
이, 그 몸을 받은 유기물과 무기물로 가득 찬 강물이 이미 우
리에게 경고를 보냈었다. 이제 곧 너희들 차례라고. 이렇게
몰살되면서 경고하지 않았느냐고. 이렇게 우리를 대접하다
간 곧 너희들에게 그 대접이 돌아갈 거라고. 이렇게 더럽게,
이렇게 불안하게, 이렇게 공포에 차게, 이렇게 비생기적으
로 우리를 처단하다간 곧 너희들 차례가 돌아올 거라고. 저
머나먼 시간의 우주에서 다가온 생명의 씨앗이 어느 것은 풀
로, 어느 것은 꽃으로, 어느 것은 돼지로, 어느 것은 새로, 어
느 것은 암석으로, 어느 것은 흑인, 백인, 황인으로 그리 태
어나게 했건만, 위계를 탐했으니 꼴좋은 처벌을 당할 차례라
고. 그렇게 살처분당하면서 경고하지 않았느냐고. 나는 또
생각한다, 제임스 웹 우주 망원경이 보내온 그곳에 우리보다
몇백 만 광년 과거부터 문명을 세운 성단이 있었다면, 우리

고통

는 그들을 지금 우리들의 감각으로 알아볼 수 있을까? 겨우
이 문명으로 그들을 알아볼 수 있을까? 아마 벌써 그들이 도
착해서, 달아나버린 과거의 내가 다시 돌아와 나를 들여다보
듯, 바라보고 있어도 나는 알아보지 못할 거다. 아마 지금 여
기서 나와 함께 살고 있어도 알아보지 못할 거다. 그들은 이
미 나를 "베를린의 천사(「베를린 천사의 시」의 다미엘)"보다
더 자세히 지각했을 거다. 우주선 따위를 타고 온 것이 아니
라 이미 여기 있을 거다. 이 공기 속에서 천사들처럼 그들이
계속 나에게 무슨 말인가 걸고 있을 거다.

나는 늘 생각해왔다. 우리나라만큼 텔레비전 화면에서
남의 살을 끊어서 쌓아놓고, 보여주면서 감탄하고, 그것을
사 먹으라고 독려하는 나라가 있을까 하고. 남의 살을 튀겨
서 양념을 발라서, 그것도 유명하고 잘생긴 남자 배우, 가수
들이, 그것을 이로 뜯으며 비명을 지르는 화면을 계속해서
송출하는 나라가 있을까. 텔레비전 음악 방송을 보다 보니
심지어 노래를 잘 불렀다고 동물의 살을 한 덩이씩 선물로
주는 프로그램도 있다. 식당이 즐비한 거리에 들어서면 목
격하게 되는, 조리되기 전 층층이 쌓인 남의 살. 사진을 찍어
서 그것들을 식당 전면에 붙여놓고, 거기 들어오면 불에 익
혀, 혹은 세밀하게 잘라 먹게 될 거라고, 이렇게 적나라하게

보여주는 나라가 있을까. 나는 인쇄소들이 즐비한 거리에서 길을 잃고, 작은 골목에 들어가서 정말 놀란 적이 있다. 골목 전체가 잘라놓은 붉은 고깃덩어리의 사진으로 창문과 출입문이 뒤덮여 있었다. 만약, 인간이 아닌 그 고깃덩어리의 종족인 그 동물이 이 거리를 산 채로 지난다면 무슨 생각을 할까. 지식이 아니라 오직 감각으로 이 세상을 느꼈던 그 동물이 이 거리를 지난다면. 오직 갇힌 채 남의 살이 되려고 길러지기만 했던, 그 동물이. 그 동물은 어떤 감정을 갖게 될까. 동물을 어떻게 대접하는지를 살펴보면, 그 나라가 어떤지 알 수 있다. 그리고 그 나라가 어떻게 변해갈 건지 알 수 있다. 동물을 어떻게 대접하는지 살펴보면, 그 사람이 어떤 사람인지 알 수 있듯이. 그리고 그 사람이 앞으로 어떤 일을 저지를 건지 알 수 있듯이.

고기를 먹는 나의 숨에서 고기로 죽은 그들의 죽음이 올라온다. 인간을 포함해서 모든 동물은 고기로서 죽는다. 몸의 취약함으로 죽는다. '나'라는 이 살코기의 이 침묵. 내가 태어날 때부터 점점 나와 멀어진 이 살코기의 말을 상상한다. 상상력은 보이지 않고 잡히지 않는 세계의 실재다. 실재하나 보이지 않는 것의 드러냄이다. 상상하는 나는 나의 감각으로, 나라는 고기로서의 이 몸을 느껴보려고 한다. 고기

 고통

인 것과 아닌 것. 보이는 것과 보이지 않는 것, 내가 먹은 몸의 내부에 깃든 다른 유기체의 죽음으로 살아가기. 그러나 나라는 이 고기의 몸을 상상하기가 제일 어렵다. 티베트에서 조장鳥葬을 위해 인간의 몸을 도끼로 퍽퍽 쪼개는 라마승을 떠올려보아도 그렇다. 나는 내가 고기가 아닌 체하면서, 생각하는 유기체인 체하면서 살아왔다. 소위 '시적 지각'이라는 것은 이성이 지껄이지 않게 막는 것이면서 동시에 짐승처럼, 여자처럼, 사물처럼 느끼게 하는 것이 아닐까. 자율적으로 발화하는 내 몸의 복화술을 언어 없이 들어보게 하는 것이 아닐까. 거기에 보태, 고기로서, 물질로서, 여자로서, 짐승으로서 느끼는 것. 나의 상상력으로 보이는 몸과 보이지 않으나 존재하는 나의 몸이 거울 속에서 만나 한몸을 이루게 하는 것. 그 거울 경계에 털이 자라게 하는 것.

〈MMCA 현대차 시리즈 2020: 양혜규-O_2&H_2O〉 중 「소리 나는 가물 Sonic Domesticus」(국립현대미술관 서울 제5전시실, 2020.9.29.~2021.2.28.)은 여자짐승사물의 모습이다. 그 겉모습은 드라이기, 다리미, 가위, 솥, 집게, 빨래 건조대 같은 가사 노동의 도구들인데 모두 살아 있다. 생기적 물질 도구이다. 이들은 움직인다. 이를테면 솥만 살아 있는 것이 아니라 거울에 붙은 그 반영물들도 살아 있다. 내 눈으로 보이는 것과 보이지 않는 것이 한몸으로 살아 있다. 보이지 않는 것이 무시되지 않고 있다. 그 둘이 합해 살아 있는 것이 되어 있다. 빨래집게가 살아 있다. 살아 있을 뿐만 아니라 그(것)는 바다 생물인 조개다. 조개의 집게엔 털이 돋아 있다. 누가 와서 몸을 돌려주면 빙빙 돈다. 드라이기도 살아 있다. 거울에 비친 몸과 한몸을 이루어 살아 있는데, 보이는 몸과 보이지 않는 몸, 이 둘 사이에 털도 돋아서 더욱더 살아 있는 것처럼 보인다. 심지어 드라이기에 발굽도 돋아서 더욱더 살아 있다. 사물인데 짐승이고, 짐승인데 여성의 가물家物이다. 가위도 살아 있다. 몸이 거대하게 부풀어 있지만 살아 있다. 이들은 사물이면서 짐승이고, 그리고 여자다. 생기 있는 여자짐승사물이다. 털 난 사물이고, 사물인 여자이며, 사물과 짐승과 여자의 중간물이다. 더군다나 이것들은 바구니처럼, 텍스트처럼 몸이 왕골로 짜여져 있다. 이것을 여자의 노동이 닿은, 일상의 시간이 닿은 사물들의 생기적 진동이라고 부를 수도 있겠다. 여자의 시간의 생물화라고 부를 수도 있겠다. 가사 노동처럼 허무하게 지워지는 여자들 노동의 제물화라고 부를 수도 있겠다. 그런데 이 여자짐승사물의 몸엔 방울이 수백 개, 수천 개 매달려 있다. 이들은 무당의 무구처럼 몸 전체가 소리를 낸다. 무당의 무구는 신을 부를 때 쓰는 것. 마치 바리공주가 서천서역(지옥)에서 아버지를 구하라는 사명을 잠시 잊고 가정주부로 살던 중, 문득 자신의 일상에서 쓰는 물이 생명수이며, 자신의 가사 노동이 아버지(나라)를 구할 노동이었음을 문득 깨닫는 장면이 떠오른다. 그 깨달음을 부르는 종소리가 여자짐승사물의 몸 전체에 뒤덮여 있는 방울들에서 들린다. 여자짐승사물이 신을 부르며 몸을 빙글빙글 돈다. 방울들의 떨림이 여자짐승사물의 몸에 거대한 신성의 감염을 불러온다. 보이지 않는 것과 보이는 것으로 한몸을 이룬 몸이 신적인 것에 감염되었다. 이 예술가가 만든 피조물의 몸을 보라. 사물과 생물 사이, 보이는 것과 보이지 않는 것 사이, 여자와 여자 아닌 것 사이에 위계가 없다. 이들이 한몸이다. 멀티플이다. 서로의 몸을 이으려고 몸에서 털이 자란다. 짚풀이 돋아난다. 동물에게서, 사물에게서 식물이 돋아난다. 이런 여자짐승사물 사이에 경계 없이 존재하는 유기적/무기적 몸만이, 아니 그들의 합체만이, 그들의 중간자 유형만이 바리공주처럼 저승과 이승을 왕복할 수 있다. 보이는 세계와 보이지 않는 안팎 세계를 오가며 죽은 자들을 안전한 곳에 내려줄 수 있다.[2]

정신은 고뇌하고, 육체는 고통한다. 나는 고통의 요람이

<hr>

2   김혜순 발문, 「김홍희라는 접속사 ─ 여성 '시하기'와 여성 '미술하기'」, 김홍희, 『페미니즘 미술 읽기』, 열화당, 2024.

고, 내 신경과 핏줄은 고통의 관管이다. 내가 먹으면 고통도 먹는다. 내가 고통을 선택한 것일까, 고통이 나를 선택한 것일까. 무엇이 고통을 불러왔나. 이 고통을 녹음기처럼 끌 수 있다면 좋으련만. 사방을 둘러보라. 저 사물과 저 자연의 고통을 들어보라. '스스로 그러한(自然)', '일부러 꾸미거나 뜻을 더하지 아니한(無作爲)' 저들을 기르고, 잡아먹고, 처단한 내 손길들을, 우리의 위계들을 돌아보라. 저들을 먹음으로, 저들을 바라봄으로, 저들을 만짐으로 저들이 나의 기억이 되고, 나의 고통이 되었다. 저들은 침묵으로, 내게 들리지 않는 목소리와 힘과 진동으로 고통하고 있다. 저들이 죽어갈 때 어떤 취급을 받았는지 생각해보라. 잘렸는지, 삶아졌는지, 꼬챙이에 꿰였는지, 불에 구워졌는지, 훈제됐는지, 끓여졌는지. 내가 식당에서 메뉴를 들고 읊조리는 것이 바로 저들의 고통의 레시피가 아닌가. 이 세상 모든 입자들이, 원소들이, 물질들이 고통하고 있다. 고통은 저들에게서 나와 저들과 같은 무기질과 전기신호로 구성된 나에게로 와 박힌다. 고통은 느닷없이 달려드는 맹수처럼, 곤충처럼 왔다가 떠난다. 내 고통은 느닷없이 닥치는 저들의 침묵의 비명과 죽음으로부터 온다. 저들의 고통이 내가 고통스럽기를 바라는 것일까. 저들은 이미 내 안에 있었고, 내 안의 부모였고, 내 안에서 유독한 부유물들을 가득 실어 나르는 바다였고, 하늘이었고,

쓰레기차였다. 고통하는 내 몸은 사방 동물, 광물, 식물이다. 쫓기는, 창에 맞는, 헐떡거리는, 아픈, 자동차에 실려 가는, 피를 흘리는, 비명을 지르는, 상처를 핥는, 무서운 얼굴의 물질이다. 그러면 나는 신에게 빈다. 내가 이 아픈 짐승을 떠나게 해달라고. 고통을 사라지게 해준다면 생명이라도 줄 것처럼 군다. 그러다가도 고통이 옅어지면 이제 몸이라는 이 짐승이 달아날까 봐 두려워한다. 고통 없이는 아무것도 알 수 없다. 고통이란 일종의 아직 남아 있는 건강이다. 나는 나와 고통 사이에서 고통한다. 고뇌한다. 그러므로 상상하는 것은 인간으로서의 내가 아니라 내 안의 여자짐승사물물질이다.

눈이 하나뿐인 원숭이, 다리가 여섯 개인 강아지와 양, 다리가 여덟 개인 소, 다리가 다섯 개인 양과 개구리, 머리가 두 개이거나 꼬리가 붙은 거북이, 머리가 두 개인 개와 뱀과 고양이와 병아리와 도마뱀, 다리가 네 개인 오리, 콧구멍이 세 개인 젖소, 발가락이 기형인 이구아나, 머리가 두 개에 눈이 한 개인 돼지, 날개 달린 고양이, 혀가 긴 개, 귀가 네 개인 고양이, 얼굴 두 개가 붙은 고양이, 등에 보호용 눈이 그려진 개구리, 알비노 코끼리, 해양오염으로 아가미가 변형된 물고기, 박스에 많은 양을 넣기 위해 만들어진 네모 오이, 입시 합격을 위한 글씨가 새겨진 네모 사과, 밸런타인데이를 위해 만든 하트 귤, 방사능오염으로 씨 많은 과일과 뒤틀어진 채소들(강주리, 〈살아남기 TO Survive〉, 대구 봉산문화회관, 아트스페이스, 2020.1.10.~3.22.)이 수백수천 개씩 쌓여 하나의 꿈틀거리는 유기체가 되었다. 이것들이 땀 흘리는 쓰레기 더미처럼 한몸으로 공중에 매달려서 흔들린다. 지구 생물 전체, 무기물 전체가 새로운 진화를 시작하는 것 같다. 하나가 아프면 다 아플 것 같다. 펜 드로잉으로 그려진 이들의 핏줄이 다 연결되어 있는 것 같다. 다행이다. 예술은 이런 것을 허용하고 있다. 이런 기괴한 생명체, 돌연변이를 허용하고 있다. 광기와 광기가 만나 세상을 기형으로 만드는 것을 보여주는 것을 허용하고 있다. 인간이 개입한 진화의 실상을 발가벗기도록 허용하고 있다. 고발하고 있다. 고통하고 있다. 우리의 기형을 증거하고 있다. 이렇게 기형으로 우리가, 우리 아닌 것들과 함께 살아 있음을 증거하고 있다. 이제 이렇게 되었다며 복합 생물종인 우리 몸을 선보이고 있다. 이렇게 기형인 우리가 모여서 하나의 몸을 이루었다고 증거하고 있다.

나는 너를 사랑한다 하면서 너를 때린다. 나는 너를 사랑한다 하면서 너를 먹는다. 나는 너를 사랑하지만 너를 먹어야겠다. 나는 먹기 위해서 너를 길들인다. 내가 너를 먹을 때 나의 신음소리. 너는 맛이 있는 것과 맛이 없는 것으로 분류된다. 너는 냄새나는 것과 냄새나지 않는 것으로 분류된다. 나는 네가 옷을 벗은 것을 좋아한다. 될 수 있으면 몸의 전체 형상을 나에게 보여주지 않는 태도를 좋아한다. 나는 몸의 각 분야를 담당하는 의사처럼 너의 각 부위들을 좋아한다. 네가 나를 방문할 때 혈액은 제거하고 왔으면 좋겠다. 분비물 또한. 그다음 너는 나의 칼, 혹은 불의 세례를 받는 것을 즐거워해야 한다. 나는 헤프다고 알려진 여자, 마녀, 유태인, 노예를 인간으로 생각하지 않고 스티그마를 내리찍던 시절처럼 너를 살리려는 생각은 추호도 없다. 나는 너를 먹을 때 저절로 터지는 욕설을 좋아한다. 나는 너를 생각할 때 네가 자연 속에 있거나, 내가 알지 못하는 안락한 곳에 있거나, 더러운 똥 위에 있던, 모든 '살아 있던' 모습을 상상하지 않는다. 나는 너의 해체된 모습을 좋아한다. 너를 해체주의자라고 부르겠다. 나는 너의 구멍과 살을 좋아한다. 나는 쪽쪽 빠는 것을 좋아한다. 나는 네가 독자적으로 여유와 낭만을 즐기는 것을 상상하지 않는다. 나는 네가 나를 똑바로 쳐다보는 것을 원하지 않는다. 나는 네가 눈을 감고 있는 것을 좋아한다. 내가 네 눈을 도려내었는데도 나를 바라보는 것 같은 태도를 취하는 것을 나는 정말 좋아하지 않는다. 멸치 같은 작은 것도 눈을 뜨고 있으면 싫다. 내 앞에선 눈을 다 감아라. 흰 셔츠에 네가 튀는 것처럼 싫은 건 없다. 자신 안에 동물이 있다고 말하는 자들을 나는 경멸한다. 나는 그자부터 해체되었으면 좋겠다. 하지만 나는 대문자 동물을 사랑한다. 사랑한다고 말한다. 그리고 멸종의 생물을 아쉽게 생각한다. 어쩌면 일생 동안 내가 먹은 너는 몇 톤일 거다. 나는 너의 조상들로부터 후손까지 모두 먹어왔다. 다 자라기 전에 우선 먹어왔다. 나는 아직 너를 다 먹지 못했다. 나는 네가 아직 나에게 응답하지 않은 것이 다행이라고 생각한다. 너는 다른 방식으로 응답하겠지만 나에겐 상관없다. 나는 너를 다른 몸과의 만남이라고 생각해본 적이 없다. 다른 우주에서 온 귀하신 몸이 깃들어 있다고 생각해본 적도 없다. 나는 네가 너 스스로의 에너지를 갖고 있었다는 생각을 해본 적이 없다. 나에게만 에너지가 필요하다.

'19명의성인남녀를신고가는거미소녀' '바닥까지비천해진희망인' '인간을임신하고에베레스트를넘는독수리' '지루한시간의감옥에서붓을갖게된오징어' '내속의나를다꺼내놓고춤추는오늘의나' '바다에서올라와사람을임신한채영원히해산하지않는새' '맑은바다에가라앉은용설란과인간의넋을기리는산호' '모공마다환자가누워있는병원처럼정신없는여자' '팔이줄자처럼늘어나고뼈가축축한미역' '백개의다른시

 고통

간을살아가느라울고싶은여자' '모든동식물의다리를가진불
가사리' '짖어대는개들의송곳니가깃털인새' '아직죽지않았
는데몸에풀이돋는아기' '손가락마다abjection이가득찬알로
에' '목소리를잃고선인장에집을지은새' '얼굴대신내장을내
밀고있는히드라' '모공에슬픈얼굴을키우는지네', '트럼프의
혀는백조개' 등등 (이피, 〈여-불천위제례女-不遷位祭禮〉, 서울
자하미술관, 2018.8.30.~9.23., 이상 나열된 내용들은 전시의
작품 제목). 이 조소 작품들은 식물과 동물, 광물 혹은 액체
와 기체, 고체의 혼연일체다. 감정과 감각이 하나의 몸을 얻
고 있다. 이렇게 광물, 식물, 동물의 감각과 감응은 위계 없
이 분리되지 않은 채 멸종된 생물, 융합된 생물의 몸을 구성
하고 있다. "나는 일기를 쓰듯 나의 밖을 나와 접촉, 충돌시
켰고, 다시 그것은 내 손의 주물럭거림이라는 노동 행위를
통해서 현상되었다. 이 작품 전체를 하나의 작품으로 볼 수
도 있지만 부분도 하나씩의 작품, 수백 개의 작품으로 나누
어 볼 수 있는 작품이 되도록 하였다."

나는 오늘 커다란 비닐봉지 속에 든 엄마를 안고 우는
여자를 봤다. 엄마는 병원에서 살기 때문에, 엄마는 바이러
스에 취약하기 때문에 엄마를 안으려면 비닐봉지 속에 엄마
를 넣어야 한다. 비닐봉지 속에서 엄마가 울고, 비닐봉지 밖

에서 비닐장갑을 낀 딸이 엄마의 몸을 안고 운다. 비닐봉지 속에서 수증기가 뿌옇게 올라온다. 아직 살아 있다. 인간 존재에겐 유한한 경계가 있고 우리는 그 경계, 몸에서 산다고 나는 그 장면을 바라보며 멍하니 생각에 잠긴다. 바이러스 앞에서 문학은 무엇인가. 바이러스는 인간을 부정적으로도 긍정적으로도 보지 않는다. 그들은 제 일을 할 뿐이다. 그들은 초월을 모른다. 타락도 모른다. 그들은 개과천선을 모른다. 그들은 우리의 재현 세계를 우습게 본다. 우리의 예술 활동을 우습게 안다. 화가가 그린 원숭이가 썩는다. 고양이 앞의 박쥐가 썩는다. 시인이 그린 숲이 썩는다. 뭉그러진다. 거기서 바이러스가 출몰한다. 그러나 바이러스는 인간을 긍적적으로도 부정적으로도 보지 않는다고 생각하는 건 인간의 생각일까. 그 판단 중지자들이 인간과 함께 이 지구에 있다. 이 바이러스들은 인간적인 것의 부족함으로 존재하는 것이 아니라 그저 존재한다. 자신들만의 진동하는 생기로 존재한다. 인간을 존재하게 하는 가능성의 조건으로 존재하는 것이 아니라 스스로 존재한다. 이 세상 모든 물질은 자신만의 창문을 갖고 있다. 그 창문 내부는 생기로 차 있다. 죽은 새의 생기, 저 금속의 생기, 저 암석의 생기, 저 바이러스의 생기, 저 쓰레기 산의 생기. 그 생기가 나에게도 있다. 마치 다른 생물의 고통처럼, 혹은 무기물의 진동처럼 나에게도 지

　　고통

금 있다. (동물이 인간보다 더 큰 고통과 슬픔을 느낀다고 하지 않는가. 그러나 그들은 적에게 자신의 나약함을 노출시킬까 봐 그 고통과 슬픔을 끝끝내 참는다 하지 않는가. 이 고통과 슬픔을 참는 동물이 내 안팎에 있다. 내 안팎에 매번 처단된 자로 있다.) 나는 이것을 여자짐승사물이라 불러본다. 여자짐승사물은 글쓰기를 통해 구성될 존재이며 어떤 진실이다. 결핍이 아니다. 나는 여자짐승사물의 날개가 이마를 두드리면 새하는 생각, 발바닥을 간질이면 물고기하는 생각, 두통을 심하게 하면 무기물하는 생각. 이것은 상징이나 비유가 아니다. 재현이 아니다. 여자짐승사물은 홀로 내 안에 존재하는 것이 아니라 나와 같이 존재하는 존재니까. 여자짐승사물은 주체로 포섭될 수도 없을 거다. 나라는 여자짐승사물과 너라는 여자짐승사물의 마주침의 끝없음, 넓게 퍼져 나가는 한몸. 나는 네게 전달될 수도 없는 선물인 이 여자짐승사물을 줄 수 있다면 하고 생각한다. 받지 않겠다는데도 주겠다고 애가 탄다. 날개가 돋기를 바라는, 두통을 앓는 돼지처럼 몸서리 친다.

퀸콩의 미묘

베를린의 포츠다머 플라츠 역을 지나간다. 스킨헤드가 헤드셋을 쓰고 지나간다. 신경 쓰인다. 그가 무슨 지령을 받았을까, 다시 돌아온다. 그리고 스쳐 지나가는 척 팔꿈치로 내 명치를 세게 친다. 다른 행인에게 들키지 않는 가격 방법이다. 조금 있다가 같은 방법으로 앞서가는 내 딸의 가슴을 세게 친다. 나는 그를 향해 소리치며 달려간다. 내 딸도 뒤따라 달려간다. 하지만 그도 달려간다. 우리는 구경거리가 된다. 우리는 이 길의 갑작스런 소음이다. 우리는 이 길에서 지금 아시아다. 유럽이 아시아를 관찰하고 있다. 아시아 여자의 소음을 듣고 있다. 아시아는 삽시간에 금이 간 항아리 같다. 아시아는 지금 우리에 갇힌 한 마리 응어리다. 창살 바닥 밑으로 똥이 떨어져 땅바닥에 쌓이지만 아무도 치워주지 않는 원숭이다. 혀를 끌끌 차는 사람이 지나간다. 울음이 터지기 직전의 덩어리 둘이 떤다. 급기야 항아리에 금이 가고 물이 샌다. 말과 논리로 항의할 수 없다는 건 이런 거다. 언어가 없다는 건 이런 거다. 우리는 종당에 한국어로 그를 향해 욕을 퍼붓는다. 그는 잽싸게 달아나 인파에 파묻힌다. 나는 '베를린 문학의 집'에 낭독하러 가는 길이다. 우리는 신고하러 가지 못한다. 시간 맞춰 문학의 집에 가야 하기 때문이다. 문학의 집 대기실 탁자 위에서 나는 내가 아는 모든 국가의 모든 부정어들을 내 한국어 시집 빈칸에 적어본다. 나는 부정한다. 나는 부정한다. 나는 부정한다. 고로 존재하지 않는다. 나는 단상에 올라간다. 그리고 내가 가격당한 얘기로부터 시작한다. 청중이 심각한 침묵 속으로 떨어진다.

부당한 충격에 얻어맞은 몸은 하나의 덩어리다. 풀지 않은 감정 보따리, 공중목욕탕의 웅크린 몸. 태어났으나 형태를 갖추지 못한 것. 내 잘못이 뭔가? 말 못하는 거인. 몸은 점점 더 커다랗게 자라는데 말은 못하는, 그리하여 밖으로 꺼내지 못하는 말 때문에 몸이 점점 커지는 여자, 퀸콩이다. 이 덩어리가 숨을 쉰다. 숨에 덩어리가 찢어질 것 같기도 하다. 우리나라에 도착한 시리아 사람, 무기 앞의 사람이 이럴 거다. 무기 앞의 사람들이 이럴 거다. 우리에 갇힌 침팬지가 이

　　　　　　　덩어리

럴 거다. 우리 인간은 인간의 말을 알아듣는 동물을 더 좋아
한다. 심지어 사랑한다. 몸집은 어마어마하게 커서 눈에 잘
띄지만 미완성인 채 태어난 것 같은 괴물. 이방인. 저것들을
처단하라! 우리의 정체성과 체계, 질서를 어지럽힌, 더러운
저것들을 몰아내라. 그런 소리 없는 외침이 공기 중에 가득
차 있는 것만 같다. 단지 사용 언어가 다른 곳에 도착한 것뿐
인데 목이 거북이처럼 몸속으로 파고든다. 나는 지금 소통을
거부당한 덩어리다. 숨 쉬는 감자다. 물렁한 돌이다. 발에 차
이는 주먹이다. 비단 외국에서뿐이랴. 모국에서도 그러하다.
자신을 이해의 척도로 삼은 저 독자들도 시를 알아듣지 못한
다면서 화를 낸다. 시인더러 수수께끼를 다 풀어달라는 거
다. 대화를 거절당한 뒤 더 명료해지는 이 예민한 덩어리. 그
러나 밖에서 보면, 발로 툭 차면 될, 보이지 않는 곳에서 썩
어주었으면 좋을 이 덩어리. 이 덩어리의 온도. 이 덩어리의
색. 이 덩어리의 불. 이 덩어리의 눈물. 동일성과 정체성 수호
자들과 혈연주의, 지연주의, 가족주의, 국가주의, 민족주의,
순결주의, 가부장제의 대문 밖에서 기웃거리는 불편한 덩어
리의 이 언어. 문밖에서 움찔거리며 서 있으면 언어의 회초
리, 혀를 치켜든 교사들이, 문학 단체들이 달려온다. 그 앞에
서 몸을 안으로 구기고 기다리는 덩어리들. 그 언어들. 핏대
위의 덩어리에서 비명이 터진다. 매일 매월 매년이 덩어리인

채 흘러간다. 문학은 이 덩어리에서 시작한다.

　모국에서도 외국에 도착한 기분은 또 어떤가. 덩어리 하나가 외국어를 헤치고 나아갑니다. 그들의 계단에 덜컥덜컥 걸리며 굴러 떨어집니다. 모두가 나를 보고 있는 듯한 기분. 누가 때릴 것 같은 기분. 내가 창제해서 나만 아는 문자를 쓰는 것 같은 기분. 바닥만 보고 걸어! 빌렌도르프의 비너스님이 21세기의 서울 거리에 나타나다니! 모두 정장 입고 걸어가는데, 습식 사우나에서 갓 나온 것 같은 모습, 안개를 두른 알몸처럼 걸어갑니다. 불편한 형상입니다, 무정형입니다. 왜 같은 장면들은 늘 떠올라 덩어리의 팔다리를 몸속으로 더 깊이 파고들게 할까요? 덩어리의 외부와 내부는 왜 똑같이 생겼다고 느껴지게 할까요? 상처로 차곡차곡 쾌고감수 능력을 쌓아 올린 이 덩어리. 연상을 좋아하는 모호한 익명의 덩어리. 매일매일 변형을 겪어서 죄송합니다! 앞으로는 구체적이고 사실적으로 써! 혁명은 우리 것, 손대지 마! 하고 손가락질을 받았으나 그 엄혹한 세상을 향해 해체! 마리나 츠베타예바에게 모국어가 있었을까요? "[저에게] 시를 짓는다는 것은 항상 제 모[국]어를 다른 언어로 번역한다는 뜻입니다. 그 언어가 프랑스어든 독일어든 그것은 중요하지 않습니다. 그 어떤 언어도 모[국]어가 아닙니다(Keine Sprache ist Muttersprache). 시를 짓는다는 것은 따라 짓는다[늦게 짓는다]는 것입니다(Dichten ist nachdichten.) 이 때문에 저는 사람들이 프랑스 시인, 러시아 시인, 또는 무슨 나라 시인 어쩌고 하는 얘기를 이해할 수 없습니다. 어떤 시인이 프랑스어로 시를 쓸 수는 있습니다. 그러나 그가 프랑스 시인이 될 수는 없습니다. 그렇게 말하는 것은 우스운 일입니다."[1] 덩어리 시인들에게 국적이란 없다. 민족, 국가란 것은 없다. 하지만 '나'라는 이 고깃덩어리에게 원산지는 있겠지.

내 우울한 거울 속에 연분홍색인지 장밋빛인지 고깃덩어리가 하나 앉아 있다. 그러나 말갛게 씻은 얼굴. 매일매일 달력에 동그라미를 그리는 덩어리 하나. 나와 너를 연결하고 싶어서 동그라미를 그려보는 것일까. 내 글쓰기의 포즈. 내 웅크림을 하나로 굳힌 것일까. 내 휘청거림과 떨림을 지속적으로 붙잡은 것일까. 동그라미를 그리면 편안해진다. 이제 만다라를 시작해야 하는 것처럼. 이제 내 마음이 단순해진 것처럼. 시는 이 동그라미를 그리는 것으로부터 시작한다. 내 지옥 위에 그린 동그라미 하나. 이 동그라미가 입체로

---

1   츠베타예바가 라이너 마리아 릴케에게 보낸 편지(Asadowski, *Rilke und Rußland*, p. 409)의 일부. 대니얼 헬러-로즌의 『에코랄리아스』(조효원 옮김, 문학과지성사, 2015)에서 재인용.

일어선다. 고통의 몸을 반죽하여 말아놓은 것. 덩어리. 비정형인 것. 그렇지만 이 덩어리는 고착은 아니야. 원뿔 모양도 아니야. 그러나 애꿎은 것. 귀신 씨나락 까먹는 것. 콧구멍이 두 개 뚫린 것. 이것인가 하면 저것인 것. 저것인가 하면 이것인 것. 노른자와 흰자인가 하면, 그 끈적거리는 것들이 수북이 쌓인 것. 매일매일 껍질이 벗겨지는 이 수많은 알의 시간. 노른자와 흰자의 시간, 네가 긴 새끼손톱을 세워 노른자를 찌그러트리고 싶겠지만. 가득한가 하면 텅 빈 것. 구름인가 하면 백설인 것. 거기서 뭐 하니? 하면 이미 돌아다니는 것. 매일매일 동그라미를 그렸지만 사실 굴레인 것. 구름인가 하면 곰인형인 것. 상실 주변, 이별 주변, 흉터 주변. 모든 주변들에서 흐느끼는 나의 입방체동그라미. 내가 티베트의 포탈라궁에서 본 입체 만다라 같은 것. 이제 놓아줘! 해도 존재하는 것. 존재하는 것이라고 하면 이미 놓아준 것. 위험에 처한 것. 비난과 갈망인 것. 격렬한 폭력을 간직한 것. 어느 순간엔 내 몸이라고 생각했지만, 몸이 마음이라고 생각했지만, 내 생각은 사슴의 뿔[生角]처럼 자르고 나면 다시 자라는 것이라고 생각했지만, 들키고 싶지 않은 것. 그 덩어리가 거울 속에 앉아서 끈적거리고 있다. 달처럼 어두운 곳에서 혼자 떠오르고 있다. 손가락질받고 있다. 만국의 거울들이여, 사라져다오!

　　　　　덩어리

그 남자 작가는 "사랑이나 섹스 대신 덩어리"라는 표현을 쓴다고 한다. 그 작가는 "섹스라는 말로는 그 관계를 설명하지 못하겠다"고 한다. 그 작가는 그 표현이 "완벽한 소유에 대한 욕망, 너와 나를 넘어서는 더 큰, 더 완전한 소유, 그래서 완전한 허공에 가까워지는 것에 대한 욕망이 기반인" 것이라고 한다. 그것은 "죽음에 대한 욕망과도 같다"고 한다. "주인공이 죽은 순간이야말로 완벽히 그들이 그들을 소유했던 순간"이라고 한다.[2] 그러면 여자독자는 묻고 싶어진다. 그때 상대방 여자는 뭐라고 하던가요? 같이 덩어리 안에 있으니, 좋아! 같이 죽어서 좋아! 라고 하던가요? 그 여자에게 언어를 주면 안 되나요? 혼자 '덩어리 하시면' 안 되나요? 왜 항상, 여자와 함께 덩어리 하시나요?

폭행을 당한 몸은 하나의 덩어리다. "처음에 당한 상처는 정말 큰 충격으로 가장 기억에 남았다. 갑자기 기차가 멈춰서더니 한 떼거리의 일본군이 기차로 몰려와서는 억지로 문을 열었다. 일본군은 여자들을 모두들 들판으로 끌어내어 윤간을 했다.... 여자들이 죽어라고 반항하자 일본군은 칼로 위협하고 총대로 마구 때리기 시작했다. 그때 나는 일본군에

---

2 「존재의 심연에서 발견한 '덩어리'의 풍경」, 『자음과모음』 2014년 가을호.

게 맞아 온몸에 상처가 나고 온통 피투성이가 되었다. 나중에는 완전히 마비된 데다 사람도 멍해져서 어떻게 해야 할지도 알 수 없었다."[3] 이 섬세하고 미묘한 몸을 덩어리로 빚는 저 군인들의 총과 칼.

집 안에 갇힌 여자는 자신을 덩어리로 여긴다. 당신이 나를 덩어리로 여기니 나도 나를 덩어리로 여긴다. 나는 나를 만든다. 부엌데기이니 음식으로 만든다. 매일 만드는 것마다, 덩어리, '나'다. "이제 그 여자는 하얀 몸을 가지게 되었다. 접시 위에서 부드럽고 달콤하며 약간 음란해 보이기까지 했다. 여자는 밝은 분홍색 크림을 이용하여 케이크에 옷을 입히기 시작한다. 먼저 작은 비키니를 그린다. 짧은 재킷도 그린다. 이제 평범한 수영복 차림이 되었으나 여전히 그녀가 원하는 것은 아니다. 여자는 원하는 옷차림을 위해 위아래 크림을 올린다. 풍만한 가슴을 위해 주름을 붙이고 목과 옷에도 붙인다. 미소 띤 분홍색 입술과 맞게 분홍색 신발을 신긴다. 마지막으로 다섯 개의 손톱을 불분명한 손 모양에 붙인다." 그리고 그 여자의 말이 이어진다. "당신이 훨씬 좋아할 나 대신의 모양을 만들었어요. 포크를 갖다 줄게요."[4]

3   일본군 위안부 e 역사관, 일본군 위안부 피해자 김의경 증언, 1918년 11월 14일 경기도 경성 출생, 1938년 동원, 2006년 신고.

4   Margaret Atwood, *The Edible Woman*, McClelland and Stewart, 1969.

전태일에게 그건 굴려야 하는 것. 평생 밀고 가야 할 어마어마한 것. 그가 끝까지 굴릴 수 없으니 우리가 그의 뒤에서 굴려야 하는 것. 갱지에 꾹꾹 눌러쓴 글씨들. "그대들이 아는 그대들의 전체의 일부인 나./힘에 겨워 힘에 겨워 굴리다 다 못 굴린, 그리고 또 굴려야 할/덩이를 나의 나인 그대들에게 맡긴 채./잠시 다니러 간다네. 잠시 쉬러 간다네./어쩌면 반지의 무게와 총칼의 질타에 구애되지 않을지도 모르는, 않기를 바라는, 이 순간 이후의 세계에서 내 생애/못다 굴린 덩이를, 덩이를, 목적지까지 굴리려 하네/이 순간 이후의 세계에서 또다시 추방당한다 하더라도/굴리는 데 굴리는 데/도울 수만 있다면 이룰 수만 있다면."[5]

제 몸에서 말미잘처럼 가득히 줄을 꺼내놓은 여자가 종이 위에 적고 있다. 덩어리 화자다. 이 줄들로 과거와 미래를 이어놓고 있다. 저 깊은 곳에서 사건들이 올라온다. 감정들이 생생하다. 붕대와 반창고로 칭칭 감은 얼굴처럼 안으로 향한 얼굴. 눈은 없지만 촉각이 다족류처럼 안으로 뻗어서 시간의 지층을 탐색하고 있다. 들킬 것 같은 초조와 말해버리고 싶은 방심이 갈등한다. 덩어리는 매번 생성하지만 그

<hr>

5   전태일의 「유서」의 일부.

걸 알아차리는 사람이 있을까? 세계와 만난 덩어리의 글이 시작되자 덩어리는 뭉그러지고, 흘러내리고, 좌절하고, 발로 툭툭 차이면 굴러간다. 스스로에게조차 억압된 것. 여성 작가들이여! 여성의 신비 속에 숨긴 이 덩어리에서 매일 조금씩 뽑은 피로 둥근 공을 만들어라. 그리고 이 검은 공을 발로 차며 놀아라. 피로 만든 공들이 굴러다니는 정원. 나에게서 나온 덩어리가 나를 뒤덮어버릴 때까지. 나는 덩어리를 만들고, 덩어리가 나를 뒤덮고, 나는 여기서 꼼짝달싹 달아나지도 못한다. 대실패의 정원. 내 몸들의 정원. 이 덩어리를 물에 집어넣어보아라. 만약 이 덩어리가 떠오르면 너는 마녀다, 비명을 질러도 마녀다, 가라앉으면 일단 죽은 여자니 그나마 다행일까. 몸의 윤곽이 사라지고 헤아릴 수 없는 질식의 감응만이 물속에서 물결치는 밤. 쫓기며 허덕이다 꿈을 깬다. 다시 적어나간다. 옷매무새를 가다듬는다. 다행이다. 그러나 다시 손가락 사이로 발가락 사이로 핏덩어리를 만들 피가 차오를 때까지. 덩어리들 안으로 촉수들이 자란다. 덩어리 화자의 글쓰기. 물렁물렁한 이 묘비석으로 쓰기.

불덩어리
살덩어리
달덩어리

 덩어리

메아리
옹알이
벙어리

덩어리는 빚어지기 전의 그 흙과 같은 성분으로 말하고 싶다. 물과 불과 바람을 나르고 싶다. 기원을 다시 시작하고 싶다. 나를 네 시선으로 빚어놓고 감상하는 자여, 감상을 거절하노라. 내 몸이 내 몸에 갇혀 있는 것처럼 말하지 마라. 내 얼굴과 몸의 형태와 색깔이 어떻다고 말하지 마라. 나는 그 누구의 손길로도 빚어지지 않은 것. 나는 네가 묘사할 수가 없는 것, 네가 이름 지어 불러서는 안 되는 것. 내밀한 덩어리. 포츠다머 플라츠역의 스킨헤드여! 네가 나를 때리면 나는 내밀한 덩어리가 된다. 단단하지도, 더 풀어지지도 않는 이 덩어리. 세상에 존재한 적이 있는 모든 것들의 자화상의 기원은 이런 모습일까. 나, 덩어리로서 말하노니 지금 네게 판단을 불허하노라. 나는 이미 네게서 두들겨 맞자마자 덩어리다. 나는 네게서 말해지자마자 네 가슴속 응어리다. 나는 네게서 차별받자마자 덩어리다. 나는 이제부터 네게서 일평생 불쾌하게 솟아오르는 덩어리가 되고 싶다. 나는 너를 영원히 불편하게 하고 싶다. 네 안에 있어서 오히려 네가 꺼낼 수 없는 것이 되고 싶다. 네가 원하지 않을 때 치밀어 오르는 얼굴이 되고 싶다. 덩어리는 너의 외톨이. 너의 부정. 네게서 치미는 것. 너의 공포. 나는 네가 매일 갇혀 있는 기분이 들게 할 거다. 이미 도래했으나 보이지 않고 들리지 않아 매일 밤 악몽을 꾸게 하는 네 안의 여자짐승이 될 거다.

덩어리는 심장병이야, 뇌병변이야, 안질이야, 악성종양이야, 히스테리야, 정신병이야. 덩어리는 명사가 아니라 조사야, 전치사야, 접속사야, 관계사야. 부사가 내뿜는 기운이야. 네 말 이전이야. 덩어리는 질료도 형상도 아니야. 모국어 속에서 우리는 깨졌어. 망가졌어. 구겨졌어. 부패했어. 뭉그러졌어. 나는 함몰에 이은 응축이야. 구체야. 덩어리는 떨림과 억울과 말할 수 없음과 실패로 뭉쳐진 비유기적인 것. 오늘 '나', 이 덩어리가 옮겨 놓을 수도, 들 수도 없게 저 산山만 하게 부푸는구나. 네가 측량할 수 없는 내 커다란 그림자를 보아라. 하지만 어느 한순간도 동일한 모습의 덩어리는 없어, 반복은 없어. 나는 질료적 생성이야. 나는 매일매일 저 산처럼 저 하늘처럼 그 모습이 다르게 변하는 여자야. 내가 이 덩어리에 구멍을 두 개 뚫어 생기를 내뿜게 해야겠다. 이 산만 한 덩어리가, 여자짐승처럼 꾸불텅거리며 숨을 쉬게 해야겠어. 네가 나를 창조하지 못하게 해야겠어. 네 앞에서 거대한 킹콩이 스스로 일어서게 해야겠어. 수중 마스크를 쓰고 말하는 것처럼 울먹거리며 시작하게 해야겠어. 이제 저 산보다 더 커진 덩어리 속에서 세심함이 차오르는구나. 퀸콩이 손바닥 위에 불쌍한 '저 자신'을 올려놓고 바라보는 눈길, 골똘히 세심하다. 이 세심함을 무엇이라 할까. 정동이라고 할까. 미묘함이라고 할까. 비밀이라고 할까. 외국어로는 다 얘기할 수 없는 막막함이라고나 할까. 아무것도 의미하지 않는 이 미묘함, 이 덩어리의 미묘가 나를 쓰게 하는 걸까. 덩어리는 영원한 원형, 혹은 어머니 像의 기원. 덩어리 안의 촉수들이 산호들처럼 흔들린다. 엄마와 나의 미묘한 촉수들이 이무한 만남을 바닷물 속에서 견디고 있구나. 이 촉수들의 동작. 이들이 전부 쓰고 있다. 그러니 때리지 마라, 걷어차지 마라. 이 덩어리 속에 꿈틀거리는 것이 있다.

사 이

사 이

나의 오늘 얘기의 제목은 우리의 대화 제목으로 주어진 '사이 어딘가에somewhere in between'를 부사화한 '희稀, barely'이다. '희'는 희미한 희끄무레한 희한한이다. 사이는 가득 차 있지 않다. 사이는 드문드문하고, 조각조각으로 나뉘어 있고, 혼재되어 있고, 채우려고 하면 사라지고, 미끄러져버린다. 그 안에 보이지 않는 그러나 보려고 해야 보이는 누군가가 있다. (나는 이 글을 통해 한 시인이 어떤 사이를 통과해 한 편의 시에 이르는지, 그 과정을 서술할 것이다.)

더구나 한국어 사이는 '새'이다. 밤새 틈새 잇새라고 할 때의 사이, 새이다. 한국의 무당들은 사이 새와 날아가는 하늘의 새, 사악할, 간사할 사邪를 '새'라 부른다. 그래서 신들을 청할 때 이런 신청궤가 가능해진다. 옥항은 부엉새 지알에 도닥새 영낙엔 호박새 준주새 마을새 안당에 노념새 밧당에 시념새 총돌기 알롱새, 이 발음기호로 새라 불리는 것들은 새의 이름이기도 하고, 악귀 사탄의 이름이기도 하고, 사이의 이름이기도 하다. 그것을 신과 사람 사이의 존재가 청하는 거다. 당신과 나 사이 시간적 빈틈을 조류 새라고 부르거나 사탄이라고 부를 수 있겠다. 이 새를 천사라고도 부를 수 있겠다. 사람과 사람 사이의 관계, 명사와 명사 사이를 이어주는 조사들을 천사들이라고 불러볼 수도 있겠다. 새들은 사탄의 노래를 불러 사이 시간으로, 우리의 고통의 뼈가 널부러진 사막으로 우리를 부른다. 우리가 예술 작업을 한다고 할 때, 나의 『날개 환상통』에서처럼 이런 여러 새들을 묘사, 서술, 제작한다고 할 수 있겠다. 우리의 작품은 그 새들을 사유한다. 물론 나도 그 새를 쓴다.

우리는 작품을 제작하면서 우리가 육안으로, 관념으로 재단해온 사이를 응시한다. 인간이 차별하기 위해 구축해온 응시의 메커니즘을 벗어난 응시이다. 당신과 나 사이의 층계, 그 층계를 펼치면 아마 저 우주만큼 크고 내밀한 세계가 열릴 거다. 세상에서 제일 넓은 장막이 펼쳐질 거다. 그러면 우리는 그곳으로 우주선을 보내는 거다. 어쩌면 구조 신호를

사이

보내는 걸지도 모른다.

나는 언젠가 문학을 하려는 학생들이 있는 나의 클래스에서 '희미한, 희끄무레한, 희한한', 이런 제목의 글쓰기 과제를 주었다. 이것은 사이를 부르는 것과 같은 글쓰기가 될 거라고 그들에게 설명했다.

직접 경험은 카메라가 하고, 화면이 한다. 더이상 매일매일 번역할 경험은 증발하고 없는가보다.

이번 학기엔 '희미한, 희끄무레한, 희한한', 이런 제목의 과제를 주었다.

이를테면 본인이 오늘 희미하게 지나친 일, 혹은 오늘 희미하게 스쳐가버린 풍경을 나중에 적어보는 것.

시의 말은 어디에 어스름하게 숨어 있다 이렇듯 호흡을 타고 깜빡깜빡 나오는지, 시의 말을 타고 희미하게 숨쉬는 빛은 어떻게 운행해나가는지.

떠도는 영혼이 엎어진 것 같은 사위는 어디로 떠나갔는지.

희

희끄무레하게 뇌리 속에 숨어 있는 사후事後의 정경은 어떠한지.

그렇다면 언어를 타고 나오기 전, 내면적 풍경들 속을 잠영하던, 지나간 시간은 어떤 작동을 거쳐야만 다시 출현하게 되는지, 어느 것은 출현하고 어느 것은 숨어버리는지.

신음하던 빛은 어느 순간 언어의 첫 몸, 그 분홍빛 알몸을 얻는지, 그러나 언어에 얹어지면 얹어질수록 왜 그리 희미한지.

언어가 깨어나기 전, 이미지와 의미와 소리로 분리되기 전의 모습은 어떠했을지(엑토플라즘 같았을지, 비체들이었을지).

길이 없어서, 몸이 없어서, 대답이 없어서 아름다운 것이라고 생각하면서 저녁노을을 바라본다.

저녁의 글 속에 들어온 사위는 흐릿하다. 마치 세상과 이별할 때 뿌리는 향수가 있다면, 그것이 내려앉은 것처럼 희끄무레하다. 죽은 사람이 생전에 세상에 남기고 간 움직임들처럼 희미하다.

 사이

유령의 희미한 빛.

침묵의 희미한 빛.

알몸의 희미한 빛.

오늘밤, 않아의 꿈이 않아의 뇌를 비추는 희미한 빛.[1]

(나는 학생들을 향해 다음과 같이 덧붙인다.) 희미한, 희끄무레한 당신과 나 사이의 빛 안에 내가 보내버린, 내가 외면한, 내가 참여하기를 꺼린, 어떤 희한한 흔적의 존재가 숨어 있는지 살펴본다. 나누어진 패러다임들 안에 무엇이 있는지 살펴본다. 그것들의 사라짐을 목격한다. 그리고 그사이 존재는 내가 떠나보낸 시간들 속에 어떻게 웅성거리고 있는지 적어본다.

예를 들면 너무 높아서 산소도 부족한 설산과 나 사이에, 그 사이의 존재를 형상화해보라고 하면 여러분은 무엇을 그려놓겠는가? 나는 아주 오래전에 티베트를 여행한 적이

---

[1] 김혜순, 「희미한 희끄무레한 희한한」, 『않아는 이렇게 말했다』, 문학동네, 2016. 이 책의 글들은 시산문Proem이라 할 수 있는데, 시와 산문의 중간 형태로 쓴 것들이다.

있다. 나는 그 여행의 목적을 설인, 예티 같은 것으로 불리기도 하는 눈의 여자, 그 여자의 흔적을 찾아보는 것에 두었다. 나는 고산증이 몰려올 때마다 내가 그 여자가 된 건 아닌가, 내가 그 모습조차 존재조차 희박한 여자가 되어가는 건 아닌가 생각했지만 아무튼 벽화나 그들의 문헌, 그들의 증언 같은 곳에서 그 흔적을 발견하기를 원했다. 마치 그 여자는 내가 흘려보낸 시간들 속의 존재처럼 그 속의 나처럼 희끄무레했지만 그곳에서 나는 모든 나의 시선과 대화에서 그 눈의 여자를 올려놓아보았다.

그들은 우리나라 최초의 원시공동체들이 자신들의 공동체를 '여성적'인 것으로 상정하고 추석에 신게 노래를 바쳤듯이 자신들의 공동체의 본모습을 하나의 여성적 화신으로 발명했다. 그러기에 감각과 의미, 동물과 신 **사이**에서 어정쩡한 존재자로 살아가는 자신들의 변신을 향한, 가리고 싶은 욕망을 반영한, 그 화신이 그년/눈의 여자일 것이다. 그리고 그 욕망을 하대해 눈의 여자를 상스러운 '그년'이라고 부르며 조롱하는 것일 것이다. 그년/눈의 여자의 존재성은 초월적이기보다는 초자연적이다. 문명으로 익힌 것이기보다는 자연의 날것이다. 그년/눈의 여자는 이곳 밖의 사람들이 말하는 '진화', 여자의 가장 낮은 단계에 숨어서 이곳 사람들의 그리움, 소망,

    사이

두려움을 감싸고 있다. 마치 창녀 같으나 어머니처럼. 그리하여 이곳 사람들이 그년/눈의 여자에 대해 말하거나, 혹은 말을 삼가는 것 자체가 '더러운 성스러움'이 되는 것이다[2]

시간과 시간 사이, '사이'가 있다. 역사는 뒤돌아서서 걷고 무엇이 남았는가. 여전히 재난만이 남았다. 재난에 휩쓸려 죽어간 아이들의 몸을 담았던 흰 자루만 남았다. 물에 젖은 흰 관만 남았다. 그들의 죽음 앞에 나의 중얼거림이 남았다. 나의 불안이 남았다. 그럼에도 나는 이 죽음들과 함께 가야 한다. 나와 죽은 이들과의 작별의 공동체를 형성해야 한다. 작별의 공동체 안에 있는 영토는 어디에도 없는 사이의 영토일 거다. 보이는 세계와 보이지 않는 세계의 사이, 침묵이라는 사이, 순간이라는 사이, 침투가 불가능해 보이는 개인과 개인, 그 사이를 바라보라. 사이 안에 '눈의 여자'처럼 한 여자가 있다고 하자. 재난의 되풀이 속에 그 여자가 있다고 하자. 돌아온 미래에 한 여자가 있다고 하자. 그 여자의 이름을 '희'라고 하자. 혼자이지만 여럿인 여자, '희'. 여럿의 영혼으로 똘똘 뭉쳐진 여자, 희. 여자들이 하나씩 다 간직하고 있는 여자, 희. 주먹 속의 손가락처럼 숨어 있다가 태풍

2   김혜순,『여자짐승아시아하기』, 문학과지성사, 2019, p. 55.

처럼 커지는 여자. 우는 여자, 희. 한눈에 볼 수도 없고, 만질 수도 없고, 그러나 그 여자가 여기 있다는 것을 나는 알고 있다. 희는 들리지 않고 보이지 않는 것의 상형이다. 희는 정의할 수 없고, 가둘 수 없다. 희는 나의 글쓰기로 인해 앞으로 나아갈 수 있다. 나는 희의 무한을 펼쳐야 한다. 결핍의 무한, 무아無我의 무한. 이때 무한은 희에게 내재된 것이다. 사물과 사물의 틈새, 사건의 틈새를 펼쳐서 그 사이를 거대하게 하는 중간처럼. 희가 사물들이 숨을 쉬도록, 언어가 숨을 쉬도록 한다. 앞으로 나아가게 하는 발걸음은 희 안에 이미 있었다.

희는 희미하고 연약한다. 겨우 보인다. 깜빡거린다. 끊질기다. 모호하다. 자정의 거리에 모여 앉아 있는 수천 명의 사람들의 눈빛으로 만든 치마를 입고 있다. 우리의 삶 곁에서 느닷없이 쫓겨난 사람들의 눈빛. 제대로 애도조차 받지 못한 사람들의 눈빛. 더 이상 낮에 존재할 수 없게 된 자들의 눈빛. 그 눈빛을 모은 희미한 빛만큼만 밝은 여자. 그러나 그 눈빛들은 미미하나 취약하지 않다. 이 빛은 어디든 잠입할 수 있다. 나를 뚫고 지나갈 수 있다. 고체를 지나갈 수 있다. 사이의 희는 어디든 지나갈 수 있다. 희 때문에 우리는 침투 가능한 존재가 된다. 희는 우리가 역사라고 부르는 사건들의

　　　　　사이

어떤 징후이다. 또한 사후의 고발이다. 희를 유령이라고 부를 수도 있다. 유령은 나의 응시에 의해 태어난다. 유령에겐 시공간이 혼재한다. 유령은 역설적이게도 부활을 꿈꾸지 않는다. 유령은 어떤 불가능성이다. 사이의 희가 유령처럼 끝끝내 보여주려고 하는 것이 바로 존재하나 부재하는 이들의 눈빛으로 만든 희끄무레한 빛이다. 그것으로 만든 치마다. 이 빛이 사이를 드러나게 하고, 차이를 감각하게 한다. 이 미약한 희의 치맛자락, 어둠 속에 앉은 사람들. 절멸당하고, 미래를 빼앗긴 사람들. 고난의 꽁무니를 쫓는 사이의 희가 드러내고자 하는 것, 사이의 구원이 아니라 사이에서 조각나고 있는 것들을 향한 어떤 '하기'. 사이에 살게 된 이들을 끝끝내 애도하기. 끝끝내 부활하지 않고 살아 있게 하기. 이 유령들로 내 어깨가 묵직하다.

희의 모습은 진화를 거듭한 바이러스처럼 혼종적이라 할 수 있다. 쓰레기로 뒤덮인 풀밭처럼 다양체라 할 수 있다. (전 세계의 쓰레기여 단결하라!) 내적 실재에서 솟구쳐 오른 희의 모습은 정확히 그려낼 수 없지만, 산발적으로 나타나고 다시 나타나는 연약하고 미약하며 취약한 존재로서의 다양체의 모습이다. 그렇지만 희는 바이러스처럼 나라는 숙주 없이 존재할 수 없다. 희는 물질적인 것과 비물질적인 것이 서로가 침범되고, 서로가 서로에게 결합된 모습이다. 희는 비규정성과 불확실성, 불가능성의 존재이다. 희는 사이에 존재하면서 사이를 지나가는 존재이다. 희는 도표와 그물에 포섭되지 않는다. 희가 지나가면 장소들이 산 자와 죽은 자를 구별해 대접하지 않는다. 장소들이 장소성을 벗는다. 쓸모와 비쓸모, 인간과 비인간을 구별하지 않는다. 가로수들이 푸들푸들 떨다가 사람들처럼 걸어간다. 포유류가 양치류로 녹아내린다. 우리는 식물로 돌아간다. 죽은 사람들이 다시 등장한다. 모든 것의 모든 체인질링. 그들이 함께 걸어간다. 그 걸음 소리가 수백만 마리 새 떼의 울음소리, 진동하는 소리 같다. 희가 단 한 명인 것처럼 새 떼의 모습으로 날아오른다.

　　[……]

　　눈동자의배꼽신. 팔뚝의귓바퀴신.

　　고구마무릎의사과씨신. 돼지발톱의병아리신.

　　꿈꾸는물방개의물푸레나무신. 어여쁜아가씨의뒤꿈치발톱신. 개미귀신의고양이눈깔신. 쥐구멍의고양이몸뚱아리추깃물신. 총체흔드는아줌마팔뚝의코끼리신. 프레온가스처럼터져나오는침방울. 사자의썩은입냄새보다더굴욕구역질침샘신.

　　[……]

　　전 세계의 돼지여 단결하라 신. 전 세계의 고양이여

버터가 되자 신. 손목들이여 팔뚝을 탈출하라 신.

축구 선수 입에서 튀어나오는 욕설 무더기 고등어 시체 신.

[……]3

최인훈의 소설 「바다의 편지」4에서는 물고기의 목소리를 듣는 화자, 물고기와 화자와의 혼종성이 드러난다. 이 소설 같지 않은 에세이 소설은 잠수함을 타고 간첩 임무를 수행하러 내륙으로 침투하다가 남한의 포격으로 목숨을 잃은 젊은이가 어머니에게 보내는 편지 형식이다. 그는 이미 수장 후 백골이 되어서 삶과 죽음의 사이에 있으며, 현실과 비현실의 사이에 있다. 그는 물고기 떼의 일부가 드나드는 구멍이 되었으며, 백골은 이미 곤충처럼 세 부분(머리, 몸통, 꼬리)으로 나누어진 상태이다. 그는 단독성이 해체된 상태로 누워 "나는 마침내는 하나임을 느끼지 못하고 말 때가 오래지 않아 오게 될 것이다. 여기저기 누워 있는 나. 여기저기 흩어진 나. 역시 여기저기 누워 있는 나라고 하는 것이 좋겠다"고 독백한다. 그는 죽음과 삶 사이, 남과 북 사이, 현실과

3　김혜순, 「전 세계의 쓰레기여 단결하라」, 『당신의 첫』, 문학과지성사, 2008.

4　최인훈, 「바다의 편지—사고실험으로서의 문학」, 『황해문화』 2003년 겨울호. 이후 작품집 『바다의 편지—인류 문명에 대한 사색』(삼인, 2012)에 수록.

환상 사이, 알과 물고기 사이, 온갖 사이의 존재이다. 그는
"아버지와 나라 사이에" 있었던 "말하기에 무서운 어떤 일"
때문에 남파 중이었다. 그는 자신의 몸으로 어떤 빚을 갚기
위해 남한에 침투해서, 알고 싶은 것을 알기를 원했으나, 이
제 아무것도 할 수 없는 상태가 되었다. 그는 남과 북 사이
바다의 빈틈에 잠겨서 '후세의 어느 순간에 그곳이 흰 돛배
들이 노니는 공간으로 변하기'를 바란다. 소설가는 소설의
앞부분에서 백골 화자를 등장시키고, 뒷부분부터는 잠언의
폭탄을 독자에게 투척한다.

그는 사이 존재로서의 개인의 서사는 차츰 버려가면서
일종의 하늘과 바다 사이의 무당이나 그 무당에 얹힌 혼백이
되어 세상의 모든 소리, 고통과 비명을 듣는다. 그러나 "물
고기들이 여기저기의 나를 건드리고 지나가는 어떤 순간 나
는 백골 쪽이 아니고 물고기들 쪽으로 옮아가서 내 백골을
건드리면서 헤엄쳐가는 느낌이 내 것이 되어 있음을 깨닫고
놀란다"고 사이 공간에서의 존재의 전이를 경탄한다. 그러
나 자신이 물고기로서의 존재의 전이를 느끼게 된 것은 "한
줄의 시를. 참다운 한 줄의 시를 아무도 쓰지 않기 때문"이
라고 덧붙인다. 그는 끝끝내 심해에 누워 시, 지구처럼 생긴
단 한마디 말을 찾는다. "무한한 시간 저쪽의 자기의 전생의
기억을 떠올릴 수 있는 능력을 가진 상태로 우리를 또 한 번

등장시키리라고 말할 시인"의 탄생을 기다린다. 그는 남과 북 사이에서 백골이라는 소멸 직전의 화자의 독백을 통해 죽음과 문명을 해체하고자 한다. 한 시인이 지구를 한마디 말로 규정할 수 있는 언어를 발설하는 것은 그것이 한 시인의 의식에서만 나온 것이 아니라 시간과 벽을 넘어 들려오는 어떤 사이의 목소리일 수도 있다고 그는 믿는다. 독백하는 화자는 죽었으나 죽지 않았다. 혼란스러운 것 같지만, 혼종적 주체로서의 사이 화자의 모습이다. 결국 소설 속에서 사이 화자는 남과 북을 넘어 한 편의 시를 원한다. 소설『광장』의 이명준은「바다의 편지」의 백골이 되어, 남과 북 사이에 누워 한 편의 시를 기다리고 있다.

여기에 하나의 사진이 있다. 죽은 아기들을 들고 행진하는 사람들의 사진이다. 죽은 아이를 씻기는 사진이다. 그리고 이 사진과 나 사이가 있다. 희가 거기 있다. 희를 여러 곳에 동시에 출몰할 수 있게 하는 것. 그것이 나의 상상력의 역할이다. 나와 사진 사이에 상상이 있다. 상상력은 단독성을 다양성으로 연다. 나의 상상이 한 여자를 여럿으로 만든다. 여러 희들을 여러 사이에서 일어서게 한다. 희는 하나의 슬픔으로 모든 것을 슬퍼할 수 있다. 슬픔이 분노 뒤를 따라온다. 마치 물고기 떼처럼,『날개 환상통』의 새 떼처럼. 그들은

희

각자 하나이지만 집단으로 하나이다. 상상의 희는 다른 층위와 다른 차원의 희이다. 그렇지만 희는 사건들이 고향이다. 나는 어떤 의미로도 귀결되지 않으면서도, 자신의 존재성을 마음껏 향유할 수 있도록, 텍스트 내에서 희를 살아가게 해야 한다. 이렇게 하는 것으로 상상하는 것이 정치하는 것이 되게 한다. 일종의 저항이 되게 한다. 희를, 그 사이의 희를 텍스트 안에서 살아가게 하는 것, 희의 자유를 펼쳐주는 것, 그것이 나의 투쟁이 될 거다. 왜냐하면 희는 하나의 슬픔으로 모두를 슬퍼하기 때문이다. 사실 내 일생 전체가 나를 지나쳐간 상상이 아니었던가. 사진을 보는 사람의 두 눈 위에 피의 장막이 내려온다.

이미지는 틈이다. 구멍이다. 작은 구멍, 큰 구멍이다. 글을 쓸 때의 나는 나의 바깥, 이미지에 유배된 존재이다. 이미지는 시인이 머무는 자발적 인질의 감옥이다. 시인의 실존은 그 틈, 사이에의 영어囹圄에 해당한다. 이 이미지 감옥의 시인에게는 분노의 총알이 하나 박혀 있다. 이 감옥, 주변, 빈틈, 구멍을 하나의 세계로 만들기 위해서는 투쟁(하기)이 필요하고, 이 투쟁이 바로 글쓰기가 된다. 분명한 모든 것으로부터의 박탈의 존재가 되는 투쟁, 자아가 흐릿해지고, 소멸된 상태에 이르는 투쟁. 이렇듯 유동하는 이미지에의 실존이

　　　　사이

강력한 저항이 되게 하는 투쟁. 나는 낯선 하나의 육체, 하나의 장소를 나의 바깥에 부여한다. 나는 여기에 없다. 슬픔에도 없고 기쁨에도 없다. 그러나 내가 나의 가장 내밀한 부분, 그곳에 이르려면 이 사이의 희를 '시하게I do Poetry' 해야 한다. 이 사이의 희는 '백마하거나I do Whitehorse' '돼지I do Pig할' 수 있다. 백마가 검은 피아노 속으로 들어간다. 달린다. 이미지에서 안과 바깥이 결합한다. 바깥은 안의 반대가 아니다.

구멍은 자주 안과 밖을 뒤집는다. 내장이 밖으로 흘러넘치고, 피부가 안에서 헐떡인다. 구멍이 있으므로 우리는 그렇게 변신할 수 있다. 구멍은 나의 바깥이다. 목구멍부터 항문까지 나의 바깥이다. 폐는 나의 바깥이다. 콧구멍부터 폐까지 나의 바깥이다. 나는 구멍을 벌리고 구멍 위에 앉아 배설한다. 나의 구멍 아래 파이프는 전 세계로 연결되어 있다. 우리는 각자 떨어져 있으나 세상의 구멍은 우리의 위아래 연결되어 있다. 이미지는 가까이 있으면서도 먼 곳이다. 왜냐하면 이미지가 우리의 현실을 탈구축하기 때문이다. 이미지는 어느 곳도 아니지만 저 먼 곳을 내다보며 서 있을 수 있는 구멍이다.

구멍을 위한 구멍에 의한 구멍에 대한 사랑. 나는 사랑을 말하는 척하면서 구멍을 쓴다. 나는 슬픔을 말하는 척하면서 구멍을 쓴다. 나는 당신을 말하는 척하면서 구멍을 쓴다. 나는 나를 말하는 척하면서 구멍을 쓴다. 나는 구멍에 의한 구멍을 위한 구멍의 글을 쓴다. 쓰다 말고 나는 내 몸을 들여다본다. 이것은 구멍을 둘러싸고 있는 가면이다. 이 가면에 무늬를 새기다 사라져가는 문명의 성쇠여. 이것을 찢으면 구멍은 없다. 나는 걸어본다. 구멍의 건축을 둘러싼 이 괴상망측한 구조물이 덜그럭덜그럭 걸어간다. 나는 암소나 암캐처럼 두 손으로 땅을 짚지도 않고 이렇게 고개를 빳빳이 들고 걸어간다. 나는 '없음'이라는 주형에 들이부어진 반죽이다, 직립한 사운드다. 불안이 침범하기 쉬운 취약한 구조다. 마침내 승리할 '없음'을 위해 나날이 경배하는 나여! 나의 살이여! 인도 사람들은 '그대 안의 신에게' 나마스테라고 인사한다. 누가 이 주형에서 지금 막 떠진 내 몸에 고리를 걸어 슬픔의 방아쇠를 당기는가[5]

사이는 '내'가 '나 있음'으로부터 부단히 도망감으로써 나에게 존재하게 된다. 사이에 누가 있을까? 나와 타자가 만들어낸 희가 거한다. 나라는 존재 자체는 탄생과 죽음 사이에서, 사이의 거대한 현존 안에서 아주 순간적으로 실존의

5   김혜순, 「맨홀 인류」, 『슬픔치약 거울크림』, 문학과지성사, 2011.

섬광을 내뿜을 뿐, 오직 사이만이 주인일 수 있다. 나는 과거의 나와 미래의 나 사이에 가끔 존재할 뿐이다. 그렇지만 내가 타자의 요청을 환대할 때 사이의 섬광이 터진다. 나는 사이의 존재로서 '시한다.' 시하면 나는 타자와 나를 가르던 그 사이의 영역의 주민이 되고, 사이를 통과하는 통과자로서의 새로운 정체성을 연속하여 품게 된다. 이럴 때 시는 추상이 아니다. 외부에서 내부를 향해 부르는 이름이 아니다. 나의 여자짐승아시아하기는 내부로부터의 전개가 전제되어야 한다. 나는 텍스트 내부에서 내적 실재로서 외부로 나의 여자하기, 짐승하기를 내뿜어야 한다. 바깥에서 이행하기 위해서는 내부에서 한없이 층계를 접고 있어야 한다. 그래야만 희가 그 구심점에서 일어설 수 있게 된다. 내 안에 모셔둔 리듬의 어머니가 밖으로 외밀성을 가질 수 있게 된다. 그래야만 사이의 생성에 참여할 수 있게 된다. 아름다움에 참여할 수 있게 된다. 모든 이분법 내부에서의 사이의 생성, 혼종체로서의 생성. 나는 나의 흔적일 뿐, 오늘 나는 누구인가. 누가 이 문장들을 발설하고 있는가.

사이에서 들리는 희의 숨소리. 땅속에 숨은 희가 들판의 꽃들을 향해 숨쉬는 소리. 세상의 가장 낮은 곳에서 들려오는 울음소리. 우리가 꺼내지 않아 영원히 사이에 숨은 희의 목소리. 하나가 아닌 숨결. 사라진, 사라지는 희의 울음소리. 어쩌면 그것은 흙 알갱이 전체가 내는 소리. 흙 알갱이와 흙 알갱이가 붙어서 내는 소리. 물방울과 물방울이 붙어서 내는 소리. 우리가 살펴보지 않으면 보이지 않는 희의 숨소리. 너무 작아서 조금만 힘을 줘도 사라지고 말, 어떤 목소리. 어떤 에너지. 희한하고, 희끄무레한. 재현을 거부하는 희의 자태. 누군가가 선택한 기억 속에서, 누군가가 선택하지 않았으나 누군가가 되어버린 고통 속에서, 누군가가 원하지 않았으나 터져 나오는 절규 속에서 치맛자락을 꺼내기 시작하는 희의 자태. 상상하십시오. 희의 고통을. 소멸 안에 놓인 자태를, 그 가쁜 호흡을. 내가 희를 만나면 희에게 빛이 들 거라고. 내 감각들이 춤출 거라고.

희는 나보다, 너보다 더 존재한다. 존재들 사이에서 더 존재한다. 희는 존재들 사이에서 시로서 살아가고 있다. 그 사이에서, 그 가변적인 세계에서 일상의 시간을 타개할 진액이 생산된다. 진액은 온갖 양극단 사이에서 분출된다. 흘러내린다. 계곡에서 쏟아진다. 천 미터 너비의 폭포로 쏟아지기도 한다. 진액이 양극단을 매개한다. 만나게 한다. 욕망을 사랑의 것으로, 태아를 움직이게 하는 통로로 만든다. 진액은 살아 있는 중립이다. 희의 진액 속에서 여성적 글쓰기

　　　　사이

는 탄생한다. 그 진액 속에서 여자시인은 여자시인 자신과 접촉한다. 숨겨둔 치욕과 상처를 끌어안는다. 그 치욕스러움을 바깥으로 분출한다. 심지어 진액의 치욕스러움으로 태아처럼 앞으로 나아간다. 시 또한 양극단의 접촉을 통해 탄생한다. 이 흐르고 끈적한 것이 '여성적'이라고 명명되고 부과된 것들에 반항하고 저항한다. 거부한다. 그것을 파열한다. 명명은 거부하지만 그것의 내용은 끌어안는다. 내가 원하는 것은 동일시가 아니다. 반동일시도 아니다. 나는 사이 그 자체를 원한다. 아브젝트하며 불가결한 것을 원한다. 그곳에서 산자락을 자르고 벌려서 암매장된 희가 태어나기를 기다린다. 생명체의 진액 속에서 따뜻하게 데워진 노래하는 희를 기다린다. 이 형태도 없고, 아직 구축되지 않았고, 있는가 하면 없고, 없는가 하면 있는 것이 여성시의 생태학이며 윤리학이다. 사이의 '시학'은 진액의 시학이다.

성경을 뒤적거리고 놀다가 '계란 흰자를 무슨 맛으로 먹겠느냐?'(욥기 6장 6절)라는 구절을 발견했다.

계란 흰자와 같은 것.
해초를 곱게 간 것.
참마 같은 구황작물을 간 것.

양파와 마늘과 양배추를 간 것.

무릎뼈 사이에 들어 있는 연골 같은 것.

나의 소뇌와 대뇌 같은 것.

끈적거리고 비린 것.

여성들이 주로 분비하는 것.

분홍색.

'이런 것을 무슨 맛으로 먹겠느냐?'

아무도 먹지 않을 기억을 계란 흰자 반죽 같은 뇌에 꾸역꾸역 쌓아간다.[6]

사이는 죽음으로 가득 찬 세계이다. 희는 죽음의 세계를 유랑하는 자이다. 희는 시간이 직조한 것을 하나하나 풀어서 만든 옷을 걸치고 있다. 희가 나타나면 작은 소용돌이가 일어난다. 희는 나선형 소용돌이 위에 옷을 입은 듯 움직인다. 아들을 생산하고 나서 신화 밖으로 쫓겨난 여자들처럼 움직인다. 공연 중에 무대 바깥으로 쫓겨나서 거리에서 울고 있는 여자처럼 움직인다. 엄마의 장례식에서 쫓겨난 출가외인 타박네처럼 움직인다. 희를 나아가게 하는 힘은 오히려 죽음의

<hr>

6   김혜순, 「여성의 신체」, 『않아는 이렇게 말했다』.

힘이다. 희는 죽음을 통해 죽음을 벗어난 것처럼 움직이다가 악몽 속의 여자처럼 가슴속으로 파고들며 움직인다. 희는 쫓겨남을 떠돎으로 재생시킨 여자이다. 죽음으로서 부정성을 얻은 다음 그것으로 사라진 여자들 간의 아상블라주를 이룩한 여성적 에너지처럼 나선형의 몸을 움직인다.

희는 무형의 실체다. 무형의 실체는 시적인 정동으로 직면한다. 나의 몸이 사물들 사이에 있다. 사물들 사이에서 내가 태어났다. 그다음, 한자리를 차지했다. 그리고 그들 사이에서 살아 있다. 나는 희 때문에 사물의 형상을 넘어 사물을 해석할 수 있다. 관계를 맺을 수 있다. 사이에 사이의 희가 숨어 있었다. 현미경으로 미생물을 본 것처럼 무수히 많은 존재로 숨어 있었다. 사이를 통하지 않고는 누구도 자신의 형체를 볼 수 없다. 또한 형체를 불태울 수도 없다. 그러기에 사이는 당신의 부재로 발화된 작열하는 불이다. 사이에서 검은 연기가 피어오르는가? 사이는 비인간 존재가 드나드는 문이다. 내 목구멍이라는 사이로 아무것도 지시하지 않는 목소리라는 비존재가 드나드는 것처럼 말이다. 그렇지만 사이는 그냥 그대로 주어지는 것이 아니라 창조되는 것이다. 사이에 사는 희는 부재로의 응시에 의해 비로소 출현한다. 응시의 근원에는 이 세상에서 가장 침묵하는 사물인 눈동자가 각각 얼굴의 절벽 위 두 동굴 속에 들어 있다. 희는 두 개의 눈동자가 만들어낸 원뿔 모양의 응시로 창발된다. 응시가 있어야만 당신과 나는 서사를 얻는다. 관계가 시작된다. 응시라는 시각령을 뒤따라 들어온 것은 희이다. 그러기에 희는 내 눈동자 앞에 드리운, 나를 부재하게 하는 사이의 장막이다. 나는 나의 부재로 너를 껴안을 수 있다.

(예를 들어보면) 나는 사이의 희를 티베트의 설산에서 목격한 적이 있다. 나는 희를 '눈의 여자'라고 불렀다. 눈의 여자는 달아난다. 이미 여기 와 있었으나, 여전히 부재하는 여자. 짐승인가 하면 여자이고, 여자인가 하면 짐승인, 눈으로 만들어진 것처럼 몸이 백설인 여자짐승. 만년설 쌓인 꼭대기로. 깎아지른 절벽 위로. 어둔 계곡 저 아래로. 눈의 여자는 언제나 달아나기만 한다. 아직 눈의 여자를 붙잡았다는 사람은 없다. 눈의 여자는 한 번도 도망에 실패한 적이 없다. 눈의 여자는 당신을 세상의 수평적 중심, 세상의 수직적 극한까지 데리고 갈 거다. 세계지도의 여성적 중심, 세상에서 가장 높은 산들에 새겨진 어지러운 미로, 그 내부, 가장 높은 상상봉으로 당신을 끌고 가 패대기칠 것이다. 눈의 여자는 우리가 언젠가 잃은, 그러나 우리에게 있었던, 어떤 형상일지도 모르겠다. 간직하고 있었지만 한 번도 꺼내본 적이

        사이

없는 형상. 그래서 점점 커져버린 형상. 지상에서 가장 높은 산맥 언저리에 사는 이곳 주변의 나라들 곳곳에서 눈의 여자의 이름은 각각 다르게 불린다. 그 이름이 다른 만큼 의미도 다르다. 그렇지만 눈의 여자는 지역마다 여성을 비하해 부를 때의 명명을 받았다. 눈의 여자는 설인이든 웅인이든 갈색곰이든 귀신이든 간에 행실이 나쁜 '여성'이다. 눈의 여자의 정체성은 사라짐, 달아남, 가로지름이다. 혹은 없음이다. 눈의 여자는 안타까움, 놓침, 상실이라는 뿌연 안개 속에 있다. 눈의 여자는 마치 우리가 태어날 때 우리 몸속에 들어간 어머니의 몸처럼 흐릿함을 몸에 두르고 상실의 높은 봉우리 위에서 휙 지나간다.[7]

나는 이 희를 다시 사막에서 만난 적이 있다.[8] 사막은 일단 여기에서의 추방이다. 나의 방이 하루치의 사막으로 변한다. 사막은 우리의 나날의 시간들이 향하는 곳, 죽은 자들이 가는 곳. 그렇지만 권력과 진리와 모든 거룩한 말씀들이 부재하는 곳이다. 문명이라는 꿈에서 문득 깨어난 곳이다. 나는 시란 이 텅 빈 사막이 자신에게 다가오던 순간의 체험을 형상화한 것이라고 생각한다. 사막에선 눈이 머는 것 같은 고통 속에서 길을 잃은 것처럼 느낄 때 이 희를 만날 수 있

7   김혜순, 『여자짐승아시아하기』 참조.
8   김혜순, 『지구가 죽으면 달은 누굴 돌지?』 참조.

다. 모든 말과 음악이 부서지는 곳. 끝없는 사이. 장소가 없는, 생성이 없는 곳. 거기에서 우리는 단지 헤맬 수 있을 뿐, 흔적을 남길 수도, 머물 수도 없다. 사막은 지상의 지표가 무화된 공간이다. 헤맴만이 가능한 공간이다. 사막은 백지이다. 예술을 시작하라고 누군가 내민 빈 종이이다. 뿌리를 내릴 수도 없고, 부정할 수도 존재할 수도 없다. 시는 이 텅 빈 사막이 나에게 다가오던 순간이다. 먼 곳이 정면에 다가옴이다. 그럴 때 거기 걸레처럼 갈가리 휘날리는 옷을 입은 여자, 희가 강림한다. 사막은 사이만으로 충만한다. 거기에서 우리는 각자의 여자, 희를 시작한다.

시하기는 일종의 사이하기이다. 시 텍스트는 사이하기가 진행해감에 따라 나를 점차적으로 사라지게 한다. 나는 사회적이고 인간적인 관계의 끈을 놓는다. 나는 사라짐으로써 텍스트 내부에서 사이 존재가 된다. 시하기는 사라질 권리를 행사하는 움직임이다. 나는 점차적으로 미약해진다. 나는 나와의 조수간만에서 이제 밀려난다. 인생으로부터 떨어져버린다. 나는 비어간다. 나는 사이에서 죽어간다. 이것을 시의 변증법이라고 해도 되겠다. 시는 내가 소멸해가는 과정이다. 내가 단독자임을 포기하는 과정이다. 나는 바다의 깊은 숨 속으로 잠영한다. 사이가 나를 마음껏 먹어 치우고 내가 텍스트 안에서 이름을 버린 짐승으로 남는다. 나는 1인칭에서 벗어난다. 익명의 존재가 된다. 그렇지만 내가 떠난 자리에 사이가 남았다. 이제 희가 시적 존재이다. 양극 사이의 자리, 시간이 분열해가는 자리, 신들이 부재하는 자리, 비탄만이 떠도는 폐허처럼 꿈틀거리는 자리, 예감의 자리에 희가 '사이라는 있음'으로 존재한다. 그리고 그때 거기 본래적으로 있었던, 시라는 것이 도래할 것임을 나는 안다. 글쓰기의 검은 글자가 아니라 글자와 글자 사이에 존재하던 시. 언어를 버리기 위한 언어가 도래한다. 읽을수록 글자가 사라지는 책이 도래한다. 진액으로 흐르는 희. 내가 존재하지 않음으로 생겨난 희가 시인과는 관계없는, 글자와도 관계없는, 그 글자와 글자 사이의 흰 공간. 이제 시인이 씀으로서 생겨난 사이에서 리듬이 솟아오르게 한다. 희가 리듬을 타고 움직여간다. 희가 끌고 가는 리듬이 나를 더욱 사라지게 한다. 잉크라는 휘발유의 동력에 의지해 글을 쓰고 있는 자의 심장 엔진이 터질 듯하다. 나의 사이하기는 희의 리듬에 따라 지속된다. 희가 이제 텍스트 전체에 편재한다.

(나는 이제 한 편의 시에 도달한다. 이것은 어느 날 내가 본 사이 희의 모습일 수 있다. 앞면과 뒷면 사이, 예를 들면 139페이지와 140페이지 사이의 그 날카로운 사이, 두 페이지가 만

나는 손가락이 베이는 날 위에 나는 하나의 희를 올려놓는다.)

떠날 수가 없어, 여기를. 네가 왔다가 그냥 갈까 봐. 내 기다림 위에다가는 글씨를 쓸 수 있어. 한국어 기다림은 하얀 기린 같아. 하지만 영어 기다림도, 중국어 기다림도, 일본어 기다림도 기린 같지는 않아. 흰색은 태어나게 하시고, 품 안으로 데리고 가셨다는 신의 거짓말을 가려주는 색. 시인은 그 거짓말 위에 쓴다. 흰 기린을 꿈에 보았다.

전깃불을 끄면 공기도 끊긴다. 깜깜해서 숨이 막힌다. 잠자리에서 눈을 뜨면 앞이 보이지 않아. 한국제지 제작 A4 묶음을 뜯으면 하얀 이들이 한 사람, 한 사람 걸어 나온다. 어둠의 문을 밀며, 몰려나오는 흐린 실루엣. 무슨 말을 몸에 적어달라는 것인가. 독재의 검열관들은 내 약혼자의 연극 대본에서 글자들을 앗아갔다. 하는 수 없이 배우들은 판토마임으로 공연을 채웠다. 나는 공연 내내 오열했다. 흑. 흑. 흑흑. 나만 아는 대사를 그 몸짓에 올리면서. 배우들의 손짓이 말해달라고, 말해달라고 나에게 소리치는 것 같았다. 흰 종이 위의 글자들이 풀려 가느다란 줄이 되더니 내 몸을 칭칭 감았다.

이제는 오열이란 게 안 나온다. 내 안이 달라져서 그럴까.

     사이

내 생고기가 달라져서 그럴까. 시력이 좋아지는 꿈을 꿨다. 붕대를 풀고 해일처럼 밀어닥치는 세상의 색깔들을 마주하는, 시력을 회복한 이의 심정에 대해 생각했다. 나는 꿈에서만 환하게 본다. 나는 잠들었지만 나의 뇌가 보기를 원하기 때문일까? 안녕, 바다야. 산아. 하늘아. 하지만 지금은 흰색 정면. 흰색 어둠. 흰 원반이 눈앞에서 돌아간다. 까마귀 깃털이 모두 하얘졌다. 잡초들이 하얀 줄기를 흔들었다. 하얀 풀밭에서 하얀 사람이 일어섰다. 눈앞에서 돌아가는 흰 프로펠러를 치울 수만 있다면. 종이를 넘기다 손을 벤다. 페이지와 페이지 **사이에** 네가 있다. 사라짐과 사라지지 않음 **사이**. 의식과 일상 **사이**. 페이지를 보지 않고 페이지의 날을 본다. 내 손가락에 피를 낸 칼을 쏠어본다. 144개의 칼. 이름도 없는 칼. 호리지차毫釐之差. 털끝 같은 영혼의 무게를 달아볼 수 있는 저울이 있겠지. 너와 나의 운명이 앞뒤 페이지로 갈라지는 이 작은 벼랑.

꿈의 안쪽으로 눈물이 떨어진다. 불꽃처럼 뜨거워 연기가 나는 눈물이다. 바리공주가 망자를 서천으로 인도할 때, 머리에 꽂는 꽃은 자신의 키보다 높다. 무릇 공주라 함은 키보다 높은 꽃을 머리에 꽂아야 한다. 바리공주는 만신의 꿈이다. 떠나고 다시 떠나는, 정처 없는 나라. 그 나라 공주의 뒤를 따라 머리에 배부른 꽃을 꽂은 여자들이 행진한다. 현란한 암탉들처럼 몰려간다.

　　공주와 눈 맞추면 다시는 세상을 못 봐. 죽은 것만 봐. 삶으로 돌아가는 입구를 못 찾아. 침묵으로 살아. 이 침묵은 죽음에서 온 것. 두 개의 세상 **사이**에 있는 것. 그곳은 흰 상복을 입은 기린의 서식지. 네가 살아 있던 순간과 네가 살아 있지 않은 순간, 그**사이**. 호리지차. 페이지의 낭떠러지. 날 선 흰 침묵. 이름조차 없는 그**사이**. 그**사이**를 운항하는 제 키보다 높은 꽃을 머리에 올린 여자의 배 한 척. 흰 장갑을 끼고 너와 나, 열 손가락으로 깍지 끼면, 그**사이**를 비집고 운행하는 장의차를 실은 배.

　　배 한 척이 하얀 연꽃 호수 속으로 깊이 더 깊이 들어온다. 나여! 이 나는 나를 배에 태우기를 원하는가, 나여! 이 나는 희게 눈먼 채 너를 만나려고 이리 기다리는가. 내 생고기에 꽂힌 펜이 녹슨다. 나는 눈멀어도 싸다. 견디다 못해 열꽃이 살에 박힌 모래처럼 핀다. 도래할 꽃과 이미 도래한 꽃. 열꽃의 꽃말은 뭘까. 열꽃이 내 키보다 높다. 나는 저기서는 이름이 있는데, 여기서는 이름이 없는 사람. 한국어밖에 할 줄 모

르는 흰 기린이 앞장과 뒷장 **사이**에서 운다.[9]

9   「시인의 장소」, 『지구가 죽으면 달은 누굴 돌지?』.

희

시간

빛 속에서 빗속으로

한 순간을 들어 올리면 전 세계가 딸려 올라온다. 한 순간을 들어 올리면 엄마 아버지 가족들, 친지들, 친척들 전 인류가 딸려 올라온다. 산 사람 죽은 사람 이 지구상 살다간 모든 사람이 딸려 올라온다. 동물들도 딸려 올라온다. 이 생, 전생, 후생까지 딸려 올라온다. 그러니 그 순간을 들어 올리지 마라. 기억 환기, 그것에 이은 자동기술, 이런 거 하지 마라. 이 세상에서 제일 무거운 게 순간이다. 모든 순간이 결정적 순간이다. 매 순간은 내 머리칼 한 가닥 끝보다 가볍다지만 그것을 들어 올리면 크루즈선보다 큰 배가 딸려 올라온다. 태평양보다 큰 똥구덩이가 딸려 올라온다. 순간이 터지면 그 냄새 때문에 다 죽는다. 그러니 그 순간만은 밀봉하라.

순간은 다시 돌아온다. 내 몸이 그 돌아온 것으로 압박되는 순간이 있다. 돌아온 시간의 문신이 내 피부에 새겨진다. 불꼬챙이로 그린 그림처럼, 그을린 풍경화처럼 문신이 연기를 피워 올린다. 아프다. 매운 연기를 피우는 풍경이 아리다. 내가 그 풍경 속으로 들어간다. 운다. 그런 순간은 다시는 오지 말라고 해도 또 온다. 점점 더 많은 연기를 데리고 온다. 폐허가 오기도 한다. 그 뒤를 재생된 감정들이 변신을 거듭하며 뒤따라오기도 한다. 그것들이 매번 다른 맹수의 앞발처럼 나를 타격한다. 그러나 돌아오면 돌아올수록 천천히 유실되는 감정. 그래서 점점 다른 풍경이 온다. 점점 다른 빛이 온다. 흐릿함. 마모. 그러나 어쩌다 내 감각이 저 혼자 환기를 시작할 때, 어쩌다 내 근육이 움찔할 때, 다시 문신이 확 올라온다. 더 짙어진다. 비통한 풍경이 생생하게 다시 돌아온다.

이 순간을 가두려면. 물속의 비누의 알몸이 녹지 않게 하려면. 물이 마르지 않게 하려면. 철이 녹슬지 않게 하려면. 이 순간, 이 숨을 가두어 간직하려면. 풍선 속에 이 순간을 집어넣어 밀봉하려면. 지금 이 순간, 잡은 손을 놓지 않게 하려면. 너를 영원히 죽지 않게 하려면. 다가오는 필멸을 중지하려면. 한 번도 쉬지 않고 닥쳐오는 그 마지막 순간을 막으

 시간

려면. 그리하여 이 숨을 다시는 뱉지 않으려면. 그러나 이 순간을 가두면 나는 죽는다.

　순간은 언어도 사진도 아니다. 가둘 수도 버릴 수도 없다. 그렇지만 지금 이 순간은 잠재적 언어이고 잠재적 이미지이다. 순간은 태어남과 동시에 숨기 시작한다. 순간이여! 숨으면 다인가? 종이 위에 금이 하나 그어지듯, 이곳에 내가 그어진다. 다시 한번 그어진다. 이 금은 순간의 증거, 나는 억만 개의 칼, 빛을 찢고 나아간다. 내가 없는 곳으로 한 발, 내가 없는 곳으로 한 발. 이 금으로 자타가 구별된다. 이것을 빛의 호흡이라 해도 되는가? 그러나 불안의 금. 우울의 금. 무언가를 적어서 설명하기에는 시간이 없다, 순간은 내리꽂히기 바쁘니까. 빗줄기처럼, 빛줄기처럼 나의 정면에 내려앉는 금들. 나의 순간의 형상화. 형체를 그리기도 전에 땅에 내려앉는 빗금. 빗금. 빗금. 금 아래 숨은 점. 점. 점. 경각의 시간. 금 긋기. 구별. 이별. 차별. 성별. 천차만별. 하늘의 별. 그러나 매일 다른 금. 매 순간 다른 금. 금으로 가득 찬 내 정면. 금이 흘러내린다. 금이 순환한다. 금이 반복한다. 금이 진동한다. 금이 중복한다. 금이 영속한다. 금이 유동한다. 금이 틈이 된 세계. 금 위에 점을 하나 찍으면 한 인간의 형상이 되는 세계. 하나의 생물의 형상이 되는 세계. 한 사건의 현상이 되는 세계. 금을 잡아 늘이면 그물이 되는 세계. 그러나 나는 그물을 만들 시간이 없어. 형체를 알뜰하게 그려볼 여유가 없어. 나에겐 금만 있어. 두 지점을 연결하는 선이 아니라 오직 금. 쪼개기. 나에겐 금을 새기는 칼만 있어. 칼 같은 몸만 있어. 금을 그으며 다른 금으로 넘어가는 금. 그러나 결국 쫓기는 나에겐 오직 금 하나. 하나 다음에 하나. 일 획, 일 획, 일 획이 있어. 어디가 탄생이고 어디가 죽음인지도 모르는 금의 앞뒤. 매번 탄생하고, 매번 죽는 금의 세계. 매번 일어나고 매번 무너지는 금의 세계. 금만 있는 세계. 면조차 지각할 시간이 없는 세계. 내가 너를 너무 멀리해서 금만 있는 세계. 내가 너를 너무 그리워해 모서리만 있는 세계. 외로운 호흡. 그리하여 내가 그은 금으로 네가 매 순간 떠나는 세계. 내가 그은 금과 금의 세계 바깥에 무엇이 있었는지, 이미 망각해버린 세계. 내가 그은 금은 벼랑인가, 나의 이목구비가 달린 벼랑인가. 내 칼이 그은 금으로 가득한 정면. 나는 금으로 가득한 정면을 열어본다. 그 틈마다 찰나의 빛. 빛 아래 흐릿한 형체. 그러나 내가 이 어둠을 긋지 않으면 앞으로 나가지 못한다. 영원히 눕지 않고는 벗어날 수 없는 세계. 이 금을 이으면 둥그런 영원이 된다는 말, 정말일까? 이 빗금 위에 영원이 영원히 발작한다는 말, 정말일까? 착륙추락, 착륙추락, 착륙추락. 이것이 영원일까? 이것으로 결국 나는 도

 시간

대체 무엇을 그렸나. 이 빛 금들로. 빛 금. 빛 금. 빛 금. 나는 이 빛 속에서 빗속을 찾아.

어떤 순간은 몰입한다. 몰입은 망각으로부터 온다. 몰입은 보상(미래)의 망각, 시간(기억)의 망각, 공간(현재)의 망각, 흐름(다시 시간)의 망각, 느낌과 생각(나)의 망각으로부터 도래한다. 몰입은 일종의 수행이다. 불안과 슬픔마저 증발한 상태, 자아가 휘발한 상태, 그 순간에 순간은 집중한다. 응축한다. 응축 다음 확산. 세상에서 가장 가벼운 응축과 세상에서 가장 얇은 확산. 순간의 표면장력이 넓어진다. 이 넓어진 순간을 통제하는 손길은 누구로부터 오는가? 시간과 공간과 나의 내부의 혼연일체로부터 오는가? 마치 내가 내 속으로 익사한 듯한 이 순간. 내 호흡 안에 지구가 있는가, 아니면 지구의 호흡 안에 내가 있는가. 이곳, 몰입의 영토가 이렇게 광활하다니. 마치 내가 꿈꾸는 찰나, 찰나에 집중해 그림을 보듯, 그런 집중이 지금 갑자기 내게 도래해 내 몸의 경계를 열어젖힌 듯. 나는 호흡하는 풍경이 된 듯. 나의 현재의 끝없는 확장. 이름을 벗은 자의 드넓은 확장의 알몸. 그리고 이 광활한, 도래의 현재에 부재의 나 혼자. 몰입의 이 순간은 시간의 것이 아니라 내 몸의 것이다. 그에 붙은 감각의 것이다. 내가 뱉어낸 상상, 주술의 것이다. 이 순간, 시간을 가역하는 수행의 나, 그러므로 몰입은 멈춤이 아니라 망각으로 '하는' 것, 무아지경 방향으로.

시적 순간은 연기다. 연기가 되면 시간 감지 기계가 망가진다. 한 시간을 1분으로 느낀다. 연기가 된 내 팔다리가 기둥보다 커진다. 의식이 사라지고, 3차원이 중지된다. 기체로서의 나는 기체로서의 바닥을 느낀다. 앞과 뒤가 사라진다. 배경의 테두리가 사라진다. 테두리를 가진 사물과 생물의 경계를 느끼지 못한다. 내가 모르는 힘이 내 안팎에 있다. 나는 착란한다. 나만의 메트로놈이 내 호흡을 결정한다. 나는, 나는 새처럼 가볍다. 귓바퀴에 새가 든다. 홀린다. 어디든 바람처럼 갈 수 있다. 무게는 없다. 수축과 이완으로 시속으로 빨려 들어간다. 세상의 모든 이여, 사물들이여, 내 몸을 통과해 가시라. 기체의 건축의 순간적 발현인 이 몸을.

순간이동장치는 이미 내 안에 발명되어 있다. 이동해 가는 데에는 조건이 있다. 내 의식으로 가야 한다. 이 몸이라는 3차원 입방체로 가야 한다. 가서는 감각으로 지각할 수 있어야 한다. 다시 내 의식으로 돌아와야 한다. 여기의 나를 복원할 수 있어야 한다. 시의 수사학은 모두 순간이동장치 제작 방법을 이른다. 하얀 쥐를 탄 나를 순간이동하게 하려면 환

 시간

유를 사용한다. 가서는 그 집 안에 흰 쥐를 풀어놓고 창문엔
입김을 남기고 돌아온다. 그 쥐가 현미경처럼 이제는 남의
집이 된 그곳을 샅샅이 훑어보게 한다. 유령처럼 흔적을 남
기진 않아야 하지만 거기와 여기의 마음을 동시타격할 수 있
어야 한다. 거기에 눈물상자를 든 나를 보내고 싶을 땐 패러
독스를 사용한다. 구름과 바람과 나무 이파리들과 문풍지들
이 와르르와르르 웃게 한다. 지금은 상실된 그곳, 그 시간을
고스란히 복원해야 한다. 방들과 모서리들, 가구들과 물병
들, 액자들, 의자들, 싹이 튼 감자들, 눈물을 담은 국자들, 내
려앉은 시간의 두께와 먼지들을 복원해야 한다. 그리고 거기
소파에 앉아 성경을 읽던 두 노인, 내 아빠와 내 엄마를 복원
해야 한다. 존재했음을 증명해야 한다. 그 순간의 진공포장.
점등. 기억을 비추는 몇몇 와트의 빛. 찰나적인 빛의 반사로
거기와 여기의 전복이 있어야 한다. 그렇게 거기와 여기에
작별을 반복하고 반복해야 한다. 나의 시는 소멸된 주소로
가는 순간이동장치의 작동이다. 그 장치에 붙은 운송장이다.

　순간은 나와 너의 공명. 공명에 이은 시간의 해방. 너와
나의 구분의 무시, 경계의 확장. 이 순간 기억이라고 말하기
엔 너무도 생생한 장면, 미래라고 말하기엔 너무도 가슴 아
픈 장면이 있다. 하루 종일 피사체를 향해 열어둔 사진기에

서 추출한 듯한 사진이 있다. 순간순간순간을 한 순간에 응축한 그 사진을 마주한 그 순간, 과거현재미래의 한 순간, 눈물이 솟아난다. 나는 언제든 울 준비가 되어 있다. 나는 울면서 이 고통의 순간, 시간의 흐름을 벗어난 이 순간을 맞아들인다. 내가 잠자리에서 잠을 깨는 이 순간, 나는 호스피스 병실 계단을 뛰어올라가는 나를 본다. 그리고 복도를 맨발로 걸어가 몇 호실의 문을 여는 나를 본다. 그다음 환자용 침대의 엄마가 눈을 뜸과 동시에 잠을 깬 나도 눈을 뜬다. 나는 일어나 앉는다. 이제는 내가 호스피스 그 방에 앉아 있다. 엄마 대신 환자복을 입고. 나는 두리번거린다. 엄마 어디 갔지? 나는 울면서 잠을 깬다. 다시 아침인가?

너의 순간과 나의 순간이 있다. 1930년대에 태어난 너의 순간과 나의 순간. 우리는 다른 시간대에 살았지만 동일한 순간. 우리가 겹쳐지는 순간. 내가 거울을 볼 때 거울 속에 나타나는 너의 순간. 나는 내 얼굴을 샅샅이 살핀다. 너의 흔적을 찾아. 그리하여 나는 죽은 여자의 순간적 발현. 시간의 거리를 넘어, 시제를 넘어, 연대기적으로 다른 시간대를 넘어, 시간의 내밀한 내부에서 우리는 동시적으로 거울에 손을 내밀며 하루를 시작한다. 동시에 차를 마시고, 동시에 버스를 타러 간다. 우리의 고독한 입김이 하나로 합쳐진다. 나

                시간

의 숨소리가 낯설다.

　깜박깜박 영원이 지나간다. 순간순간이 무한과 영원의 주머니를 감추고 지나간다. 나 혼자 광막한 벌판에, 사물에 둘러싸여 발이 땅에 딱 달라붙어, 이 지평선 수평선에 갇혀, 영원을 버리고, 버리고 지나간다. 그러나 네가 네 시간을 끌고 우연처럼 나에게 오면, 우리의 시간이 몇 가닥의 실처럼 만나 뜨개질을 시작하면, 광막한 영원. 별들의 분화. 평행우주. 네가 네 시간을 넘어, 우리가 물속에 비치는 얼굴들처럼 다른 곳에서, 아니면 네가 물속에 있고 내가 물 밖에서 마주보며, 아니면 우리가 물속에 잠긴 알몸의 비누처럼 녹아내리며, 시시각각 변하는 구름처럼 섞여들어, 네 세상과 내 세상마저 섞여들어, 넘나들고, 물이 되어, 잠깐 영원의 주머니가 터진 듯 잠깐. 언어가 다가오기 전의 물속에서 잠깐. 느닷없이. 무심코. 갑자기. 홀연히. 문득. 별안간. 벌써. 지금.

사막

꿈의 정오

상담자 F의 방엔 진열대 가득 피규어들이 올려져 있고, 탁자 위엔 모래상자들이 있다. 상담자 F는 내담자의 어린아이 같은 마음을 그 모래상자 위 피규어들이 놓이는 순서, 위치, 그 피규어들을 등장인물로 창작하거나 고백한 서사로 알아본다. 상담자 F는 내 마음도 어린이처럼 다뤄보고 싶어 한다. 상담자 F는 모래상자는 내담자의 영혼의 정원이라고 한다. 모래상자는 내담자의 내면을 구체화하는 공간이라고도 한다. 상담자 F는 나의 마음인 그 어린애를 꺼내놓으라고 한다. 울고 있고, 불안에 떨고 있고, 우울증에 빠진, 상처 입은 그 불쌍한 어린애를 만나고 싶다고 한다. '그대여 나의 어린애 그대는 휘파람 휘이히 불며 떠나가버렸네"노래까지 하면서 나를 닦달한다. 내가 언어 활용의 도사이니, 자신은 내 문장을 당할 재간이 없기 때문에 이미지로 소통하자고 한다. 상담자 F는 나의 어린애를 성숙시켜야 한다고도 한다. 이렇게 비탄 반응이 오래 지속되어서는 안 된다고 한다. 애도의 감정을 억눌러선 안 된다고도 한다. 그렇지만 나는 매번 상담을 거절한다. 그래도 가끔 모래는 만져본다. 상자에서 모래를 쏟아서 상담자 F를 당황시킨다. 나는 놀러갈 데도 없고, 몸도 좋지 않으니 상담자 F의 작업실에 자주 간다. 내가 모래상자를 만지면 상담자 F는 얼른 물을 사용해도 된다고도 하고, 그곳을 내 엄마의 뱃속이라고 생각하라고도 하고, 사전 그림 검사를 권유하기도 한다. 그러다 상담자 F가 점점 나의 어린애에게 다가올수록 나는 상담자 F의 상담실에 가지 않는다. 이제는 내 침대에 누워 눈을 감고, 나 혼자 모래상자 놀이를 한다. 나는 이미 진열대의 피규어들을 다 외워버렸으니까. 나는 나의 그 상자를 사막상자라 부른다. 큰 작별 안에, 작은 작별, 작은 작별 안에 더 작은 작별로 무너지는 사막상자 안의 모래인을 떠올려본다. 내가 낳은 모래태아를 포대기에 싸본다. 내가 낳았으나 나인 그 모래태아를 업어본다. 모래태아를 업은 모래엄마. 우리가 사막에 갔을 때 목격한 사막해골을 보자기에 싸보기도 한다.

1   이문세, 「휘파람」(이영훈 작사 · 작곡, 1985)

    사막

물에서 물까지. 물과 물 사이, 이 사막에서. 왼쪽 귀와 오른쪽 귀 사이의 이 사막에서. 모래의 한국어 어원은 '몰애', 물을 거절한다는 뜻. 엄마의 양수로부터 쫓겨났다는 뜻일까. 사막은 모래 사沙, 광막할, 움직이지 않을, 쓸쓸할 막漠, (우리나라에서는 한자의 뜻을 풀이할 때 왜 항상 미래형으로 할까? 슬플 애哀, 슬플 도悼, 슬플 비悲, 슬플 오嗚, 슬플 창愴, 슬플 처悽, 슬플 개慨, 슬플 측惻, 참혹할 참慘.) 사막에서 모래는 물 대신 흐른다, 고요한 강물처럼. 광막한 바다처럼. 태풍처럼, 해일처럼. 당신의 죽음은 내 언어 활동마저 불가능하게 한 실재적 부재였다. 내 주변의 모든 것이 당신의 없음을 증언한다. 없음의 광대한 이 시공간. 없음의 이 현재. 내 몸이 당신의 없음으로 가득 찬다. 나는 당신의 죽음으로, 당신에게서 버림받았다. 그래서 나는 당신과 함께 있던 몸을 잃고 이제 구멍 숭숭한 모래인이 되었다. 사막상자 위의 해골이 되었다. 물처럼 흐르는 모래인의 나신. 그 옆에 해골 하나가 몸조차 잃은 채, 벌거벗은 채 달빛 아래 시를 쓰고 있구나. 해골이 되어서도 차마 뒤돌아보는구나. 죽음이라는 재현할 수 없는 것을 재현하려다 이렇게 되었구나. 사막해골 하나의 비애. 바람 없는 밤, 모래알들이 살 비비는 소리. 비탄의 연대. 모래를 한 줌 들고 냄새를 맡아보라. 잠든 아이의 냄새다. 기억에 콧구멍을 파묻고 맡아본 냄새다. 내가 상상한 것들에서 나던 냄새다. 메마른 수족관 속에 갇혀 집 안을 두리번거리던 그 눈동자에서 나던 냄새다. 모래바다는 신의 기분처럼 아침저녁으로 변한다. 시시각각 변한다. 바다처럼 부풀어 오르다가 바다처럼 납작 엎드린다. 모래바다가 홀로 떠가던 한 척의 가련한 배를 다 부순다. 사막의 모래언덕엔 웬일인지 해골의 친구처럼 물고기의 비늘 하나. 조개의 화석 하나. 이 물고기가 비탄에 빠져 죽은 나를 여기로 데려온 것인가.

모래시계는 닫혔고, 모래는 그 안에 감금되어 있다. 모래시계 안에서 잠드는 것, 전등갓 아래서 시 쓰는 것. 잠과 시, 이 둘의 눈꺼풀 속으로 모래가 스며든다. 모래가 바늘처럼 잠을 찌르면 잠 속에 틈이 생긴다. 잠 속에 광대한 사막이 나타난다. 잠 속에 잠을 비추는 희미한 태양이 켜진다. 내 꿈을 깨우는 태양이 켜진다. 이 태양은 낮이 나를 찾아올 때마다 사물을 향하던 내 눈빛이 저축한 것. 내가 저축한 빛. 꿈의 정오. 이 꿈속의 태양 빛 아래 조금 있다가 의인화될 낙타가 나타난다. 내가 저축한 눈빛을 가득 받은 신기루 낙타다. 시도 이와 같다. 잠으로 스며드는 모래처럼, 모래가 시에 스며들면 단어들에 빈틈이 생긴다. 모래바늘은 단어를 뚫어 빛

　　　　사막

을 넣는다. 세상의 단어들이 진저리를 친다. 모래가 단어 하나하나의 나사를 푼다. 변증법의 나사를 푼다. 시스템의 옥죄임을 푼다. 언어가 주인이고 존재가 되는 장소가 헐거워진다. 모래는 멈추는 법을 모른다. 모래가 계속해서 단어의 나사를 푼다, 푼다, 푼다. 단어는 이제 헐거워져 의미를 잃고 목소리가 된다. 이제 단어의 단일성, 동일성, 연결성 이런 것은 없다. 언어의 창살, 감옥의 창살이 휘어진다. 이제 사물들이 모래의 '첫'을 내딛기 시작한다. 모래를 맞아들인 언어들은 다시 시작한다. 신기루 같은 주인 없는 목소리로 시작한다. 누군가의 목소리. 인칭으로 단정 지을 수 없는 목소리. 아무것도 대상화할 의식이 없는 목소리. 나를 모래 속에 파묻은 목소리. [한국어 시는 주어 없는 문장들로 가득하다. 한국어 시는 주어를 대신하는 인칭대명사 대신 목소리를 전면에 내세운다. 한국어 시는 주어를 숨김으로써 무인칭 주체로(비인칭이 아니라 무인칭이다. 비인칭은 인칭을 부정한 것, 그러나 무인칭은 아예 인칭이 없는 것. 비인칭은 '이다'의 부정형, 무인칭은 '있다'의 부정형이다) 오히려 이미지와 고백을 더 신비롭고 명료하게, 모두 다 살아 있으면서 그러나 더 투명하게 보여준다. 왜 그런가. 한글은 그 활용이 시작될 때부터 1인칭을 소유할 수 없는 여자들의 것이었으니까. 여자들의 노래와 편지였으니까. 죽음엔 사막 모래처럼 1인칭이 있을 곳이 없으니까. 나는 나의 시

번역자들이 간혹 이 문장의 주어는 누구예요?라고 물으면 정말 난감해진다. 이 무인칭은 단지 시를 서술해가는 익명의 목소리일 뿐이니까. 100인칭인지 101인칭인지 나도 모르니까.]

모래는 모든 색깔의 시작, 검정과 빨강과 노랑과 하양의 시작. 그러나 이 씨앗은 썩어서 움트지 않는다. 그리하여 모래는 모든 거울의 끝. 내 얼굴과 당신의 얼굴과 나무의 얼굴의 끝. 내 얼굴이 당신의 손가락 사이로 빠져나간다. 우리 집이 당신의 손가락 사이로 빠져나간다. 씨앗들이 우수수 빠져나간다. 이 씨앗들이 신기루의 몸처럼 흩날린다. 이 씨앗들. 씨앗인데 오히려 마침표인 것들. 마침표인데 시작인 것들. 마침표들이 의미화와 개념화의 제국들을 뭉개러 몰려간다. 당신들의 좌뇌를 뭉개러 몰려간다. 마침표들의 광풍. 모래폭풍. 파괴, 붕괴. 오아시스 대제국들에 내려앉은 마침표들이 경련한다. 이 색깔의 씨앗들은 은하성단 같다. 46억 광년 혹은 그 이상의 우주성단에서 온, 이미 죽은 빛깔 같다. 끝에서 끝을 제거한 끝이다. 이 씨앗들이 세상의 문장들이여, 어서 오라고, 여기로 오라고 경련한다. 이 세상의 모든 문자를 해체한 모래의 도서관처럼 경련한다. 사막의 도서관이 멸종한 거대한 우주새의 날개, 그것을 태우고 남은 재처럼 색색의 별들로 이미 이륙해 있다.

사막

사막상자는 의미도 없이 엎드려 있다. 피규어들은 서로 엉켜 장차 해석이 되고, 종당에는 내담자의 치유와 위로가 되겠다고 진열대에 도열해 있다. 불쌍한 것들. 사막상자에서는 문장들이 '없, 없, 없'과 '않, 않, 않', '잃, 잃, 잃'으로 시작하는 서술어로 끝난다. 모래알갱이들과 맞닿으면 언어는 자신의 빈 곳을 공개한다. 그다음 언어는 자신이 익명이었던 저 먼 시절을 가리킨다. 사막상자에서는 언어마다 바람이 든다. 그래서 사막상자에서는 재현이 없다. 은유가 없다. 하지만 이곳에도 간혹 명령이 내려온다. 재현할 수 없는 것을 재현하라. 중력이 없으니 경험이 없다. 경험이 없으니 시인의 신화가 없다. 가도 가도 우리 집이 없다. 누가 우리 집을 성냥갑만 하게 만들어 모래 속에 파묻었나. 가도 가도 우리 엄마가 없다. 엄마의 왼쪽 귀와 오른쪽 귀 사이가 사막처럼 멀어서 엄마가 없다. 그 사이로 백 대의 앰뷸런스가 달려간다. 이렇게 대낮인데 아무것도 형상이 없다. 현실성이 없다. 그러나 사막은 펼쳐진 시간이다. 펼쳐진 우주 성단이다. 아무것도 없지만 다 펼쳐져 있는 시간이다. 기억과 상상의 두루마리를 모두 펼친 것처럼 다 펼쳐져 있는 시간이다.

나와 내 딸이 사막에 갔을 때 나는 바다의 신기루를 보

았지만 내 딸은 절간의 와불 신기루를 보았다. 나중에 서로
얘기를 나눠보니 신기루의 그것들은 실재의 바다나 부처와
다름이 없었다. 나의 신기루, 저만치 일렁이는 바다, 배도 떠
있고, 파도도 달려왔다. 나는 푸른빛을 향해 뛰었고, 내 딸은
금빛을 향해 뛰었다. 같은 곳, 같은 방향으로 뛰었다. 내 딸
의 신기루는 노을빛으로 오묘하게 누운 부처였다. 심지어 그
부처는 미소를 짓고 있었다. 신기루가 펼쳐진 그곳은 몇억
년 전 바다였다고 한다. 그다음 그곳은 겨우 천 몇백 년 전
불교 왕국이었다고 한다. 우리는 내내 신기루를 향해 헤매다
가 사막을 건너, 휘황한 도시의 불빛이 비치는 곳으로 나갔
다. 그다음 우리는 이국의 도시에서 지독히 앓았다. 사막보
다 더 뜨거운 열이 펄펄 끓었다. 사막을 나왔으나 더한 사막
이 우리를 기다리고 있었다. 사막엔 영원히 형상 없는 형상
들이 착란으로 살았다. 기린이었다가 개, 개였다가 물닭, 물
닭이었다가 개미, 개미였다가 바다, 무엇보다 죽은 새였다가
비상하는 새가 살았다. 이들, 존재의 메아리들은 바람이 불
지 않아도 일어난다. 이름을 붙여주지 않아도 일어난다. 사
막의 시인에게 대상화란 없다. 신기루밖에 없으니까. 그러나
이 사막에는 혼자 사막과 싸우는 내가 있었다. 아무것도 없
는 곳에서 이름 없는 것들과 싸우는 내가 있었다.

 사막

사막에선 계속 이동한다. 우주 망원경처럼 이동한다. 더 낯설고, 더 이방이고, 더 무섭고, 더 비밀스럽고, 더 망하고, 더 상하고, 더 죽은 곳으로 이동한다. 내 둘째 손가락이 전화기 버튼을 누른다. '나 좀 살려주세요.' ARS는 말한다. '1번을 누르면 경찰서, 2번을 누르면 검찰청, 3번을 누르면 재판소'입니다. 하지만 내겐 둘째 손가락이 없다. 이 비탄의 바깥, 천년 동안 비가 내리지 않은 밤으로부터 계속 쫓겨나는 이 밤, 내 몸을 통과하는 시방 죽은 사람이 나에게 말한다. 일어섰다 내려앉는 눈송이 같은 모래들의 목소리로 말한다. 요 작은 몸통, 요 작은 모래 알갱이마다 박힌 몇 올의 머리칼들이 전부 말한다. 종, 속, 과, 목, 강, 문, 계, 역까지 분파한 모래들이 말한다. 나에게 말한다. '모래인이여! 모래팔을 들고 말하라. 해골의 시인이여, 너로부터 저 멀리 투신하라. 너는 죽음보다 더 죽어야 한다.' 죽음이 시인에게 '말하라!' 명령한다. '시인이여, 너로부터 잠적하라', 영원한 잠적에의 갈망이 시인을 말하게 한다. 사막에서 돌아온 나는 그곳의 모래를 탁자 위에 쏟는다. 상담실 탁자 위의 사막상자가 몸살을 앓고 있다. 불안으로 저 혼자 흔들리고 있다.

시는 사막의 마수에 걸려든 순간의 기록이다. 나를 태운 재의 사막이 나를 뒤덮은 순간의 기록이다. 우우우. 바람아,

몰려와줘. 햇빛아, 깨져줘. 더 더 더 뜨거워줘. 내 몸을 공중에 떠올려줘. 당신의 주먹이 쏙 들어왔다 나가는 내 몸, 당신의 몸 전체가 쓰윽 통과하는 내 몸. 온 세상이 들락날락하는 내 몸. 불쌍한 몸이여. 나는 당신이 내 몸으로 들어왔다 나가는 걸 막을 수가 없다. 나는 모래의 몸이니까. 이건 고백일까? 고백은 고백할 수 없는 걸 고백하는 것. 사막은 무엇보다 빛. 광막하고 냉정한 눈빛의 그 빛, 빛 아래 부우우 떠오르는 재여. 먼지여. 모래여. 매 순간 공중에 일어서는 이 재는 그 누구의 형상이란 말인가. 모래인인 내가 일어선다. 목발을 짚은 채. 목발을 짚고 사막을 걷는 것. 어려워, 어려워, 외로워. 이럴 때 내가 잃어버린 당신과 나는 사막에서 만난다. 서로를 읽는 독서의 시간. 당신과 내가 만나는 장소 아닌 장소, 꿈속 같은 곳. 둘이서 은밀해지고, 셋이서 고독해지리라. 넷이서 슬퍼하리라. 지금은 가족이니 친구니 다 헤어져버리자. 그러나 시의 시간은 시를 쓰기 이전의 시간, 시 너머에 있는 시간, 시를 벗어나 있는 시간. 사실 시 안에는 시간이 없다. 무한히 현재. 무한히 침묵. 무한히 암흑. 독자여, 만약 나의 시에 대해서 얘기하는 사람이 있다면 그는 항상 시 아닌 것을 말하는 사람이라고 생각하라. 나는 그의 입술을 주시한다. 나는 그 입술의 주름진 계곡들을 낙타를 타고 탐험하고 싶어진다. 그가 입술을 벌릴 때, 그 안의 드넓은 사막

 사막

을 목격하고 싶어진다. 그 사막이 말하는 것을 따로 듣고 싶어진다. 사실 모래인은 이 사막에서 앉을 수가 없다. 모래인은 이 사막에서 머물 수가 없다. 모래인은 죽고 싶어도 죽지 못한다. 무한히 움직이는 현재이기에. 이미 살았으므로 살지 못하는 이 현재. 모래인에게는 장소가 없다. 사막은 내 불행을 좋아한다. 내 불행이 무한 현재형으로 덧나는 것을 좋아한다. 아무도 찾아오지 않는 납골당의 항아리 속에 있는 것처럼 내가 고독한 것을 좋아한다. 그러기에 이 사막은 내가 당신을 계속해서 잃는 것을 좋아한다.

장마의 한가운데, 오늘은 39.6도의 열이 내리지 않아 응급실에 간다. 내 양쪽엔 커튼을 사이에 두고 할머니 둘이 누워 있다. 의사나 간호사는 그 할머니들에게 항상 이름을 묻는다. 할머니들은 그들이 태어날 당시 유행하던 이름을 대답한다. 식민지에 지어진 이름이다. 그다음엔 여기가 어디냐고 묻는다. 한 할머니는 병원이라고 하고, 한 할머니는 지하실이라고 한다. 그다음 올해가 몇 년이냐고 묻는다. 한 할머니는 작년이라고 하고, 한 할머니는 못 들은 척한다. 그다음 가족들의 답변에 의해 나는 그들이 여기에 눕게 된 이유를 알게 된다. 왼쪽 할머니는 집에서 소독약 냄새 때문에 견딜 수 없다고 하거나 죽은 사람들이 자꾸 찾아와서 벌벌 떨다가 응급실에 왔다고 한다. 내가 화장실에 다녀오다 커튼 사이로 들여다보니 환취와 환시를 보는 할머니의 몸무게는 20킬로 그램을 넘지 않아 보인다. 몸이 바싹 마른 새 같다. 길고 가는 다리가 옷 밖으로 나와 있다. 몸을 접어서 선반에 올려두어도 될 정도다. 오른쪽 할머니는 요양원에서 왔다고 한다. 하루 동안 오줌이 나오지 않았다고 한다. 그 할머니에겐 머릿속에 암이 있고, 이제 난소에서 암이 발견되었다. 할머니에게 산부인과 의사가 와서 묻는다. 아기를 몇 낳았냐고. 그러자 셋은 유산하고, 둘은 살아 있다고 한다. 언제 폐경을 했냐고 하자 너무 오래되어서 모르겠다고 한다. 이제 자궁 검사를 할 거라고 하자 할머니는 이 늙은이에게 자궁이 무슨 필요가 있으며, 자궁 검사 따윈 받지 않겠다고 한다. 그 할머니의 며느리는 자신의 시어머니가 치매라고 한다. 그러나 참으로 똑똑하게 대답도 잘하고 그 무엇보다 감정 표현이 살아있다. 어떻게 요양원에 가게 되었냐고 하자 자신은 알지 못한다고 무뚝뚝하게 대답한다. 아들이 도착하자 부부의 싸움이 시작된다. 암 덩이들보다 우선 오줌이 나오게 하기 위해 입원 문제가 대두했기 때문이다. 누가 간호할 것인가가 큰 문제다. 둘은 직장에 다닌다. 간병비는 없다. 나는 두 할머니 사이에서 열이 내리지 않는다. 나는 얼음찜질과 해열제 주사약, CT 검사, 엑스레이 촬영을 하러 돌아다닌다. 내 몸이

　　　　사막

사막처럼 물 없이 끓고 있다. 우리 셋에겐 여러 검사들 때문에 물이 하루 종일 금지되고 있다. 우리는 누가 다가오건 물, 물, 물이라고 한다. 나는 내 몸이 사막이라고 생각한다. 내 몸이 내 바깥에 있다고 생각한다. 그들이 두 할머니에게 이름을 물어보는 건 이름 따위가 중요해서가 아니다. 할머니들이 이름 바깥으로 나가버렸는지 알기 위해서다. 나는 도저히 내 의지로 내 몸을 적실 수 없다. 나는 퍼붓는 장맛비에 몸을 흔드는 시퍼런 파초의 이파리들을 그리워하며 상상한다. 나는 눈을 감고 그 파초의 이파리에 내 혀를 갖다 댄다.

나는 사막에서 무명씨, 성명 불상자다. 사막은 내가 내 힘을 다 잃는 곳. 저항하기의 끝. 포기하기의 끝. 실패하기의 끝. 끝. 끝. 이 끝낼 수 없는 끝에서, 이미 끝을 끝낸 사막의 시작과 함께 시는 시작한다. 사막에는 이름 부를 수 있는 사물이 없으므로, 사물과 다른 사물이 떨림을 주고받을 일이 없으므로, 결국 내가 나라고 부를 수 있는 일조차 없게 된다. 그럼에도 사막은 내 나날의 이미지의 유령들이 모래로 몰려드는 곳. 모래와 모래만이, 별과 별만이 영원히 떨림을 주고받는 곳, 오직 이곳엔 모래사물만이 떨며 존재하고 있으므로, 모래사물만이 흐르면서 정지하고, 정지하면서 흐르고 있으므로, 존재와 생성이 오직 모래만으로 이루어지고 있으므로, 내 몸이 이 모래사물 속으로 모래사물이 이 떨림을 통해 내 몸속으로 스며들고 있으므로, 봄과 보임, 만짐과 만져짐이 모두 모래이므로, 이 사막이 다가오면 내 시는 시작한다. 물질과 비물질의 이 경계에서, 영원히 미완성일 줄 알면서도, 하물며 시를 쓸 때 나는 김혜순도 아니면서, 나는 다시 시작한다. 시를 쓸 때 이름이 텅 빈 이 사람, 이름은 무엇이라 할까? 슬픔이라 할까? 불안이라 할까? 나를 사막에 묶은 이 모래쇠사슬의 이름은 무엇일까? 신경증일까? 누가복음에서처럼 돼지들에게 들어간 군대일까? 내 이름은 나에게서 나와서 돼지들에게로 들어가 물에 빠져 죽을 만큼 많을까? 증상의 풍요여! 결핍의 풍요여! 고독의 풍요여! 모래 한 알, 한 알의 이름, 이름들. 모래인은 탄식한다. 당신을 잃어서 이제 내가 없구나. 나에게는 나의 죽음만 많구나. 사막 전체가 운다. 슬퍼한다. 공동으로 파도치며 슬퍼한다. 슬픔의 연대. 탄식의 연대. 이 세상 모든 사물이 이미지가 된 배경에는 무명의 죽음 원소가 있다. 비가시적인 사막이 비가청적으로 응얼거리고 있다. 그러기에 이 사막엔 죽음의 내구성과 내밀성만 한정 없이 풍요로워서 두 발이 푹푹 빠진다.

　여기는 시시각각 변하는 도형들이 탄생하는 사막이다. 달빛 아래 재로 그린 도형. 혹은 큰 도형 안에 작은 도형. 작

사막

은 도형 위에 겹겹의 도형. 도형의 향연. 그러나 이 도형은
지워지고 접히면서 시간을 풀었다가 다시 겹친다. 우리 만남
의 궤도처럼. 우리 만남의 전자기적electromagnetic 배치처럼
그러므로 이것을 도형이라 이름 붙일 수 없다. 시 한 편 안에
고정된 형식이 있다 말할 수 없다. 시는 무엇에 관해 말하기
보다 한없는 리듬의 직조. 포옹하자마자 다시 풀어지는 우리
만남의 직조. 시여! 사라지는 도형의 몸이여! 사막에선 어느
도형도 끝없이 변용하는 리듬처럼 편안히 쉴 수 없다. 머무
를 수 없다. 그러나 도형은 깊다. 넓다. 나를 조각낸 부스러
기가 이렇게 많을 줄이야. 내가 빠져 죽을 정도로 이렇게 많
을 줄이야. 나는 나의 광대한 죽음에 대한 무한한 의식인가.
나의 시의 화자는 나를 나라고 부를 수 없는 자로서, 나를 나
라고 부른다. 나에게서 나를 추방한 자가, 그리고 나에게서
추방된 자가 나를 나라고 부른다. 나를 부를 때마다 나에게
서 점점 멀어진 자인, 그 나여. 나라는 부스러기가 순간순간
나를 에워싼다. 나와 사막. 이것을 비유라고 할 수 있는가.
존재하지 않는 것들끼리도 은유 관계를 맺을 수 있는가. 나
는 뿌옇게 솟아올랐다가 가라앉는다. 여기 내 몸에서 떨어진
이별의 리듬으로 만들어진 거대한 몸의 제국이 있다. 나에게
서 이름을 제거한 나의 리듬의 몸들이 많이 있다. 째깍째깍
사라지는 몸의 리듬이여! 우연이여! 우리였으나 우리가 아닌

도형들이여. 궤적이여! 나는 이곳으로부터 와서 이곳에 당도했다. 당신이여, 여기 이렇게 잠깐 서로를 향해 다가서보자. 매 순간의 이별이 우리를 여기에 있게 했다. 나는 여기서 내가 사랑하는 당신을 꿈틀꿈틀 리듬으로 찾고 있다. 지평선도 없는 이곳에서 이 사막 전체로 펼쳐져 한 알 한 알 분산되어 찾고 있다. 내가 웅얼거리는 나의 환청에 시달려 찾고 있다. 신기루들과 함께 찾고 있다. 나의 복제와 복제와 복제들이 나마저 잃어버리는 이곳에서 당신을 찾고 있다. 나를 잃은 나의 복제들이여. 리듬으로 그린 도형에 쫓기는 내 발자국 소리, 요란하지 않은가. 나의 독자여, 모래지휘자가 모래 팔을 높이 들어 이 신기루들의 음악을 무한히 헛되이 지휘하려 하고 있구나. 그러나 독자여, 각자의 도형으로 우리 사막 상자에서 만나자. 각자의 리듬으로 포옹하고 다시 헤어지자.

나는 사랑하는 한 사람을 잃었다. 나는 증상에 시달렸다. 나는 병원들을 전전했다. 나는 신발 속에, 머릿속에, 심장 속에, 입안과 귓속, 눈알 속에 모래가 가득했다. 그 모래가 움직여 다닌 몸의 그곳들이 다 아팠다. 이명처럼 아팠다. 안질처럼 아팠다. 살모사처럼 아팠다. 딸꾹질처럼 아팠다. 사막의 지렁이처럼 아팠다. 언젠가는 몸이었던 모래들인가. 그 모래들에서 피 냄새가 났다. 모래는 내 몸을 속속들이 알

사막

고 있는 것 같았다. 나는 피가 새는 상자처럼 전신이 아팠다. 몸 내부의 기관들이 질서를 잃고 폐허가 되었다. 신경계가 무너졌다. 몸은 나라는 나와 대립했다. 내 몸은 비탄과 상실을 내면화한 것이 틀림없었다. 나는 삶으로, 세계 내로 돌아갈 수 없었다. 내 귓속에, 내 심장 속에 누군가의 발자국 소리 가득했다. 유리 천장처럼 답답한 하늘에는 각종 신발 자국들이 가득 디뎌져 있었다. 나는 심장을 움켜쥐고 걸어 다녔다. 걸어 다니는 사람들의 심장이 육안으로 보이는 듯했다. 모두 살아가기에 적합하지 않아 보였다. 위태로웠다. 나의 심장의 해변은 바다가 아니라 사막에 있었다. 앰뷸런스 사이렌이 끝없이 울렸다. 몸이 낯설어졌고, 이 세계도 낯설어졌다. 영원히 정상으로 살아갈 수 없으리라 생각했다. 걸어 다니는 사람들 모두 한 점의 고통이었다. 한 자루의 젖은 모래였다. 저 한 자루의 젖은 모래를 따라가라. 저 미세한 진동을 껴안아라. 불안이 나를 바퀴처럼, 회오리처럼 돌렸다. 나는 역류했다. 쏟아졌다. 헛디뎠다. 맴돌았다. 내 존재에는 이유도 근거도 없었다. 그 와중에 전염병이 창궐했다. 우리는 낮은 땅에 엎드려 전염병을 옮기는 숙주의, 숙주의, 숙주에 불과했다. 전염병은 하나의 질문에 하나의 대답이 있는 세계를 우습게 여겼다. 바이러스는 우리의 재현 체계를 무너뜨렸다. 그리고 무엇보다 우리가 품은 비밀을 벌거벗은 숫자로 만들었다. 전염병의 세계에서 나의 바이러스 감염과 신경증이 나를 사막 쪽으로 더욱 몰아갔다. 어떤 힘이든 그 힘의 언어를 해체하는 곳. 내 고통과 광기만이 진짜인 곳. 사막에서 고통과 광기는 힘껏 날갯짓했고, 독립된 하나의 에너지였다. 죽음의 연속성만이 이 고통과 광기를 길들일 수 있으리라 생각했다. 죽음만이 리얼리즘이었다. 이 고통과 광기가 나를 다가설 수 없는 곳에 닿게 했고, 낯선 곳으로, 더 낯선 곳으로 점점 떠밀었다. 이 고통과 광기가 나로 하여금 넘을 수 없는 곳으로 넘어가게 했다. 문을 열게 했다. 문을 열자 거기 더 큰 사막이 있었다. 병원과 앰뷸런스와 호스피스로 만든 파놉티콘의 문밖에는 광대한 사막이 있었다. 46억 광년 이전의 우주 성단이 도열해 있었다. 45억 6천만 년 전에 태어난 지구가 아직 나타나지도 않은, 그 아득한 시간 이전에 떠난 빛이 망원경에 지금 도달했는데, 그곳엔 사막만이 기다리고 있었다. 역사와 지식과 권력과 도덕이 증발한 곳. 말할 수 없는 것을 말할 수 없는 것으로 쪼개는 균열만이 가득한 곳. 빛으로 가득한 투명한 광기가 넘치는 곳. 나타나자마자 이미 오래전에 지나간 세계. 무無시간. 모래의 태중에서 태어나는 백지장 같고, 수의 같은 태아의 얼굴들. 저 얼굴들이 무너지지 않게 해줘. 출현하자마자 소멸하는 세계가 여기 떠 있었다. 눈부시게 아무것도 없는 곳이 여기 있었다. 사

 사막

라짐이라는 시의 원천이 여기 있었다. 어둠이 깊은 손을 내밀고, 텅 빈 정적이 무한대인 곳. 한 편의 시는 이 정적의 무한대 위에 흰 그림자로 만든 한 명의 새처럼 떠 있다가 곧 사라진다. 시인은 한 편의 시가 끝나면 그 시에서 쫓겨난다. 시에서 파양된다. 다시 거대한 사막의 침묵과 마주선다. 공백의 공책이 열린다. 다시 죽음 사건의 휘하다. 잔상의 세계다. 불안에 떤다. 미친다. 신경증이 폭발한다. 존재의 어둠과 침묵과 사막이 극에 달할 때 다시 시의 문이 열린다. 해골이 '그대여 나의 어린애 그대는 휘파람 휘이히' 운다. 그 해골이 흡사 몽골인의 목소리 음악, 흐미 창법으로 노래하는 것 같다. 살짝 건드리기만 해도 박살 나는 모래로 만든 그 해골이. 나는 『지구가 죽으면 달은 누굴 돌지?』를 쓰기 시작했다. 사막이 광막한 새처럼 신속하게 날아올랐다. 나는 이제 눈 감고도 사막상자 놀이를 할 수 있게 되었다.

받아쓰기

받아쓰다

받아쓰기

이별은 외친다. 이별은 시끄럽다, 가를 리離, 나눌 별別.
이별. 매 순간 가르고 매 순간 나누는 이별이라는 이름의 행
성. 나는 비상착륙한다. 이별의 행성이 자전한다. 이별보다
더 시끄러운 것은 없다. 이별이 소리친다. 귀를 막고라도 들
어! 이별이 사막의 햇빛처럼 소리친다. 이별이 몸속의 알코
올처럼 소리친다. 이별의 신음. 통곡. 너무 커서 오히려 들리
지 않는 비명. 너무 커서 귀 밖으로 넘쳐나는 소리. 너무 커
서 입을 막고 들어야 하는 소리. 아침엔 암탉이 운다. 이별
낳았다. 이별 낳았다. 밤엔 저 달에서 수탉이 운다. 그래, 다
시 이별이다. 이별이다. 만해 한용운은 그의 시호처럼 날마
다 이별한 사람. 이별이 파도처럼 밀려갔다 밀려온다. "아아
사랑하는 나의 님은 갔습니다 푸른 산빛을 깨치고 단풍나무

숲을 향하여 난 작은 길을 걸어서 차마 떨치고 갔습니다 황
금의 꽃같이 굳고 빛나던 옛 맹세는 차디찬 티끌이 되어서
한숨의 미풍에 날아 갔습니다" 크나큰 이별 안에 그보다 작
은 이별, 작은 이별 안에 더 작은 이별. 파도처럼. 매 순간 이
별, 이별, 이별. 나 아주 떠나기 전 이별, 이별, 이별. 이 지구
상에는 저 사막의 모래만큼 많은 이별이 있다. 그리하여 우
리는 저마다 이별의 행성. 저녁이 오면 태양과의 이별. 서쪽
하늘을 감싸는 분홍색 솜, 이불 같던 이별, 아침이 오면 정다
운 솜, 이불 같던 어둠과의 이별. 비루한 이 육신을 비추는
이별의 남루한 광선. 왜 이별은 끝이 없나요? 우리나라는 남
과 북이 이별한 지 그 얼마? 그 시끄러운 이별의 시간들. 이
별의 찌라시들. 성북동 심우장, 만해가 살던 집의 조그만 서
재. 거기서 날마다 이별을 목도하는 불쌍한 식민지의 승려.
독립선언문의 공약삼장을 쓴 사람. 불교유신론을 설파한 강
철 펜의 남자. 그의 팔루스적 글쓰기. 그러나 시를 쓸 때만
은 바느질하는 여자. 군함에 님을 보낸 여자. 약을 달이는 여
자. 그 많은 여성화자들로의 변신. 크나큰 이별 안에 1초 1초
이별하는 여자로 몸을 비트는 승려. 여자의 육체로서 이별을
받아 적는 승려. "아아 님은 갔지마는 나는 님을 보내지 아
니하였습니다 제 곡조를 못 이기는 사랑의 노래는 님의 침
묵을 휩싸고 돕니다" 우리나라 현대시의 두 시조. 소월과 만

해. 흰 달과 큰 바다. 매일매일 이별을 쓴 두 사람. 이 남자들은 시를 쓸 때만은 여자의 육체로서, 매일, 매일 이별. 이별을 받아 적는다. 상실은 여자의 것이기에, 이별은 여자의 것이기에, 애도는 여자의 것이기에. 식민지는 여자의 것이기에. 그리하여 시는 여자의 것이기에.

외할머니와 나는 한 방에서 살았다. 내가 어렸을 때는 외할머니 집에서, 내가 커서는 우리 부모님 집의 내 방에서. 외할머니의 담배, 성경책, 막걸리 사발. 그리고 기침. 외할머니가 죽자 외할머니의 물건들이 가득 찬 방에서 나 혼자 살았다. 외할머니의 목소리가 들려왔다. 여기는 춥구나. 외투를 다오! 그런 날은 외할머니의 외투를 덮고 잤다. 어느 날은 나 여기서 결혼을 해야겠다, 서랍 속 상자 안 금반지를 다오! 정말 그 상자 안에는 금반지가 있었다. 나는 외할머니 대신 반지를 꼈다. 나는 외할머니의 원피스를 입고 외출했다. 외할머니의 양산을 쓰고 햇빛을 피했다. 꿈속에서도 이어지는 외할머니와의 생활. 외할머니의 짐이 다 치워져도 계속되는 외할머니와의 동거. 나는 외할머니와의 생활을 받아 적었다. "죽은 어머니가 내게 와서/신발 좀 빌어달라 그러며는요/신발을 벗었더랬죠//죽은 어머니가 내게 와서/부축해다오 발이 없어서 그러며는요/두 발을 벗었더랬죠//죽은 어머니가 내게 와서/빌어달라 빌어달라 그러며는요/가슴까지 벗었더 랬죠"[1]. 이 받아쓰기가 나의 데뷔작이 되었다.

내 딸의 외할머니, 우리 엄마가 죽자 딸에게 새 증후가 생겼다. 딸의 귀가 편집의 기능을 상실했다. 모든 소리를 크게 들었다. 소리가 커서 잠잘 수 없었다. 생활이 불가능해졌다. 재생된 음악에서 들리는 털끝 같은 소음도 기막히게 찾아냈다. 특히 위층에서 들려오는 생활 소음을 견디지 못했다. 살아 있다는 것만으로 위층 사람들이 괴물로 지적질을 당했다. 딸의 방은 소리 바다 한가운데 떠 있는 배가 되었다. 내가 그 방에 들어가자 방이 진동으로 부르르부르르 떠는 것이 느껴졌다. 증후가 현상이 되었다. 귀는 크고 광활한 구멍임이 분명해졌다. 무엇으로도 다 막을 수 없었다. 이비인후과에 갔다. 귀마개를 기가 막히게 제조하는 청능사에게도 갔다. 물론 다 소용이 없었다. 결국 정신과에 가라고 했다. 그러다 나는 사별 후 증후군에 관한 책을 읽게 되었다. '사별 후 어떤 이에겐 소리 민감도가 폭발적으로 증가할 수 있다'라는 문장을 발견했다. 얼마 후 딸은 할머니의 목소리를 조소 작품으로 만들기 시작했다. 소음으로 닥쳐오는 소리를 하

1   김혜순, 「도솔가兜率歌」 부분, 『또 다른 별에서』, 문학과지성사, 1981.

          받아쓰기

나하나 받아 적었다. 이중 감각을 사용한 작품이었다. 청각과 촉각의 동시 발현. 오브제의 귀가 딸이 들은 소음을 다시 받아주었다. 우리에게 더 많은 감각기관이 있다면 이 세상 아닌 곳에서 들려오는 목소리들을 다 받아 적을 수 있을 텐데. 우리에게 제7감과 제8감이 있다면 얼마나 좋을까. 딸과 나는 우리에게 주파수를 맞춘 채, 들려주고 싶은 말이 너무도 많은 우리 엄마의 목소리를 받아 적으려고 했다. 그렇지만 주파수가 달라져 영원히 서로 듣고 들을 수 없는, 안타까운 우리 엄마의 그 애씀을. 그 애탐을. 그 애끓음을. 그 애잔함을. 그 애, 애, 애, 애를. 내용은 다 짐작할 수 있으나, 단지 그 애를. 우리는 나란히 앉아 그 애를 받아쓰려고 했다.

들려서[2]

들리니[3]

들리고[4]

들려서[5]

들리노라[6]

2   들리다(듣다의 피동사).
3   들리다(들르다).
4   들리다(귀신이 덮치다)
5   들리다(병에 들다의 피동형).
6   들리다(무엇인가를 들다의 피동형).

『딕테』에는 말하는 여자, 디죄즈Diseuse가 있다. 디죄즈는 여성시인, 여성화자, 여자 퍼포머, 여자 변사, 여자 낭독자다. 여자가 받아쓴다. 처음엔 외국어들을 받아쓴다. 처음엔 누구나 "입으로 흉내 내는 짓을 할 수밖에 없다. 아랫입술 전체가 위로 올라갔다가는 다시 제자리로 내려앉는다. 그다음 두 입술을 모아 뾰족이 내밀고 무엇을 말할 듯. (한마디. 단 한마디.) 숨을 들이쉰다. 그러나 숨이 떨어진다. 머리를 약간 뒤로 젖히고, 어깨에 힘을 모아 이 자세로 남아 있는다."[7] 우리가 외국 말로 의사를 전하고 싶을 때의 자세. 내가 기왕에 존재하던 문학 매체들로 말하고자 할 때의 자세, 이렇게 우리의 흉내는 시작한다. 하지만 곧 알게 된다. 내가 여자라는 것, 이미 상실된 사람이라는 것. 애도 중이라는 것. 습득해야 할 모국어는 이미 존재하지 않았거나, 사라지고 없다는 것. 그럼에도 외국어만도 못한 모국어는 몰려온다는 것. 모국어는 그들의 것이라는 것. 그리하여 상실과 부재를 받아쓰는 디죄즈를 마이크 앞에 세울 수밖에 없다는 것.

　『딕테』에는 모국이 없다. 없음으로 있다. 『딕테』에는 테레사 학경 차가 없다. 진짜 없다. 받아쓰기만 있다. 모국어의

7　　Theresa Hak Kyung Cha, *DICTEE*, New York: Tanam Press, 1982.

부재, 쓰는 이의 부재, 이미 죽은 모국, 이미 죽은 모국어, 이미 죽은 시. 디쾨즈는 말하지 못함으로 말한다. 혀가 마비된 여자가 기억을, 상처를 분비한다. 모국어가 없으므로, 디쾨즈는 여자들의 신화에 기대고 말한다. 사진으로 말하고, 영화로 말하고, 서사시, 연애시, 성시, 굿시로 말한다. 장르 없이 말한다. 뼈아픈 상실은 설명할 수 없다. 받아쓸 수 있을 뿐. 상실의 받아쓰기, 그 속에서 그들이 쓴 역사는 퇴각한다. 말할 수 없는 것만을 오롯이 말하는 목소리. 유령 화자. 누구의 유령인가. 디쾨즈의 유령. 말하려고 하면 할수록 받아쓰기는 쪼개진다. 흩어져간다. 죽음을 환대하는 모습으로. 그리하여 침묵을 다시 말해야 한다. 죽음의 부름에 응답해야 한다. 받아쓰기dictée와 독재dictateur는 어원이 같다. 그들의 것, 외국어의 독재는 끝없이 밀려온다. 점점 강해진 언어들이 상실의 연약한 언어를 위협한다. 끝없이 파괴된 글쓰기 주체는 이제 텅 비어버린다. 문법은 깨지고, 문장은 파편화된다. 서사는 중단된다. 움켜쥐고 있었던 한 움큼의 모국어마저 죽는다. 상실과 애도의 받아쓰기는 쓰는 자의 고백 서사마저 부순다. 대신 고통의 전면 배치다. 모국어의 유언이다. "맨살보다 더 적나라하고, 뼈보다 강하고, 심줄보다 더 질기고, 신경보다 더 예민한 이야기(사포)"다.

『딕테』에서 디쾨즈는 코리아를 퍼포밍한다. 한글은 한

글자도 없는 텍스트이지만 한글을 촬영한 한 장의 사진이 있다. 징용 간 일본의 동굴 벽에 새겨진 한글, "어머니 보고 싶어요, 배가 고파요, 가고 싶다, 고향에." 주 언어가 영어인 『딕테』의 독자에게 이 문장들은 부적이다. 그림이다. 이미지다.『딕테』의 독자는 이것을 독해할 수 없지만. 디죄즈는 이것을, 이 주술을 글자 아닌 것, 이미지로 받아쓴다. 내가 진흙 바닥에 꼬챙이로 쓴 여자들의 설형문자를 받아쓰는 것처럼. 그러기에 결국 퍼포머는 조국의 부재를 말한다. 조국은 유관순으로, 오빠로, 엄마로, 안중근으로 육체화된다. 육체화된 환유가 된다. 코리아는 환유됨으로 텅 빈 기호가 된다. 그렇게 보니 모국엔 중심이 없구나. 모국어엔 의미가 없구나. 그리하여 디죄즈가 말하면 말할수록 모국이 텅 비어가는 이 기현상. 디죄즈는 쩔쩔맨다. 이것저것 말한다. 우물쭈물한다. 유관순을 말하다 잔 다르크를 말한다. 엄마를 말하다 예수를 말한다. 모국은 은유할 수 없구나. 나라는 여자도 은유할 수 없구나. 이제 텅 빈 우물이 남는다. 아우성치는 모국어로 방벽을 쌓은 텅 빈 우물. 그리하여 디죄즈에게는 장르가 없구나. 결국 텍스트의 발화자는 모국어를 흉내 내는 여자로구나. 그러기에 그 여자에겐 언어가 없구나. 매체도 없구나.

이별은 시작도 끝도 아니다. 측량할 길 없이 늘어난 부

 받아쓰기

재다. 내가 쓴 것은 결국 이 부재. 끝없는 이별. 이 부재가 나에게 안으로부터 번역해달라고 애걸한다. 이 부재는 시간의 부재가 아니라 부재로서의 체험이다. 영속하는 이별로서의 저항이다. 나는 씀으로써 부재가 살아 움직이게 하는 생태계를 축조해야 한다. 죽은 이들이 살아가도록 해줘야 한다. 그저 사라졌을 뿐인 그 한계에서부터 빠져나오게 해줘야 한다. 무한자에 의한 유한자의 끝없는 분열이 나를 노리겠지만, 죽음을 완결하라고 당신들이 끝없이 죽음의 승화를 요구하겠지만, 나는 이 빈칸을 메꿔야 한다. 이별하고 또다시 영속하는 이별로. 나의 엄마는 세상을 떠나 무엇으로도 막을 수 없는 저 하늘처럼 열려 있다. 무엇으로도 막을 수 없었던 나의 딸의 귀처럼 열려 있다. 저렇게 항상 열려 있으려면 얼마나 힘들까. 나는 그 넓고 넓은 것을 꼭 껴안는다. 너무 아파서, 아픔을 해결할 길이 없어서 모르핀에 취해서 죽은 나의 엄마, 이제 아프지 않아? 모르핀에 취해 죽었어도 거기선 온전히 살아갈 수 있지? 나는 안을 수도 없는 넓고 넓은 부재를 모방한다. 복제한다. 보존한다. 애도한다. 횡단해본다. 이 부재 속에서, 이 죽음이라는 무의미 앞에서 내 모국어는 의미를 잃고 내팽개쳐진다. 모국어가 내팽개쳐지자 모국도 내팽개쳐진다. 다행이다. 나의 시의 모국이 없어서. 모국 대신에 모국이라는 기표의 환유만 있어서. 모국어로 모국에 들어가는 의미망의 고속도로가 없어서. 아아, 내 앞엔 이별의 대륙이 놓여 있을 뿐. 작별의 공동체가 있을 뿐. 과연 만해라는 시인의 여성화자가 부르는 님은 모국이었을까? 시인과 모국 사이에 시라는 매체가 있었을까? 그의 '시 나라'엔 국민국가, 정체성, 한국문화가 있었을까? 은유된 님이 있었을까? 일본과 중국과 한국 이렇게 세 나라 시인이 연시聯詩를 쓸 때, 일본시인 다니카와 순타로谷川俊太郎는 "나는 다시는 그 깃발(일장기)을 흔들지 않으리."[8] 그렇게 써서 나에게 보냈다. 내가 다음 단락을 쓰게끔. 나는 느꼈다. 시간이 지날수록 커지는 그가 몸담은, 그가 구축한, 무구한 '시의 나라'.

디죄즈와 모국 사이에 적합한 장르, 매체가 있었을까? 매일 '이곳'을 벗어나고 싶은 지난한 몸짓들만 있지 않았을까? 단지 디죄즈의 소리만이 허랑한 방천을 떠돌지 않았을까? 이제 나는 내 글쓰기의 매체를 따로 지어내어야 하는 건 아닐까? 시도 소설도 아닌 것. 매체를 무시한 것, 불화하는 매체들. 이제 보니 이 부재는 이 텅 빈 비존재 여자들에게 무척 도움이 될 것 같다. 이제 실체적이고 나이가 많은 이 매체들을 버리자. 넓고 넓은 부재를 횡단해 갈 뗏목에 오르자. 그

8　　Yasuhiro Yotsumoto, Ming Di, Kim Hyesoon(English Translatied Don Mee Choi), Shuntaro Tanikawa, *Trilingual Renshi*, Vagabond Press, 2015.

무엇으로도 환원되지 않을 매체, 재현이 아닌 것, 상징도 아닌 것, 빈 공간에 쏟아지는 목소리인 것. 끊임없이 진행 중인 엄마의 죽음과 나의 죽음이 살아갈 서식지를 가꾸는 것. 쓸 수 없는 것이 기입되는 받아쓰기, 부재의 부름에 대해 '네 지금 가요' 하는 대답으로서의 받아쓰기, 그 어느 것으로도 포착되지 않을 매체를 발명하기. 모국어 흔들기. 나도 없고, 모국도 해체된 곳, 다만 내가 각각의 몸으로 매일매일 달아나기, 시끄러운 이별의 받아쓰기. 너희가 쓰라는 받아쓰기는 이제 졸업이야. 그건 모국어로 된 외국어야. 이제 허랑한 무대에 디쾨즈의 유령인 여자가 다시 올라선다.

수 록 작 품 발 표 지 면

공중의 복화술
"Bird Rider", *Phantom Pain Wings*,
New Directions, 2023

Tongueless Mother Tongue
2023년 베를린 포에지 페스티벌
(Berliner Rede zur Poesie 2023)
키노트 연설문

슬픔의 형국에서
『악스트Axt』 2022년 5/6월호

상실의 환유
『악스트Axt』 2020년 11/12월호

불안의 것
『악스트Axt』 2021년 9/10월호

죽음의 엄마
『김혜순 죽음 트릴로지』, 문학과지성사,
2025. *After Earth Dies, Who Will
Moon Orbit?*(New Directions, 2027)
작가 에세이로 수록 예정

무한한 포옹
『악스트Axt』 2022년 3/4월호

딸꾹질 전문가들
『악스트Axt』 2021년 11/12월호

반복의 영웅, 반복의 거지
『악스트Axt』 2022년 1/2월호

무한의 미장아빔
『악스트Axt』 2021년 7/8월호

옹알이는 메아리
『악스트Axt』 2021년 5/6월호

반인반수한다는 것
『악스트Axt』 2021년 1/2월호

고백할 수 없는 고백
『악스트Axt』 2022년 11/12월호

고통의 메뉴
『악스트Axt』 2022년 9/10월호

퀸콩의 미묘
『악스트Axt』 2022년 7/8월호. 연재
당시 제목은 「퀸콩의 미묘함」

희
리움미술관 아이디어 뮤지엄, '사이
어딘가에(Somewhere in Between)'
기조 강연, 2024년 11월 21일

빛 속에서 빗속으로
『보스토크VOSTOK』 26호. 게재 당시
제목은 「빛 속에서 빗속을 찾아」

꿈의 정오
『문학동네』 2022년 가을호

받아쓰다
『악스트Axt』 2020년 9/10월호